綱を引く

堂場瞬一

実業之日本社

綱を引く　目次

◉綱引きの競技レーン

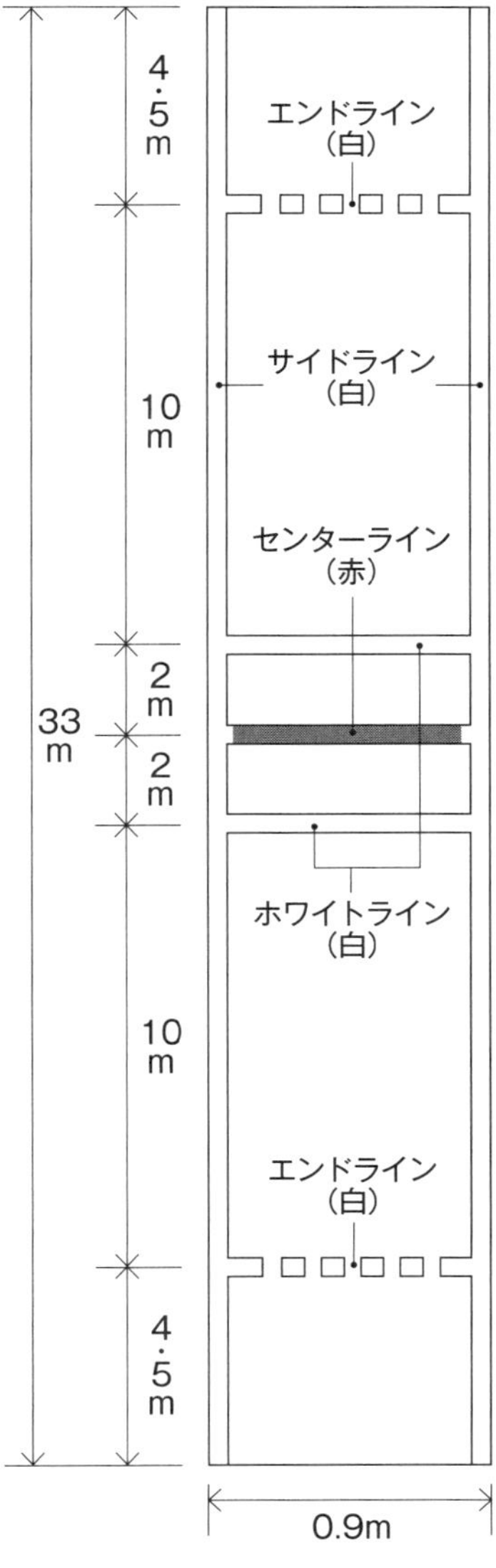

◉綱引きの主要ルール

・1チームは選手8人＋交代要員2人＋監督1人＋トレーナー1人。監督・トレーナーは選手が兼任も可。

・4メートル引っ張った方が勝ち

◉主な反則

（インドアの場合）

・シッティング：故意に床に座った場合など

・リーニング：足の裏以外の部分が床に触れた状態

・ロッキング：ロープの自由な動きを妨げるロープの持ち方

・グリップ：規定以外の握り方をした場合

＊反則を犯すと審判から指導される。改めなければ「コーション」（警告）を受け、3回のコーションを宣告されたチームは反則負けになる。

装幀　泉沢光雄
装画　岡田航也

綱を引く

第一部

再起動

1

「おお……」

「何だよ、ケリー。何でそんなに驚いてるんだ？」

「これがあるんですね」

「これ？」

ケリーが青く冷たい目を向けてくる。口元は綻んでいた――いや、満面の笑みだ。

「ロープ……ええと、綱？」

「そりゃあるさ」真島晃生《まじまあきお》はうなずいた。「日本では子どもの頃から、誰でも綱引きはやるんだ。小学校の運動会では定番さ。どこの学校にもある」

「運動会……」

「ああ、オリンピック」適当な言葉が思い浮かばず、真島はオリンピックを例えに出した。「学校のオリンピックだな」

「ＯＫ」いい加減な説明なのに、ケリーが納得したようにうなずいて自分の胸を指さした。「私は、綱引きの選手」

「それは……」

「八人で、大会に出ます」

「ああ」真島はうなずいた。それなら真島も同じ――今は休止状態だが、長年蒲田《かまた》の地元チーム・プルスターズで、最後尾のアンカーとして綱を引いてきた。「そういやあんた、いい体してる。体育の先生だからってわけじゃねえな」

真島は平手でケリーの胸を叩《たた》いた。分厚いが柔らかい胸板。まさに運動選手のそれだ。

「僕、まだ先生じゃないです」

「もうすぐ先生だ。アイルランドに帰ったら先生になるんだろう?」

「試験に受かれば」

「そういうのは、何とかなるんじゃないのか?」

ケリー・オキーフは、アイルランドからの留学生で、近くの愛徳大《あいとくだい》で一年間学ぶ予定になっている。その間、一種の教育実習として、地元の小学校で英語を教える予定になっていた。今日は、ケリーが急に「体育施設も見たい」と言い出したので、体育館に同行したのだった。真島は学校関係者ではないものの、生来のお節介で、見学につき添っている。近所のよしみということもあった。ケリーは、真島が経営する機械製造会社「真島工作所」の隣のマンションに住んでいるのだ。初めて見た時、際立つ長身とがっしりした体格に驚かされた。金髪碧眼《へきがん》、明治時代に初めて外国人を見た人は、俺みたいに驚いたんだろうな、と真島は皮肉っぽく考えた。

「アイルランドの学校より立派」と感心していたケリーが、倉庫を見た瞬間に目の色を変えたのだ——綱を見つけて。

ケリーが綱の端を持って持ち上げ、両手で引っ張って強度を確かめた。一度綱を下ろし、両手を丁寧に擦り合わせる。滑り止めの炭マグ——炭化マグネシウムを擦りつける時の動きだ。

「真島さん、この綱、引けますか」ケリーが遠慮がちに訊《たず》ねた。

「お、じゃあ、俺が相手してやるよ」ニヤリと笑って、真島は綱を持ち上げた。綺麗《きれい》に巻いてあるので、そのまま引っ張り出せば、もつれることなく真《ま》っ直《す》ぐ伸びていく。

競技用のロープの長さは三十六メートル。中央の赤いマーキングが見えてきて、真島はついほくそ笑んだ。この赤いマーキングを引き合って、散々知恵比べや騙《だま》し合いをしたよな……綱に触れるのは久しぶりだった。

この小学校でケリーの受け入れを担当する教頭の五十嵐孝子《いがらしたかこ》が、困ったような表情を浮かべている。

「うちに、そんな綱、ありました？　運動会でも、今は綱引きはやってないですよ」

「これはねえ、我々地元のチームが練習で使ってたものなんですよ。昔は全国大会の常連だったから」

「全国大会？　綱引きで？」

「先生、綱引きは、運動会だけでやるもんじゃないですよ。体重制で、八対八で引き合う、競技綱引きもあるんです。まさにスポーツです。世界大会まであるんだから」

「はあ」

「昔は、商店会挙げて綱引きに取り組んでいましてね。競技綱引きもそうだけど、正月には道路を封鎖して、百人対百人の綱引きもやってたんですよ。子どもたちも入って、盛り上がってねえ」

「……そうですか」

孝子はピンときていない様子だった。さもありなん、と真島は思う。綱引きは二種類に分断されていると言っていい。自分たちが取り組む競技綱引きと、運動会やイベントなどで、大人数で楽しむ綱引き。多くの人にとって綱引きのイメージは後者のはずだ。三栄《さんえい》通り商店会では、綱引きと言えば競技綱引きだが、孝子はプルスターズの活動が休止状態になってからこの小学校に赴任してきたはずで、競技綱引きで街が盛り上がるのを見ていないだろう。

「お互いアンカーの感じでいこうか」真島はケリーに声をかけた。「距離を置いて」

「ＯＫ」それぞれ、綱の端と端に近い場所に陣取る。

「マットも靴もないから本気になるなよ」

「大丈夫」

屋内で綱引きを行う場合は、ウレタンゴム製の専用マットを敷き、ソールが滑らない競技用シューズを履く。今はスリッパだから、まともにロープは引けない。

見ると、ケリーはスリッパを脱ぎ捨て、靴下も脱いでいる。そりゃそうだ……靴下で綱引きなんかしたら、あっという間に滑って怪我《けが》をする。真島も靴下を脱いだが、立ったままなのでぐらつく。五十代になり、定期的に綱引きの練習もしなくなって、体はすっかり固くなってしまっている。このところ腰痛に悩まされているせいもあった。俺の体もすっかり錆《さ》びついちまったようだ……慌ててストレッチを始める。

「よし、いこうか」

気合いを入れ、準備完了。九月とあって体育館の中も暑く、既に額には汗が滲《にじ》んでいた。仕事以外で汗をかくのは久しぶりだった。互いにロープを握る——この感触が、既に懐かしい。

「レディ？」

言って右手を挙げると、三十メートル先でケリーがうなずく。真島は両手でロープを握り、少しだけ体重をかけた。均衡——安定している。

「プル！」

叫ぶと、一気に力がかかった。おっと、これはまずい……真島はぐっと体を沈め、ケリーの引きに抗《あらが》った。体が斜めになる——後頭部が床につきそうになる感覚が蘇《よみがえ》る。俺だってまだまだこれぐらいはできるんだ、と誇りを感じたものの、手が痛い。週三回の練習と毎週末の試合をこなしていた頃は、真島の両手には分厚いタコができていた。だからマニラ麻の粗いロープを摑《つか》んでも掌《てのひら》は何ともなかったのだが、今は違う。これが滑ったら手が血まみれになる、と恐怖を覚えた。

しかし気持ちがいいのも事実だ。綱引きは完全な全身運動で、最高の緊張感と筋肉の痛みを感じられる。他のスポーツではなかなか味わえないもので、「学校の運動会で大勢でやるもの」というイメージしか持たない人が多いのが残念でならない。

引かれる——無理に腕に力を入れず、足で踏ん張った。全身運動とはいえ、真島の感覚では、綱を引くポイントは下半身なのだ。下半身の力でひたすら耐えて、相手の姿勢が崩れるか、力が抜けたところで一気に引く。

しかし今回は、自分がケリーに引かれそうだ。最初は何とか踏ん張っていたものの、ほどなく耐えられなくなり、一歩前に出てしまう。試合では四メートル引きこまれたら負けになるのだが、一対一なので、そういうルールはない。危なくなったら終了、だ。

「ストップ、ストップ！」真島は大声を張り上げた。途端に引く力が緩み、真島は慌ててロープを落とした。三十メートル向こうでは、ケリーが肩で息をしている。一方的にやられたと思ったら、ケリーも必死だったのだと分かり、つい笑ってしまった。その拍子に、腰に鋭い痛みが走る。おっと、危ない……痛めている腰にダメージを与えるような真似《まね》をして、本当に馬鹿だった。

「ちょっと、お二人とも大丈夫ですか」孝子が心配そうに言った。「こんな、激しい……」

「大会で、八対八で引いてる時なんて、こんなものじゃないですよ。やってみます？」

「いえいえ、私は……とんでもない」孝子が顔の前で慌てて手を振った。

「ケリー、これぐらいにしておこうや」腰を摩《さす》りながら、真島はケリーのところへ歩いて行った。

「真島さん、なかなか」ケリーがニヤリと笑う。

「おう、俺もずっと綱引きをやってたんだ」

「本当に？」ケリーが目を見開く。

「ああ。蒲田にはプルスターズっていうチームがあって、大昔から活動してた。全国大会にも何度も出て、優勝したこともあるんだぞ」

「それはすごい」ケリーの目が飛び出しそうになった。「今は？　皆プレーしてる？」

「いや……いろいろあってね」

全盛期の選手が高齢化した。そして若い連中は綱引きなどに興味がなく、新しいメンバーの勧誘が上手《うま》くいかないまま、いつの間にか試合に出る人数が揃《そろ》わなくなった。試合がなければ練習をする意味もなく……かつて毎年のように東京代表として全国大会に出ていた頃は、週に三回の合同練習に自主トレ、週末にはあちこちに出かけて対外試合を行ってきたのだが、コロナ禍のせいもあって、今ではすっかり休眠状態だ。全メンバーが集まるのは、年に二回の呑《の》み会だけ。呑み会をやっているということは、チームは解散はしていないのだが……ただし、コロナ禍の時期はそれすらできなかった。

「やりましょう」ケリーが前のめりで言った。

「え？」

「せっかくチームがあるんだから、やりましょう。私、アイルランドでずっと綱引きをやっていた。うちのファミリーのチームです」

「家族で綱引き？」競技綱引きは、八人編成で行う。総体重でクラス分けされるが、八人編成は変わらない。

「あー、兄弟で」

「兄弟って、八人兄弟なのか？」

「そう」ケリーが嬉《うれ》しそうにうなずく。「我が家は、八人兄弟。僕は下から二番目」

「はあぁ」真島は思わず感嘆の声を漏らしてしまった。「それなら、息もぴったりだろうな」

「でも、よく喧嘩《けんか》します。負けたりすると、本当に大変」

とはいえ、全員兄弟というのは、綱引きチームとしては理想の編成ではないだろうか。それ以上のチームワークは望めまい。

真島は蒲田の地元育ちで、高校までは野球をやっていた。家業の機械製造業を継いで、野球からは遠ざかったが、戦後すぐに発足したプルスターズから勧誘されて入団し、このスポーツの魅力に目覚めたのだ。

どんなチームスポーツでも、実際には個人の力で勝負する側面が強い。特に野球は、ピッチャーとバッターの一対一の戦いから全てが始まるので、ある意味個人競技とも言える。本当に全員が力を合わせてやるのは、ラグビーのスクラムかボートのエイトぐらいだと思っていたのだが、真島は綱引きにチームスポーツの極致を見たのだった。何しろ綱引きは、常に八人が一つの塊にならねばならない。一人が力を抜いただけでバランスが崩れて引かれてしまうし、無言で意思の疎通ができないと、チャンスで相手を引きこめない。そこに至るまでには、無限とも言えるほどの練習と、対外試合を繰り返していくしかないのだ。

体重の調整も。

プルスターズはずっと、総体重六百キロのクラスで戦ってきた。体重管理は相当大変――制限ぎりぎり、八人で六百キロジャストに揃えるのが理想である。実は、減量はそれほど難しくないが、増量はかなり難しい。ただ馬鹿《ばか》喰《ぐ》いすればいいわけではなく、適切なカロリーとバランスの取れた食事に加え、筋トレで体重を増やしていくことが望まれる。真島はベテランになるに連れて体重管理を無理に行わず、若い連中の尻を蹴飛ばして食べさせたり、食事を控えさせたりしてきた。全体のバランスが取れていればいいのだから。

まさにチームスポーツ。野球では経験できなかった一体感が、練習でも試合でもあった。子どもの頃から綱引き一筋という人はおらず、他のスポーツを経験して、引退してから綱引きを始めた人がほとんどだ。大人になってからまったく新しいスポーツにハマるのは、新鮮な体験だった。

それだけに、プルスターズが開店休業状態になってしまっているのが残念でならなかったが、かといって「やろう」と声を上げるきっかけがない。

プルスターズのメンバーは、蒲田の小さな工場や商店で働く地元の人たちがほとんどである。メンバーの高齢化が進んだだけでなく、長引く不況、さらにコロナ禍のせいで、昔のように気楽に集まって練習ができる雰囲気ではなくなっていた。

しかし。

新戦力は、どんな時でもチームの盛り上がりにつながる。

「ケリー、本気で綱引き、やろうぜ。うちのチームに入って、アイルランド流の綱引きテクニックを皆に教えてくれ。今はろくに練習もしてないけど、君が入れば、皆やる気が出るはずだ。日本流の綱引きを経験するのも、留学のいい思い出になるんじゃないか？」

ケリーがニヤリと笑い、親指を立てた。


「真島さん、本気ですか」

「本気も本気——というか、プルスターズは別に解散したわけじゃない」真島は首を横に振った。「単に冬眠していただけだ。何かのきっかけがあれば、復活する。そのきっかけが、ケリー・オキーフってわけさ」

「オキーフって、その名前は留学生でしょう？　一年でいなくなりますよ。来年の六月までじゃないですか？」田代圭介《たしろけいすけ》が首を横に振って、ハイボールをぐっと呷《あお》った。田代はプルスターズの古参選手——真島に次ぐ古株の五十一歳だった。丸の内《まるのうち》に本社のある総合商社・恵芳商事《けいほうしょうじ》に勤めるサラリーマンで、もう三十年近く、このチームで活動している。そもそも真島の小中学校の後輩という縁で、無理矢理引きこんだのだが。

「いなくなったっていいじゃねえか」真島が強引に話を進めた。「一度転がり出せば、絶対に上手くいく。何とか活動を軌道に乗せれば、後は何とかなるさ。それで将来、ケリーのチームと世界大会で対戦するっていう目標があれば、盛り上がるんじゃないか？」

「今は、そういうことで盛り上がる時代じゃないでしょう。少なくとも、若者には訴求しないんじゃないかな。若い連中を入れていかないと、チームは長続きしませんよ」

「お前なあ」真島は音を立ててビールのジョッキをカウンターに置いた。「何でそう、マイナス方向にばかり考えるかねえ。少しは楽しく前向きにいこうぜ」

「真島さんみたいに楽観的にはいきませんよ。うちの会社だって、最近は大変なんですから」

「天下の恵芳商事が？」真島は目を見開いた。旧財閥系の貿易会社で、入社が決まった時に田代は、「これでもう、一生安泰」と言われた。ただし田代によると、入社したのがバブル崩壊後だったせいか、一度も景気のいい思いをしたことがないというのだが。

「そりゃあ、コロナの影響を受けない会社なんてないですよ。うちなんか、海外が相手だから、一時は完全に仕事が止まってたし」田代が溜息《ためいき》をついた。

「部長さんは大変だねえ」

「真島さんが想像してるよりずっと大変ですよ」

「ただ、恵芳商事が倒産するなんて、考えられないだろうが。内部留保もたっぷりあるんだろうし。うちみたいな町工場は、いつどうなるか分からねえけどな」

「真島さんのところぐらい技術力があれば、そんな心配はいらないでしょう」

「そんなこともねえぞ」真島も溜息をついた。「うちなんか、単なる孫請けだからな」主に自動車業界の。「今、自動車産業は大きな変革期にある。うちは、ベアリングに関しては日本一だと思ってるけど、何が起きるか分からねえよ。そもそも、ずっと自動車一辺倒だったのが痛い。リスクヘッジして、自動車業界以外の仕事もしておけばよかった」

「でも、五年先も読めない時代ですからねえ」

「まったく……だけど、すぐ先のことは分かる。プルスターズ再起動だ。お前も頼むぜ」

「もう監督になる年齢ですよ」田代が弱気に言った。「現役は引退だけどなあ」

「何言ってやがる」真島は田代の背中を叩いた。「俺はまだやるぞ。俺より若いお前が弱気になってどうする」

「真島さん、腰、大丈夫なんですか」

「そんなもの、気合いで何とかなる」

「まさか……」

「人生、大抵のことは気合いで乗り越えられるんだ」

「景気は無理ですよ」

「お前な……」真島は溜息をついた。「帰るぞ。お前と話してると、心の景気が悪くなる」

「何を、上手いことを」

「帰る!」

真島は憤然と言って、ジョッキのビールを呑み干し、立ち上がった。普段の適量の半分。しかしこんな風になったら、とことん呑む気にはなれなかった。

帰り道、二人は商店街の中を突っ切っていった。まだ午後八時だが、ほとんどの店のシャッターが下りている。

蒲田にはいくつもの商店街があるが、ここ、三栄通り商店会は寂れる一方だ。元々呑み屋は少なく、昼間の街と言えるのだが、それにしても夜はすっかり早くなった。七時過ぎには多くの店が閉店し、開いているのは数軒の居酒屋や定食屋、ラーメン屋ぐらい。アーケードの中はモダンな照明で明るく照らされているものの、歩く人も少なく、ひどく寂しい。

「お前、これでいいと思ってるのか」真島は周囲を見回しながら、田代に問いかけた。「俺らが子どもの頃は、ここだってずっと賑《にぎ》やかだったじゃねえか」

「時代は変わる、ですよ」

「変わったのは、プルスターズがだらしなくなっちまったからじゃねえか？　全国大会の常連だった頃は、出る度に商店会挙げて応援してくれただろうが。皆で試合を観《み》に来て『うちのチーム』なんて自慢してさ。あれで、商店会の結束が強まった」

「まあ、そうですけど」田代が指で頬を掻《か》いた。「でも、そういうのって二十世紀で終わってません？」

「馬鹿野郎、俺たちが、商店会の結束を固めるために頑張るんだ。そういうことに時代なんか関係ねえだろうが」

「相変わらず強引だなあ」田代が苦笑した。「で、どうするんですか？」

「とりあえず、メンバーに招集をかける。ケリーを紹介して、チームの立て直しを宣言するんだ」

「はいはい、都合がつけば……」

「都合がつけば、じゃない。都合をつけろ」真島は脅した。「いいな？」

「いつまでも、そういう昭和のやり方で大丈夫なんですか？」

「何が」

「朱音《あかね》ちゃん、戻って来るんでしょう？」

「この野郎」真島は田代の肩を小突いた。「そういうくだらねえ噂話《うわさばなし》を聞きつけるのは早いな」

「何言ってるんですか、噂話じゃないですよ。愛梨《あいり》に連絡が入ったんです」

「あの二人、まだつるんでるのか」真島の娘・朱音と、田代の一人娘の愛梨は、幼稚園からの幼《おさな》馴染《なじ》みだ。朱音はこの街を離れ、結婚して静岡に行ってしまったが、未《いま》だにつながっているわけだ。まあ、今は様々な方法で連絡を取り合えるから、遠くへ引っ越しても関係が切れてしまうこともないだろうが。

「しょっちゅうやりとりしてますよ。それで、こっちへ帰ってくるかどうか、真っ先に愛梨に相談したみたいです」

「父親の俺より先にか？　ふざけた話だ」

娘との関係は微妙……というか、決して良好とは言えない。まあ、自分が口うるさい父親で、思春期の頃から鬱陶しがられていたことはよく分かっている。大阪の大学へ進学したのも、実家を離れたかったからではないだろうか。就職先も大阪の繊維問屋で、そこで知り合った男と結婚して、男の実家がある浜松《はままつ》市に引っ越したのが七年前。今年三十二歳になるのだが、子どもはできないまま、離婚……亭主や向こうの家族と折り合いが悪いと聞いていなかったので仰天したが、どうやら原因は夫の浮気らしい。それを父親に打ち明ける前に、親友の愛梨に相談していたわけだ。それでもう気持ちを固めていたから、「帰って来ればいい」という俺の提案にあっさり乗ったのだろう。まだ決心が固まっていなかったら、その誘いにさえ反発していただろうと思う。反発するためだけの反発だが。

まあ、母親がいれば、また話も違っていたと思うが。

妻の友恵《ともえ》は、三年に及ぶ闘病生活の末、昨年亡くなった。朱音は頻繁に見舞いに来ていて、友恵とはよく話していたのだが、友恵が亡くなったことで、朱音の気持ちも大きく変わってしまったのかもしれない。

「嫁さんの一周忌が終わったし、俺もそろそろ新しい一歩を踏み出そうと思ってるんだよ」

「まさか、再婚ですか？」

「阿呆《あほう》！」真島は、先ほどよりも強く、田代の背中を叩いた。「俺の気持ちは友恵一筋だ。そうじゃなくて、プルスターズを立て直す——それが俺の人生の第二幕だ」

「俺らは、それにつき合わされるわけですか？」

「お前、綱引きが嫌いなのか？」

「そんなことないですけど……」田代の否定には、イマイチ強さがなかった。情熱が薄れている。

「じゃあ、やろうぜ。新戦力が入ったら、最高のカンフル剤になる」消えかけた情熱を燃え上がらせるのだ。

2

「オーナー、そういうことで、ご覧いただけますか」真島は下手《したて》に出た。

「うむ」長池敏己《ながいけとしみ》がうなずく。首がぴたりと止まらず、痙攣《けいれん》するように小刻みに動いた。それも仕方がない。長池薬局の先代店主たる長池は、今年八十九歳なのだ。去年ようやく、長男の孝敏《たかとし》に店主の座を譲ったのだが、その孝敏自身、既に六十二歳……一方長池は今も、三栄通り商店会の名誉相談役を務めている。

元々三栄通り商店会では、会長は二期八年までと決まっているのだが、長池は六十八歳で会長職の任期を終えた後、「まだやる、やれる」とごねた。しかし会長の任期延長案については、さすがに商店会の総会で否決されてしまった。それですっかりへそを曲げた長池の機嫌を取るために、商店会の幹部連は「名誉相談役」の称号を与え、幹部会への出席も許可した。以来、会長は何人も代わったが、長池はずっと名誉相談役の座に居座り続けている。「永久相談役と呼ぶべきだ」という皮肉の声も上がっていた。

もう一つの顔が、プルスターズの「オーナー」だ。

プルスターズは、戦後すぐに商店会の有志が立ち上げたチームで、活動費はずっと持ち寄りだった。ところが四十年ほど前、プルスターズが初めて全国大会に出場した時、長池はすっかり興奮して「これからは毎年、俺が活動費を出す」と宣言したのだった。もちろん、個人が活動費の全てを背負うのは筋が違うということで、商店会からも助成があったのだが、それでも長池が出した額は桁違いだった。おそらく現在まで、総額で一千万円を超える。これは青色申告の時に、節税対策になるのだろうか。

金も出すが口も出す——綱引きにはまり始めた時にはもう四十代も後半になっていたので、自分でプレーすることこそなかったものの、練習には毎回顔を出し、遠征にもついていき、試合の後には「反省会」と称して一席ぶつ。いつの間にかプルスターズの面々も周りの人も、長池を

「オーナー」と呼ぶようになった。今は、彼の助成金も途切れてしまったのだが……。

とはいえ、長池のことはやはりオーナーと言っていいと思う。プルスターズの活動が急激に衰えたのは十年前、全国優勝した直後のことだった。長池が脳梗塞で倒れ、しばらく入院を余儀なくされたことが大きなきっかけである。「金も出すが口も出す」とうるさがられていたとはいえ、練習や試合で彼の大声が聞こえないのは寂しい、とはっきり言う者もいた。全国大会出場は八年前の二〇一五年が最後。やがて「長池さんがいないんだったらやってもしょうがない」と、消極的な声も出て、徐々に活動は停滞……真島は何度も声をかけたが、金儲《かねもう》けのかかっているプロチームではないのだから、強制的に人を集めるわけにもいかない。五年前から試合はしていないし、三年前からはコロナ禍で練習も中止されたままだ。いわば「空白の五年」。

長池は幸い、後遺症なく回復したが、それまでと同じように元気、というわけにはいかなくなっていた。真島は何度も、「練習に来て下さい」「試合を観て下さい」と誘ったのだが、一切乗らず……体は元通りになっても気力はそうもいかないということか。脳に何かあると、それまでと性格などが変わってしまうこともあると聞くし。ただ、商店会の名誉相談役としては未だに口うるさく他の店主たちに文句を言うので、人生全てに対する情熱をなくしてしまったわけではないようだ。ただ、綱引きに興味がなくなっただけなのだろうか。

「その男は……でかいか？」

「でかいです。アンカーを任せられます」

「だったら、真島工場長もいよいよ引退か」

真島は思わず苦笑してしまった。真島の肩書は「社長」なのだが、長池だけは何故か「工場長」と呼ぶ。先代社長の父親が健在だった頃、真島はしばらく「工場長」の名刺を持っていたのだが、長池の中では、その頃のままで時間が止まってしまっているのかもしれない。あるいは、俺のことを社長と認められないとか。

こっちはもう、十年以上も社長を務めているのだが。

「よし、やってみよう」長池が唐突に「ＯＫ」を出したので、真島は驚いた。もちろん、「オーナー」の長池が難色を示しても、キャプテンである自分が本気で声をかければ、メンバーは集まるかもしれない。それでも、長池の一言があるかないかで、効果はまったく違うはずだ。

「オーナー、今度は練習にも来て下さいよ。プルスターズが生まれ変わるチャンスかもしれません」

「俺は、あそこの体育館は好かん」真顔――長池は怒っているようだった。

「はい？」

「あそこは夏は暑くて冬は寒い。金があれば、エアコンを入れてやるところだが、残念ながら俺は隠居の身だ」

全然引退していないではないかと突っこみたくなったが、やめておいた。それで反論を喰らうと、話が長くなる。

「では、涼しい格好でおいで下さい。小出《こいで》洋品店で、まだ夏物を売ってますよ」

「小出のところを儲けさせる必要はない！」

長池は、小出洋品店の先代――数年前に亡くなった――を今でも嫌っているのだが、その原因は数十年前に遡るという伝説がある。三栄通り商店会のマドンナと言われた長池の彼女に、小出が色目を使ったというのが理由だそうだが、結局その「マドンナ」は長池と結婚したし、小出洋品店の先代も亡くなっているから、延々と恨んでいるのはいくら何でも筋違いである。現店主の息子にそのことを話したら、「あれは、爺《じい》さん同士のじゃれ合いでしたよ」と苦笑していた。

「何だったら、俺が買ってきてプレゼントしますよ」

「そういうものはいらん！」長池の顔が赤くなる。

「お体、大事にしないと」

「人の世話にはならんよ」

「じゃあ……」真島は膝を叩いて立ち上がった。「オーナーの名前で招集をかけておきます。練習、来て下さいよ」

「俺は、行かん！」


長池は来た。

長池だけではない。現在、プルスターズには二十人のメンバーがいるのだが、そのうち十五人が顔を見せたのだ。久々に見る面々ばかりだ。矢野道弘《やのみちひろ》、隆弘《たかひろ》の兄弟、柿田幸太郎《かきたこうたろう》、富田健《とみたけん》に久我真樹夫《くがまきお》、崎谷新太《さきやしんた》……元々蒲田の人間ではないが、上京して学生時代から二十年以上もここに住んでいる柿田など、呑み会にすら出てこず、顔を見るのは一年ぶりかもしれない。製薬会社の営業マンなので、転勤してしまったかと思っていた――誘えばいいのに、それをしなかったのは、自分自身もプルスターズを維持していく気持ちが薄れていたのだろうと真島は反省した。

外国人の綱引き選手が珍しく、珍獣を見に来る感覚だろうか。全員、トレーニングウエアに綱引き用のシューズを着用し、すぐにでも練習に取りかかれる。

「何でこんなに集まった？」真島は困惑して、つい田代に聞いた。

「そりゃ、珍しいもの見たさでしょう。それと、ケリーって、地元ではそこそこ知り合いがいますからね」

「そうなのか？」

「ほら」

田代が指差す先を見ると、ケリーがもんじゃ焼き屋の大将、水木広大《みずきこうだい》と談笑している。ケリーの日本語はかなり達者だが、水木が英語を喋《しゃべ》れるかどうか……しかし二人は笑っていて、ちゃんと話が通じているようだ。

「水木の旦那、最近変な外国人が常連になったって言ってましたけど、ケリーだったんですね」

「おお……しかし、アイルランド人がもんじゃ焼きねえ」真島は首を捻《ひね》った。

「一人でふらっと入ってきて、食べ方を教えたらハマったそうです」

「あれだけ体がでかいと、もんじゃ焼きぐらいじゃ腹一杯にならないだろう」それこそ一ポンドのステーキを、おやつ代わりに食べそうな感じがする。

「彼は、異常にビールを呑むそうです。もんじゃ一人前を肴《さかな》に、ジョッキ五杯を空けたとか」

「そりゃまた、半端じゃねえな」心配になってきた。練習や試合の後に皆で一杯というのが楽しみなのだが、ケリーが参加したら、どれだけ呑むか分からない。外国人の酔っ払いの面倒を見るのは厄介ではないだろうか。「――おっと、オーナーのお出ましだぞ」

長池は、若い女性に手を支えられてやって来た。体育館なのでスリッパを履いているのだが、すり足になってしまうのでどうにも危なっかしい。しかし女性は大柄で、いざとなったら痩せ細った長池を片手で軽く支えられそうだ——孫の長池……麻里香《まりか》だったか。長池には七人も孫がいるそうだが、その中の最年少ではないかと真島は予想した。確か、高校まで本格的に槍投《やりな》げをやっていて、国体——今は国民スポーツ大会か——にも出たと聞いたことがある。

長池がやって来ると、選手たちは自然に整列した。ケリーは戸惑っている——皆が急に真顔になって並んだので、何事かと思っているのだろう。

「ケリー、あの人がうちのオーナーだ」真島はささやいた。

「オーナー？」ケリーが目を見開く。「プルスターズは個人の持ち物？」

「そういうわけじゃないけど、彼はずっと昔から、チームを援助してくれていた」

「ああ。援助……スポンサー？」

「そうだけど、スポンサーじゃ格好が悪いから、皆オーナーと呼ぶ」

「何か変——」

「ご苦労！」長池が叫んで、ケリーの戸惑いを断ち切った。久々に聞く、彼の大音声だった。

ぴしりと引き締まった空気が流れる。麻里香に腕を支えられたまま、長池がケリーに近づいて来た。何を言い出すつもりかと、真島は警戒した。

長池は、ケリーの正面で立ち止まると、震える手を伸ばして彼の腕を摑んだ。ケリーは何事かと、不審げな表情を浮かべている。長池はさらに踏みこみ、ケリーの胸板を平手で二度、叩いた。ひどく失礼な態度だが、ケリーは平然としている。

「いい筋肉している」長池が重々しくうなずいた。「うちのチームでやるんだな？」

「はい、プルスターズで」

「結構、結構。頑張ってくれ」長池が満足そうに言った。「では、練習始め！」

その先は真島が引き取った。

「じゃあ、ストレッチ！　久しぶりだから、怪我しないように入念に！　皆、ストレッチのやり方覚えてるか？」

「体が覚えてますよ、キャプテン」田代が言うと、軽い笑いが広がる。

「じゃあ、スタートだ」

真島はケリーと組み、彼にプルスターズ独自のストレッチのやり方を教えた。ケリーは呑みこみが早く、一度も聞き返すことなく、言われた通りのストレッチをこなしていく。実際に彼の体に触れて、動かしてみて、長池が満足した理由がはっきりと分かった。太い筋肉はパワーと柔軟性を兼ね備えており、綱引きに理想的な体と言える。長池は実際に綱を引く場面を見もせずにケリーを受け入れたようだが、その目は確かだ。自分もそうだった……たまたま誘われてプルスターズの練習を見に来た時、長池に体を触られ「うちでやれ」と言われた——命令されたのだった。それから三十年以上。自分でプレーしなくても、選手の素質を見抜く力が、長池にはあるのだろう。

「三対三で！」

ストレッチが終わると、すぐに体を慣らす練習に入る。最初は三対三、その後五対五で綱を引く。最終的には正規の人数である八対八になる。今日はケリーが入って十六人、ちょうど八対八の練習ができる。

三対三で引いても、ケリーの強さは分かる。まるで、規定違反の体重の人間がアンカーに控えているようだ。途中、選手を入れ替えて、全員にケリーの強さを体験させる。練習が進むに連れ、全員が真剣になってきた。強い選手がいると急に雰囲気が引き締まるのは、よくあることだ。

五対五でも、ケリーの強さに変わりはない。真島は一度練習から外れて、ケリーのプレーぶりを確認した。強さの原点は下半身だな、と見抜く。上半身のパワーも相当なものだが、下半身の安定ぶりは驚異的だ。体を斜めに倒しても、ぴたりと止まって揺るがない。そして、引き始めてしばらくは動かず、ロープを安定させることに専念していたが、ほどなく足を動かし始める。誰が動きを指示しているわけではないのに、ケリーの足が動くと、前の四人も足を運び始める。久しぶりだし、監督の指示もないので足の運びは揃っていないが、あれがきちんと揃ったら、とんでもないパワーになる。

八対八の練習が始まる前、真島は休憩を入れた。汗だくになったケリーに話を聞く。

「どうだい？　うちのチームは」

「あー」ケリーが声を上げたが、後が続かない。息が上がっているわけではなく、言いにくいのだと気づく。留学生のくせに、もう日本人っぽい遠慮の感覚を身につけているのだろうか。

「正直に言ってくれ。錆びついてるだろう？」

「錆び？」

「皆、腕が鈍《なま》ってる」

「鈍って……」

ケリーは、普通に意思の疎通ができるぐらいに日本語ができると思っていたのだが、それは期待し過ぎだったようだ。田代がサッと近づいて来て、通訳してくれる。ケリーは何度も激しくうなずいた。それから、早口の英語でまくしたてる。

「錆びついてるって言ってます」

「さっき、俺の『錆び』は分かってなかったぞ」真島は抗議した。

「意訳したんですよ」田代が苦笑しながら言った。「しばらく練習してないのは、見て分かった。本当の力はこんなものじゃないだろうって」

「分かってるじゃねえか」真島はニヤリと笑って、ケリーの肩を叩いた。

「それと全体に、床に対して高い、と」

「いや、かなり低く入ってるぜ」真島は反論した。「床に対して四十五度は、キープしてるはずだ」

　綱を引く時は、足を前に出して体を斜めにする。十分に体重をかけるためで、床に対して体の角度が四十五度、というのが長年言われ続けてきた常識だった。

田代が、右手で床を、左手で足を示すようにしながら説明した。しかしケリーは、両手を大きく広げて首を横に振る。それからまた、まくしたてた。途中から田代が目を丸くする。

「四十一度。今はそれが世界的な常識だそうです」

「本気かよ」真島は眉が寄るのを感じた。「四十五度から四十一度まで低くするのは、相当大変だぞ」

「たった四度とは言えないですよねえ」

四十五度は、体に染みついている。長くまともに練習もしていなかったから、今はそこまで体が沈んでいないだろうし、実際に四十五度まで角度をつけるのも大変だろう。そこからさらに四度……斜めが水平になるぐらいの感覚の差があると思う。

「ケリー、そいつは今の俺たちには無理だ」

「無理ですか」ケリーが悲しそうな表情を浮かべる。

「いやいや、皆練習をサボってたから。今は五十度にもならないよ」

「四十一度」ケリーが人差し指を立てた。「今はそれが世界の常識です。それができれば、プルスターズは強くなります」

「本当に？」

「間違いないです」ケリーが胸を張る。「私のチームは、それで強くなった。私のすぐ上の兄は、エンジニア。彼が計算して、一番効果的な角度を検証しました。確かに四十一度でした」

「ふむ……」

真島は腕組みをして少し考えた。しかしすぐ、他のメンバーに声をかける。真島を中心に円陣が組まれた。

「全員、今より低くすることを意識してくれ。四十五度じゃなくて四十一度」

「真島さん、そいつはきついよ」水木が反論する。「今は、四十五度だって無理だぜ。体がすっかり鈍ってるんだから」

「だから、そういう意識で。今、世界のトレンドは四十一度だそうだ。科学的な裏づけもある。そうだよな、ケリー」

「はい」ケリーが一歩前に出る。両手を揃えて下へ二度、三度と下ろした。「低く、低くです。

その限界が四十一度です。それ以上低くなると、逆にパワーが伝わらなくなるし、倒れてしまう。でも今は、思い切って低くしましょう。動けなくても、最初に低くすることを意識すれば、必ず四十一度に近づきます」

「ケリーもそう言ってるし、やってみようぜ。八対八」

「よし、ケリーが言うならやってみるか。多分、倒れるけどな」水木が言うと、笑いが広がった。水木が周りを見回して「気をつけてな。お大事に！」と声を張り上げる。「お大事に！」と返事の声が揃った。

真島は思わずニヤリとした。「お大事に！」は、プルスターズの合言葉である。重要な試合前に皆で声を合わせる。「ファイト！」でも「勝つぞ！」でもなく「お大事に！」。元々年齢層が高めのチームなので、何より怪我せず無事に終わって、明日からはちゃんと仕事に戻ろうという意味だ。弱気な声がけに思えるかもしれないが、怪我に気をつけながらやっても勝てる——という自信の表れと考えてもいい。

「あれ？」田代が声を上げた。「朱音ちゃんじゃないですか。何でここへ？」

「俺が呼んだんだよ」真島は言った。

「もう引っ越して来たんですか？」

「いや、今日はたまたまだ。せっかくだから、プルスターズ再起動の様子を見せようと思ってな——朱音！」

朱音が不機嫌な表情を浮かべたまま、ゆっくりと歩いて来る。

「それで、何？」

「うちの監督、やってくれ」

「はあ？」朱音が目を細める。「何で私が」

「お前ならできるだろう。選手経験者なら、監督はやれる」

「やったことないよ」

「試合の時に声をかけられてたんだから、かけかたも分かるだろう。だいたい、人数が少ないから、監督をやる人間がいない」

「はいはい」朱音が溜息をついた。「上、着たままでいい？　冷房がこれじゃ、風邪引いちゃうから」

「そりゃあ、別に構わない」

「それで？　どっちのチームの監督？　両方なんて無理よ」

「あの、でかいアイルランド人がいる方だ」真島はケリーに向かって顎をしゃくった。

「プルスターズって、いつの間に外国人が入るようになったの？」朱音が目を見開く。

「今日からだ」

朱音が肩をすくめ、ケリーの方へぶらぶらと歩いて行った。その途中で、「こちらのチームの方！」と声を張り上げ、手を挙げてひらひらさせる。ほどなく、彼女を中心に八人の選手が集まった。サイン——というか、かけ声のすり合わせだろう。やる気ゼロのはずが、急にその気になったように見える。

「何で朱音ちゃんを呼んだんですか」田代が訊ねる。

「人数が足りないからに決まってるだろう」

「朱音ちゃん、静岡で女子の綱引きチームに入ってたんですよね？　全国大会で優勝までしたんでしょう？　いつの間に仕込んでたんですか」

「俺は何もやってない——いや、誘いはしたんだよ？　プルスターズにも昔、女子チームがあったじゃないか」

「そうでした」

ただし女子の方は常にメンバー不足で、十年前には活動停止、正式に解散していた。女子チームに入って綱引きをするようにと朱音を誘ったのは、娘が小学生の時だから、もう二十年以上前になる。朱音は激しく反発した。それはそうだろうと、今になって思う。女子チームの平均年齢は、その頃三十代半ばぐらいだったのではないだろうか。自分の母親世代の選手ばかりの中に、小学生が入るのには抵抗があったはずだ。しかもまだ体が出来上がっていなかったし、そもそも朱音の興味は他に向いていた。小学校四年の時にトランペットを始め、ブラスバンドの活動に夢中になっていたのだ。

しかし結婚して浜松に移り住んでから、綱引きを始めたと聞いて、真島は仰天した。まったく興味がなかったはずなのに、二十代も半ばになって、急に綱引きを始めるとは。

朱音が参加したチーム「浜松シャイン」は強豪で、男女とも何度も全国大会に出場している。朱音はさほど体が大きくないのだが、どこでどうやってトレーニングしたのか、しっかり筋肉もつけて戦力になっていたらしい。ただし……プルスターズ同様、チームの活動は次第に停滞し、女子チームは二年前には活動停止。それに自分の離婚が重なり「もう綱引きはしない」と、真島に対して引退宣言していた。

「よし、いこうか」真島は声を張り上げた。

自分はいつも通り、ロープの最後尾に位置するアンカーのポジションに入る。アンカーだけは、ロープを肩にかけたりして安定させることができる。太く重いロープの感触が懐かしい。しかし四十一度か……自分の中でイメージしてみたが、なかなか上手くいかない。ほとんど床と水平になる感覚ではないだろうか。

「いいか」真島は炭酸マグネシウムで白くなった両手を擦り合わせながら、声を張り上げた。「まず、三十秒キープを五回。それで体が慣れたら、実際に引いてみる。うちの朱音が、そっちチームの監督をやるから、指示に従ってくれ」

朱音がむっとした表情を浮かべたが、今の言葉のどこに怒ったかが分からない。

「じゃあ、行くぞ。ピックアップ・ザ・ロープ！」

真島が号令をかけると、全員がロープを持つ。真島はロープを摑む掌に、懐かしい痛みを感じた。しばらく綱を引いていないから、掌も柔《やわ》になっているだろう。掌の皮膚がずるりと剝《む》けてしまう「事故」も、何度も経験している。少しずつ慣らして、掌の皮膚を厚くする——プロ野球選手のキャンプのような集中トレーニングも必要だ。毎日の生活を見直し、個人練習で綱を引く時間も作らないと。

「テイク・ザ・ストレイン」

ロープが完全に張り、ぐっと位置が低くなる。ああ、このビリビリとした緊張感。腕だけでなく、足の裏から肩までぐっと力が入るのが、綱引きだ。使っているかどうかはともかく、頭のてっぺんにまで力は入っている。血管が弱い人だととてもできないような激しさなのだ。

ロープはなかなか安定せず、左右に微《かす》かに揺れた。真島はもう一度声を張り上げ「ステイ！」と指示を飛ばした――よし。ロープがぴたりと静止する。

「プル！」

引かれる――引かれない。綱引きでは、引き合う同士が無理に力を入れず、同じ姿勢をキープしあうのが練習の基本である。

長池につき添ってきた麻里香が、気を利かせて時計をスタートさせていた。競技用の大きな時計で、大きな針が一秒一秒を刻んでいく。真島は頭の中で十数えて時計を見たが、実際には七秒しか経《た》っていなかった。これだけきつく力がかかっているから、一刻でも早く終わりたいという願望で、頭の中で時間を早回ししてしまったのだろう。

途中から横を見続けて、三十秒が経過したところで「やめ！」と指示を出す。力が抜け、一瞬向こうへ引っ張られる。全員が「はい」と声を上げ、それぞれ肩を上下させたり回したり、膝の屈伸を始めたりした。綱引きは全身運動なので、体の各所に負荷がかかる。明日の朝、特定の場所だけが痛んでいたら、フォームが崩れている証拠になるわけだ。

真島はゆっくりと腰を伸ばした。この腰痛とは、もう五年以上のつき合いになる。原因が何なのか……綱引きなのか、仕事なのかは分からない。綱引きで腰に負担がかかっていたのは間違いないが、機械製造の仕事では、無理な姿勢を長時間保たなければならないことも多い。医者に行って治った感じがして、その後放っておいたら再発、そんなことの繰り返しがずっと続いていた。ヘルニアなら、思い切った手術で治す気になったかもしれないが、医者も明確な診断を下してはいなかった。「腰痛は原因不明も多いから」と、セカンドオピニオン、サードオピニオンを求めた病院で言われて、絶望的な気分になったものである。地元で鍼灸院《しんきゅういん》を経営する村下亜衣子《むらしたあいこ》——活動が盛んな時には、プルスターズの多くの選手の面倒を見ていた——のアドバイスは「背筋と腹筋を鍛えろ」。体幹を鍛えて、腰痛が気にならなくなったケースを何件も見たらしい。体重の重い人の腰に負担がかかるのは当然だから、その周囲の筋肉を強化することで、腰痛を軽減できるという理屈らしい。あるいは体重を減らすか。その話を聞いた頃、真島はずっと体重八十五キロをキープしていた。アンカーとしては、ある程度重さも大事なので、必死で食べて筋トレで筋肉を膨らませて……体重を減らしたら綱引きに悪影響が出るので、筋トレの中でも腹筋・背筋のトレーニングを強化したのだが、チームの活動自体が停滞したために、無駄になってしまっている。

ダメージを受けてはいない。これからくるかもしれないが……練習に集中するために、真島は麻里香に声をかけた。

「麻里香ちゃん、悪いけど、三十秒経ったら『やめ』の声をかけてくれないか？　時計を見てると、集中力が削《そ》がれる」

「分かりました」麻里香は素直に受け入れてくれた。

「よし、じゃあ、二本目。残り四本。ピックアップ・ザ・ロープ！」

そして「テイク・ザ・ストレイン」。今度は一回目よりも安定している。久々の練習だから皆疲れてしまうだろうと思っていたが、むしろようやく体が解《ほぐ》れた感じかもしれない。

「プル！」

ぴたりと安定。真島は「低く！　四十一度を意識して！」と指示を飛ばした。

「下げるぞ！」言って、両足を一歩ずつ前に出す。これでかなり角度が浅くなったはず……ビデオで撮影してないと駄目だな、と思った。今時は、ハイテク機材――ビデオはハイテク機材でもないだろうが――をどんどん使って、理論的な裏づけをしながら練習していくべきだろう。

「下げて！」さらに半歩、前に出す。これで、普段目標にしてきた四十五度にはなったはず……しかし、真島の足に異変が生じてきた。痛みはないが、これまでに感じたことのない緊張感が走る。四十五度のきつい角度をキープするための筋力が、下半身から失われてしまったのか。

最後尾から見ていると、全員の動きが合っているかどうかが分かる。今は、少し危ない。前から三番目に入っている田代のところで、ロープが高くなっているのだ。本来は一直線にならないといけないのに……ロープが歪《ゆが》むと、力の伝達にロスが生まれ、全体のバランスが崩れる。

麻里香に任せたのだが、気になって時計を見てしまう。あと五秒。時計の横に立った麻里香が声をあげようとした瞬間、不意にバランスが崩れて、田代が転んでしまった。それがきっかけになり、真島も一気に引かれて前のめりにバランスを崩してしまう。まずい……真島は体重を下方向にかけ、自ら床に倒れこんだ。このまま引かれると、双方に怪我人が出る恐れがある。

止まった。

危ない、危ない……真島はその場にしゃがみこんだまま、自分の体をチェックした。あちこちが引き攣《つ》るように痛むが、致命的な痛みという感じではない。

「怪我は？」仲間に声をかける。

全員が立ち上がり、ストレッチしたりしながら体の具合をチェックした。どうやら誰も怪我していないようだとほっとして、田代に文句を言うことにした。田代のところでロープの位置が高くなってしまい、それがバランスを崩すきっかけになってしまったのだから。

しかし真島が言うより先に、朱音がクレームをつけた。真顔で近づいてくると、立ち止まって腕組みをする。

「田代さん、一人だけ高かったですよ」

「朱音ちゃん、そんなに責めないでよ」二人は顔見知り——というより、田代は朱音が赤ん坊の時から知っている、気安い仲だ。

「いえいえ、バラバラになっていると危ないですから。もっと気持ちを揃えて、ロープの高さを合わせて下さい。下げられないですか？」

「あの角度は、今のぎりぎり限界なんだよ」田代が両肩をぐるぐる回して言い訳した。「そんなに下げたら、それこそあっという間に転んじまう」

「個別練習で慣れるしかないでしょうね」朱音がうなずいた。「あの、例の……引くマシン、まだありますよね」

「倉庫の隅に置いてあるはずだ」真島が答えた。実際にはマシンというほどのものではなく、単なる「棒」である。バレーボールのネットを立てる時に使うポールと同じ太さのもので、固定用の穴に突っこみ、フックを引っかける仕組みになっている。あくまで、一人の練習用で、何人もで引いたら、鉄のポールとはいえ曲がってしまうかもしれない。

「低くキープするためには、ああいうので個人練習してからの方がいいですよ。浜松シャインでもやってました」

「分かった、分かった。だけど、体が鈍ったおっさんをそんなに追いこまないでくれよ」田代が泣き言を言った。

「綱引きに年齢は関係ありません」

このやりとりを聞いて、真島は思わず苦笑してしまった。かつて自分が言った台詞《せりふ》「筋肉に年齢は関係ない」をパクったような一言ではないか。

「よし、じゃあ、三回目、行こう」

指示しながら、真島はケリーの顔を見た。いい感じに汗をかいているが、どこか不満そうな表情……この程度の力しかないのかと、がっくりしているのかもしれない。

残り三回、三十秒キープの練習。「低く」と真島は指示したが、なかなか下がらない。一度転んでしまったので、その痛みの記憶が体と頭に残っているのだ。

「五分休憩」

真島はタオルで顔の汗を拭った。こんな感じで汗をかくのも久しぶりだった。腰痛は……今の所は大丈夫。しかし、プルスターズをきちんと再起動するなら、筋トレも再開しないといけない、と覚悟する。腰を守るためにも、今までと同じように——今まで以上に引けるように。

他のメンバーの様子を確認する。久しぶりなので疲れているのは間違いないが、怪我人はいない。

「よし、三本勝負で行こう。今日はそれで締めだ。怪我しないで、気合い入れて」

「お大事に！」と田代。

「お大事に！」綺麗に声が揃う。

まったく、お大事に、だ。怪我したら馬鹿馬鹿しい……まずは五体満足でいないと、綱引きはできない。

「ピックアップ・ザ・ロープ」さあ、今度は真剣勝負だ。はるか先にいるケリーの顔を見ると、まさに真剣な表情……顔は真っ赤になり、分厚い胸が大きく上下している。

「テイク・ザ・ストレイン」

ピンとロープが張る。先ほどよりも力が入っているのが分かる。向こうサイドについた朱音は、膝に両手をついて低い姿勢を保っていた。ロープの動きに応じて動き回り、気合いを入れ、あるいは指示を出す。監督なんかやったことないと言っていたが、意外に様になっているではないか。その時、頭の片隅にふとある考えが浮かんだが、それは後で……。

「プル！」

ぐんと力が入る。真島は下半身に力を入れることを意識して、ロープの安定を狙った。しかし、これはまずい。安定する前に、既に引かれ始めていた。

「プル！」これは朱音の声。よく通る声が耳に突き刺さったと思った瞬間、一気に引かれた。何とか踏ん張ってそれ以上引かれないようにしようとしたが、あっという間に引きこまれ――朱音が慌てた様子で「ストップ！」と声をかけた。

秒殺かよ、と情けなくなる。向こうのチームはそれなりに盛り上がっており、選手たちはケリーとハイタッチを交わしていた。ずっと険しい表情を浮かべていたケリーが、ようやく笑う。少しは満足できる結果だったのだろうか。

「よし、残り二回！」

ところが、残り二回も練習にならなかった。いずれも秒殺。ロープが安定する前に引きこまれ、勝負がついてしまった。これはちょっと、ケリーの力を試しておく必要があるな……。

「おい、泣きの一回だ。ちょっとメンバーを入れ替える」

「父さん……」朱音が呆《あき》れたように言った。

「アンカーをチェンジ。それでもう一回だ」

向こうはこれまで八回、同じメンバーで引いている。それぐらいでチームワークが整うわけもないので、純粋にアンカーの力の差かもしれないと考えたのだ。

「朱音、こっちのチームに入ってくれ」

「父さんに指示しないってことね。言っても聞かないでしょうけど」

「そういうことじゃないんだ」真島はケリーに向かって顎をしゃくった。

「はいはい」真島の意図を察したようで、朱音が溜息をついた。

「じゃあ、泣きの一回、ラストだ」

真島とケリーが入れ替わった。真島はもう一度、炭酸マグネシウムを丁寧に手にすりこみ、全員に、同じようにするよう指示した。「炭マグ、ちゃんとつけろよ!」

そして泣きの一回。ロープを張った瞬間、今度は別の手応えを感じる。先ほどよりも余裕がある——どうやらトータルでは、こちらの組み合わせの方が力があったようだ。しかし——。

「プル!」一気に力が入る。静止——ロープが安定して、しばらくはお馴染みの我慢大会になるのを覚悟した。最近の綱引きは、こうやってロープを安定させ、相手のスタミナ切れを狙う戦術が多い。全員のスタミナが切れなくても、一人二人の力が落ちれば、バランスが崩れるので引きこめる。

「プル！」朱音が叫ぶ。おいおい、何でこの状態で引かせる？　しかしずるずると動かされてしまった。

「キープだ、キープ！　我慢しろ！」

ところが動きは止まらない。朱音がもう一度「プル！」と声をかけると、一気に引きこまれてしまった。朱音と真島が同時に「ストップ」と叫ぶ。

なるほど……ケリーのパワーは予想以上だ。

彼をチームに正式に迎え入れ、大会に出すための方法を考えないと。「外国人枠」のようなものがあるのだろうか。

3

水木のもんじゃ焼き屋で打ち上げ――真島はいい感じに酔っ払って帰宅した。久しぶりに美味《うま》い酒を呑み、ケリーの呑みっぷりに舌を巻き……。

「アイルランド人はお酒が大好き」と彼が言う通り、真夏の部活で喉がからからになった高校生のごとく、水を呑むようにビールのジョッキを空にしていく。「本当はウイスキーの方が好きです」と打ち明けたが、水木のもんじゃ焼き屋にはハイボールもない。そもそもケリーの「ウイスキー」というのは、水や炭酸で割ったものではなく、ストレートのことらしい。

家に帰ると、朱音がダイニングテーブルで焼きそばを食べていた。真島を見ると首を傾《かし》げる。

「父さん、ご飯とかはどうしてるの？」

「食ってるさ。朝は飯を炊くかパンを食べて、昼は会社で取る弁当。夜は——まあ、蒲田には飯を食うところはたくさんあるからな」

「それで栄養バランス取れてる？　お酒呑んで終わりじゃないの？」

「いやいや、酒は単なる味つけで、食べる方優先だ」

「冷蔵庫に何も入ってないけど、ご飯を炊いて、どうやって食べてるの？」朱音はしつこい——母親そっくりだ。

「そりゃあ、納豆と卵かけご飯だ。日本の定番の朝飯じゃないか」

「お味噌汁《みそしる》は？」

「インスタントで十分だ。最近のインスタントの味噌汁は美味いぞ」

「インスタントは、塩分が強いんじゃないの？　体に良くないと思うけど……父さんも年なんだから」

「娘にそんな風に言われるとショックだな」

「ただの事実」

家に帰ってきたら、こんな風に毎日口煩《くちうるさ》く言われるのだろうか。妻もあれこれ口出ししてきたが、根底には愛情が感じられた。しかし朱音は……父親に逆らうようになった思春期の頃から、ずっと厳しさしか感じない。

「私も別に、帰ってこなくてもいいんだけど」

「まあ、そう言わずに」ここで喧嘩しても仕方がない。真島としても、離婚する娘の将来は心配なのだ。

「大阪に戻る手もあったんだけどなあ」

「金は？」

「ないわけじゃないし、慰謝料だって分捕ってやるし——向こうが一方的に悪いんだから」

「だけど、慰謝料は大した額にはならないだろう」結婚生活も長くなかったのだし。

「それでも、大阪で生活を立て直すためには十分だよ。家を借りて、仕事も——」

「仕事の当てはあるのか？」

朱音が一瞬黙りこむ。以前大阪で勤めていた会社に復帰——とでも考えているのだろう。しかしそういうのは、上手くいかないのが常だ。よほど特殊な「余人をもって代え難し」の技能や能力を持っているなら別だが。真島の工場には、ミクロン単位で製品を仕上げられる職人が何人もいる。そういう人ならともかく、朱音は経理社員だった。

「まあ、いいよ。ここへ戻る」

「だったらうちの会社で働け」

「ええ？　まさか、私に後を継げとか言わないわよね？」

「そういう意味じゃない。ただ、今は人手不足で、事務の人間が足りないんだ。俺は金の計算とかしたくないんだよ」

「社長がお金の計算嫌いで、よくやってられるよね」

「そこは何とか……給料はきちんと出す」

「まあ……働くなら、それは当然だけど」

夫の不倫で一気に離婚を決めたものの、将来の展望は見えないままなのだろう。実家で働きながら、これからのことを決めればいい。会社を残していくことも大事だが、真島は必ずしも家族で継いでいかなくてもいいと思っている。優秀な若い社員が何人かいるから、将来は任せてもいい。技術を継承することが大事で、家族が儲けるのは二の次だ。もちろん、朱音が会社の理念に共鳴してくれるなら、次の社長にしても構わない。朱音は昔から頭がよく、機転もきいた。妻は「あの子に会社を任せるように、ご機嫌取っておいた方がいいわよ」と言っていたが、真島は娘を仕事で縛るつもりはなかった——妻が亡くなるまでは。

「何か食べる？　焼きそばなら作れるけど」

「いや。もんじゃ焼き屋でたっぷり食べてきた」

「もんじゃは美味《おい》しいけど、栄養バランス的にはちょっとねえ」

朱音が立ち上がり、空になった皿を流しに下げた。皿を洗う音をBGMにしながら、真島は冷蔵庫を開けた。確かに、娘が心配するのも分かる。冷蔵庫にはろくに食材が入っていない。ビールはたっぷりあるのだが……。

「コーヒー、飲むか？」

「淹《い》れようか？」朱音が振り返る。

「いや、俺が淹れる。暇だから、コーヒーの淹れ方だけは上手くなったぞ」

言って、ポットをガスレンジにかける。ペーパーフィルターを用意し、粉を二人分……コーヒーの深い香りで、一気に酔いが醒《さ》めてくる感じがした。昔は、酔いが醒めるのがもったいないと思っていたが、今は寝る前には、ある程度正気に戻っていたいと思う。妻を亡くしてからは特に……まだまだ元気だと思っているし、腰痛以外に体の悩みはないのだが、五十代になれば、何が起きてもおかしくない。一人暮らしのリスク軽減のためにも、せめて酒は控えめにして――煙草《たばこ》もやめた。

お湯が沸く。最近買った、コーヒー用のやかんを使う。細い注ぎ口から少しずつお湯を垂らして、豊穣な香りを引き出すことができる。二人分なので、ポットに溜《た》まるのに時間がかかる。朱音は大人しくテーブルについて、コーヒーが入るのを待っている。昔は気が短く、自分の思うようにならないとすぐに癇癪《かんしゃく》を起こしていたが、少しは我慢することを覚えたようだ。

「ブラックだぞ。砂糖もミルクもない」

「それでいいよ」

食器棚の中を漁《あさ》って、適当なコーヒーカップを探す。朱音が子どもの頃使っていたカップ……は見つかったのだが、可愛《かわい》い花のイラストつきで、三十二歳の女性が使うには相応《ふさわ》しくない。客用のカップがあったのでそれを洗い、コーヒーをなみなみと入れて出してやる。自分用には、いつも使っているマグカップだ。

「へえ」一口飲んだ朱音が、驚いたように声を上げた。「父さん、ちゃんとコーヒー、淹れられるんだ」

「馬鹿にするなよ。俺は昭和の男じゃない」

「昭和生まれじゃん」

「一番長く生きてきたのは平成なんだよ。だから平成の価値観で生きてる」

「令和になって、また色々なことがアップデートされてるよ」

「一々面倒臭い世の中だ。綱引きぐらい、単純にいきたいね」

「父さん、さ」朱音が急に背筋を伸ばした。「座って」

「ああ？」

「でかい人に近くで立たれてると、威圧感がすごいのよ」

娘に言われるまま、ダイニングテーブルの向かいに腰を下ろす。

「父さん、本気でプルスターズを再起動させるつもり？」

「ああ。ケリーの経験とパワーが新しい風になる。ケリーも、鍛え直せば何とかなるって言ってたしな。あいつは留学が終わるまでの臨時の選手だけど、必ずプルスターズを変えてくれる」

「それで、また全国大会へ、とか狙ってる？」

「そりゃそうだ。いや、それだけじゃ終わらないぞ。優勝して世界大会へ、だ。そこでケリーのチームと対戦したい。あいつら、八人兄弟でチーム作ってるんだぞ。すごくないか？」

「まあ、子沢山だこと」朱音が肩をすくめる。「向こうだと、普通なのかな」

「さすがにアイルランドでも、八人兄弟は多いんじゃないか？　まあ、兄弟でやってるからチームワークは最高だろう。そして父親が監督。未だに頭が上がらないそうだ」

「チーム名は？　オキーフ・ブラザーズとか」

「何で分かった」真島は目を見開いた。

「何となくだけど……安直よね。真島兄弟商会みたいな？」

真島は思わず声を上げて笑ってしまった。

「そいつはダサ過ぎる」

「でもだいたい、綱引きチームのネーミングってイマイチだよね」

「お前のところは？」

「……浜松シャイン婦人部」

「農協の支部みたいだな」

「私、名前変えようって何度も提案したんだよ」朱音が顔をしかめる。「でも、何十年も使ってきた名前を変えるのは大変だ、OGにも申し訳ないからって拒否された。まあ、プルスターズっていうのは、ましな方かな」

「引っ張り星——南半球でしか見えない星座の名前みたいじゃないか」実は真島も気に入っている。

「それはいいけど、またいろんな人、巻きこんでる？　今日、長池さんも来てたでしょう？　っていうことは、商店会総出で応援的な？　正直言って、今時そういうの、流行《はや》らないと思うよ。商店会を盛り上げるつもりかもしれないけど、どうすれば盛り上がるか、正解はないんだから。経営コンサルなんかに聞いたら、綱引きチームを強くする、なんていうアイディアは絶対に出さないよ」

「経営コンサルなんてのは、適当なことを言って、自分でコンサルって名乗ってれば、誰にでもできる」

「そうだけど」朱音は珍しく歯切れが悪い。

「何が言いたいんだよ」

「無理だと思うよ」

「新戦力がいても？　ケリーはプレーヤーとしてだけじゃなくて、トレーニング方法や戦術のいいアイディアも持ってる」

「無理」低いが決然とした口調で、朱音が言った。

「何で」

「分からない？　自分で分からないから、プルスターズの活動は低調になってきたんじゃない？」

「おいおい」真島は立ち上がった。娘は喧嘩を売っているのか？　長くなりそうだと判断して、リカーキャビネットから上等なスコッチウイスキーを出してきて、コーヒーに少し垂らした。

「そんな飲み方して大丈夫なの？」

「本当は、バーボンが一番合うんだが、あいにく切らしてる」

「そうじゃなくて、悪酔いしないかっていう意味」

「コーヒーの方がずっと量が多いんだから、むしろ目が覚めるよ。それで、どうして無理なんだ？」

「おじさんばかりだから」朱音があっさり言い切った。

「よせよ、おじさんは」

「今日のメンバー、平均年齢何歳ぐらい？」

「四十……はいってないかな。俺が平均年齢を押し上げてる。最年少は崎谷新太で二十九歳。家族でやってるコンビニの店長だ」

「知ってる。結構大きい子でしょう？　百八十ぐらいある」

「ちょうど百八十だ。高校時代はサッカー部のキャプテンだよ」

「それで……平均年齢は、四十歳は超えてるはず」朱音が首を横に振って訂正する。「今、全国で強いチームってどこ？」

「秋田の愛綱会《あいこう》、それに大阪の消防。あと、仙台市役所のチーム。ここはメンバーに、甲子園出場組が二人いるんだ。ある意味反則じゃないかね。それと、神戸の消防署も強い」

「消防の人って、綱引きが訓練になるし、チームワークを高めるためにもいいんでしょうね。人命がかかった仕事をしてるから」

「綱引きは究極のチームスポーツだからな」

「そういうチームって、若い選手が多いでしょう？　結局体力勝負だし、若い方が絶対有利。父さんなんか、腰が痛いんじゃない？」

「何でもないぞ」真島は背中を伸ばした。「今日も普通に引けてた」

「違うよ。庇《かば》ってた。昔の父さんだったら、あんな風に一気に引けなかったでしょう。最後の八対八、プルの前の時点でもう、勝負ついてたよ。引いてる本人には分からないと思うけど、全員、フォームがなってなかった。久しぶりだからしょうがないけど、アンカーの父さんが一番ひどかったよ。本当に、フォームから忘れちゃったんじゃない？」

「ケリーは、何とかなると言ってたぞ。練習すれば……」

「チームは休眠状態――みたいなこと、昔言ってたじゃない。母さんのお葬式で私がこっちに来た時に」

「そうか？」朱音に言ったかどうかは覚えていないが、それは事実だ。たまたま多くのメンバーが仕事で忙しくなり、練習に出てこない選手が増えて……練習しなければ弱くなる。弱くなれば試合に勝てない。勝てなければ続けることに興味をなくす――よくあるスポーツ選手の負のスパイラルだ。それにコロナ禍が追い討ちをかけた。「じゃあ、やるだけ無駄か？　俺が一人で空回りしてるか？　でも今日、あんなにたくさんの選手が集まったんだぞ？　皆、本当はやりたいんだ。何かきっかけが必要なだけだったんだ」

「思いこみ……かどうかは分からないわね。皆にアンケート取ったわけじゃないから」

「ケリーを入れて、これから練習を始めるよ。なるべく早く試合の日程も組む。実戦で鍛えるのも大事だからな。お前、ケリーと話したか？」

「少しね」

「あいつ、何か言ってたか？」

「強くなる可能性はあるけど、それは大変だって」

「大変なのは覚悟の上だ」真島はコーヒーをぐっと飲んだ。自分で考えていたよりもウイスキーがたくさん入っていて、むせてしまう。

「なに、誤嚥性《ごえんせい》肺炎？」朱音が目を細める。

「これがひどくなると、誤嚥性肺炎になるんだよ。今はただむせただけだ……お前、本当に監督やらないか？」

「冗談じゃないわよ」朱音が脳天から突き抜けるような声を出す。「何で私が監督？　もう綱引きはやめたんだよ？」

「選手をやめただけだろう。それに、こっちへ戻ってきて、仕事をしてるだけでいいのか？　時間を持て余すぞ」

「別に——私だって趣味ぐらいあるわよ」朱音が言い張った。

「何が？　お前、映画も読書も興味ないだろうが」

「トランペットがあるわよ。久しぶりに再開しようかな。市民オーケストラとかに参加してもいいし」

「この辺に市民オーケストラとかあったかな……それにお前、トランペットをやってたのは中学までじゃないか。高校は陸上一筋だろう？　大学で再開したのか？」

「やってないけど……」朱音が下唇を突き出した。

「でも、綱引きはやってた。そもそも、どうして綱引きを始めたんだ？　昔、俺が散々誘っても乗ってこなかったのに」

「それは、近所のつき合いとかあるし……」朱音がそっぽを向いた。

「でもはまったんだろう？　何が面白かった」

「分かりやすいじゃない？　勝った負けたがはっきりしてるから、試合が終わっても気持ちがそんなに暗くならないっていうか――うちは元々強かったから、私はそれに乗っかってただけだし」

「全国大会で優勝した。戦術もアップデートしてただろう？　男子のチームで女性が監督をやるのも珍しくない。的確な指示が出せれば、男でも女でもどうでもいいんだよ」

「やだよ、私。そんな責任の重い話」

「いや、お前ならできる。やってくれ」

「父さんが引退して、監督をやればいいじゃない」

「馬鹿言うな」真島は真剣な表情を浮かべた。「俺はまだまだやるんだよ。現役としてプルスターズを再生する。娘として、それに手を貸してくれてもいいんじゃないか？　親孝行として……親孝行が嫌なら、綱引き好きの仲間として」

「やだ」朱音は渋い表情だった。「これから私、結構大変になると思う。生活をゼロから立て直すんだから。綱引きなんかやってる暇、ないわよ」

「いやいや、こういうのは思い切ってやってみれば何とかなるんだよ。今日だって、ケリーの話を教えたら、簡単に人が集まっただろう？　要はやる気なんだよ。やる気さえあれば、何でもできる」

「即答しかねます」妙に丁寧に言って、朱音がコーヒーを飲み干した。「本当はね、私、カフェでもやりたいのよ。美味しいコーヒーの淹れ方を勉強して」

「やればいいさ」真島はうなずいた。「人間、何歳になっても勉強だ。俺はこれから、新しい筋トレに取り組む。肉体改造だ」

「今更腹筋バキバキにして、どうするの？　まだ呑み屋でモテたいとか？」

「俺は今でも母さん一筋だ」これは本気だ。呑んでいる時に友人たちに言うと「そろそろいいんじゃないか」「お前がそんなに真面目なわけがない」とからかわれるのだが、真島にすれば本気も本気、未だに亡き妻に操《みさお》を立てている感覚はある。しかし……プルスターズを再起動するのは、ぽっかり空いた時間を埋めるためでもある。

それに他人を巻きこもうとしている自分は、とんでもない人間なのかもしれないが。

4

週に二回の練習が設定された。そうなると、いろいろなことが気になってくる。まず、室内で綱引きをやる場合に必須のゴムマット。相当古いものでかなり痛んでいるのだが、新調するのは難しい。「たかが」ゴムマットなのだが、買えば軽く百万円を超えるのだ。作っているメーカーも少ないし、大量生産するようなものでもないので、こういう値段になってしまうのだろう。練習に支障はないと判断して、使い続けることにした。

真島自身は、シューズを新調しなくてはならなくなった。二回目の練習で、いきなりソールが剝がれてしまったのだ。綱引き用のシューズは、国内では一つのメーカーが作っているだけである。ゴムマットを使用する前提で、ソールの作りが独特だ。そして全体重がかかる激しい動きに対応できるよう、タフな構造になっているのだが、それでも耐久限度を超える負荷がかかることはままある。他にもシューズに不安があるメンバーが何人かいたので、まとめて発注することになった。

練習の後は呑み会が定番だったのだが、真島はこの習慣を改めた。呑んで体力を消耗してしまうのはよくない。朱音に言われた年齢の問題が気にかかっているのだ。代わりに、真島はケリーに夕飯を奢《おご》って、今後の練習方法などについて話し合うことにした。となると、全員でというのは難しいので、一対一の面談にする。

ケリーが餃子《ギョーザ》を食べたいと言い出したので、真島は地元の中華の名店に連れていった。蒲田は羽根つき餃子発祥の地とも言われており、名店と評判の店も多い。

「餃子なんて、アイルランドでは食べないよな？」真島は確認した。

「日本で初めて食べました。日本一の料理」

「餃子は元々、中国の料理だけどな」真島は苦笑しながらメニューを眺めた。朱音に言われたことがずっと頭に引っかかっており、青菜の塩炒《いた》めを真っ先に注文に加える。栄養バランスが崩れている時はだいたい野菜不足だから、青菜をたっぷり食べておけば、解消されるだろう。

他に餃子を四人前、炒飯《チャーハン》、焼きそば。普段この店で頼むような料理を注文して、ビールで軽く乾杯する。今日はジョッキではなく瓶ビールをグラスで。ケリーは何となく不満そうだったが、

「ちゃんと話がしたいから、アルコールは控えめにしよう」と押し切った。

「それで――真面目に話すけど、うちのチーム、本当に何とかなると思うか」

「ハードに練習すれば。皆、綱引きの基本は分かっていても、今はパワーもスタミナも足りない」ケリーが右腕をぐっと曲げて力瘤《ちからこぶ》を作った。

「ここ五年ほどは、ろくに練習もしてないんだ」今日集まったメンバーも、しきりに筋肉痛を訴えていた。この前練習をしたのは三日前なのに、まったく回復していない。まるで怪我人部隊だ、と情けなくなった。そういう真島も、腰痛こそないものの、あちこちに痛みを抱えている。

「元の力を取り戻すのは大変。僕たちは週に二回練習して、他の日は自分でトレーニングしてます。週末はいつも試合です」

「厳しいスケジュールだ」昔のプルスターズは、同じようなペースでやっていたのだが。

「そこまでやって、半年ぐらいでパワーと勘を取り戻せる……感じ？」自分で言いながらケリー

は自信なげだった。

「半年か……一年後に、全国大会の予選がある。それに出たいな」

「来年の秋」ケリーが指を折って数えた。「うーん……たくさん練習しないと」

「今のところ、週二回集まるのが限界だな」真島は腕組みをした。「自主トレで頑張ってもらうしかない。ケリー、そういう練習のスケジュール、組んでくれるか？」

「もちろんです。僕、体育の先生」ケリーが嬉しそうに言った。「僕は、留学を少し延ばして、予選に出ます。全国大会の時は、また日本に来て出てもいい」本来ケリーの留学期間は、今年の八月から来年の六月までのはずだ。来年の予選——都大会は秋なので、確かに留学延長が必要になる。

「よし、いいぞ。練習方法は任せる。基本からきっちりやろう」

「はい、そうです」

ケリーは真剣にチームのことを考えてくれているようだった。それは頼もしいが、あまりにもハードな練習を重ねると、脱落する選手が出てくるかもしれない。

「ところで、うちのチームは年寄りだろうか」

「年寄り……はい」ケリーがあっさり認めた。「うちの兄弟、一番上のお兄さんは三十五歳。それから三十三歳、三十二歳。三十歳、二十五歳、二十四歳、僕が二十一歳。僕の下が十八歳。一番上のお兄さんは、自分はもう年寄りだって言ってる」

「冗談じゃねえぞ」憤然と言って、真島はビールをぐっと呑んだ。「俺は五十三だ。でも、まだまだやれる」

「真島さんは、タフ」

「そうだよ。俺はタフだ。他の連中も、鍛え直せば何とかなる」

「若い人、いないんですか？」

「痛いところを突くねえ」

「突く……？」

「プルスターズの最大の問題なんだ。弱くなって、若い選手が入ってこなくなった。昔は、毎年一人や二人は、二十代の若手が入ってきたんだが、今は難しい」

「募集しましょう。ネットで」

「うちはホームページも持ってないぞ」

「ＳＮＳでも、何でも。僕が管理します」

「本当に？」真島は、ＳＮＳなどにはまったく縁がない。他のメンバーも同じだろう。蒲田で長く、地元向けに商売をやっている人間がほとんどなのだ。商売のためでも、ＳＮＳをやる必要などないと思っているに違いない。真島も、自分の工場の仕事をＰＲしたり、新入社員を募ったりするのに、特にネットが必要だとは思っていなかった。

「ＳＮＳ、やればいろんな人が見てくれます」

「それと、張り紙でもやるか」

「張り紙？」ケリーが首を傾げる。

「小さいポスターさ」真島は両手を動かして、長方形を作ってみせた。それでもケリーがピンと来ていない様子なので、スマートフォンを使って「張り紙」を画像検索し、それを見せる。「ほら、こういうやつ」

「はい、見たことあります。電柱に貼ってあった。うちの猫を見かけませんでしたかって」

「それは個人が貼ったやつだね。区役所とか、人が多く集まる場所に貼ってもらって、募集をかけよう」

「いいアイディアです」ケリーがうなずいて同意した。「それも僕が作ります」

「あんた、そんなことまでできるのかい？」

「頑張ります。日本語の勉強にもなります」

料理が次々と運ばれてきて、会話は一時中断した。ケリーは嬉々《きき》として餃子に手をつける。この店の餃子の皮は薄くパリパリしていて、歯触りを楽しめる。餃子自体は小さめで、肉より野菜の甘みを感じるものだった。

真島は、餃子を食べたい気持ちを抑えて、青菜の塩炒めを先に食べた。確か、野菜を先に食べた方が、血糖値が上がらない……糖尿の気配はないが、用心しておこう。青菜炒めはしっかりニンニクが効いていて、それでいてさっぱりして、食事のスタートに最高だ。そして美しい焦げ目がついた餃子の魅力。すぐに餃子を食べて、真島はビールをぐっと呑んだ。やはりこの餃子にビールは、最高の組み合わせである。

料理があらかた片づいたところで、真島は話題を引き戻した。

「うちの娘に監督をやらせようと思うんだ。どう思う？」

「ああ……朱音さん。話しました」

「朱音も、静岡で綱引きをやってた。チームは解散したし、本人は離婚して、こっちに戻ってくる予定なんだけど」こんなことまで話してしまって大丈夫かと心配になる。しかしケリーは気にしていない様子だった。

「朱音さん、いいと思います」

「そうかい？」

「朱音さんの声、よく通ります。聞きやすい。大会の時、たくさんのチームが来るから、監督の声が聞こえないこともある。うちのパパは、毎日発声練習をしてます」

「そんなに熱心に？」

「監督の声が聞こえなかったら、チーム、負けます。パパはそこまで考えてやってる。でも元々、オペラ歌手になりたかった」

「本当に？」綱引きとオペラでは、方向性がまったく違うと思うが。

「はい。パパの歌は今でも最高です。皆さんに聞かせたい」

「それこそネットでつないで、コンサートを開いてもらってもいいな」蒲田とアイルランドの絆《きずな》が、意外なところから生まれるかもしれない。

「後で聞いてみます。でも、朱音さんが監督になるの、いいと思います」

「本人は嫌がってるんだけどな。ケリー、そのうち説得してくれないか？」

「はい、いつでも。それと、子どもたちにも綱引きを教えます」

「本当に？」

「明日の放課後、やってみます。見に来て下さい」

ケリーもずいぶん前向きだ。他の選手も、こういう態度に感化されるといいのだが――俺があっさり感化されたように。

ケリーに誘われたので、真島は翌日、仕事を抜け出して小学校の体育館を訪れた。大勢集まっているかと思ったら、二十人足らず。ただしこれでも、八対八で引き合いはできる。子どもたちの他に、ケリーの世話役である五十嵐孝子教頭も顔を見せていた。

「いい？　今日は試合をやってみましょう。綱引きはスポーツだから、ちゃんとルールもあって、大会もあるんだよ。はい、まずがロープの持ち方からね」

ケリーが声を張り上げ、自分で握り方を示して見せた。それから子どもたちを二組に分け、実際にロープを持たせてみた。子どもたちの間を走って回り、一々持ち方を直してやる。

「皆、綱引きやったことあるかな？　ある？　でもそれは、大勢でやるやつね。運動会。綱引きは、五十人対五十人で引いても楽しいけど、大会では八人対八人で引き合います。今日は皆に、それをやってもらいます」

ケリーはてきぱきと指導し、子どもたちの顔は真剣になった。遊びではなく、勝ち負けがはっきりしたスポーツということを、子ども心に理解し始めたのだろう。

「ケリーは、教え方が上手ですね」孝子が感心したように言った。

「彼はいい先生になりそうですね」

「でも綱引きって、すごいですね。私、動画サイトで観てみましたけど、あんなに迫力あるんですね。フルパワーで引き合うっていう感じで」

「会場で、生で観るともっとすごいですよ。パワーだけじゃなくて、無言の駆け引きも面白い。

うちのチームも再起動して大会に出ますから、観に来て下さい」

「ぜひ。綱引きファンになりそうです」

「まず、うちのチームのファンになって下さい」

「地元のチームは応援しますよ」

　意外なことに、子どもたちは最初から低い姿勢を作り始めた、まだ体が出来上がっていないし、足腰に力もないはずだが、体が柔らかいからだろう。右側のチームがじりじりと引き――動きはバラバラだった――結局最後は一気に引きこんで決着がつく。すぐに、子どもたちの笑い声が弾《はじ》けた。

「はい、じゃあ、チームを半分入れ替えるよ。後ろの四人、交代して」

　ケリーの指示に、子どもたちが嬉しそうに従う。ケリーの指導は上手い。これで綱引きに目覚めた子どもたちが、将来プルスターズに――いい流れだ、と真島がニヤリと笑った。


　日曜日、工場は休みだった。しかし真島は朝から工場に籠って、一人で作業を続けた。昼前にそれが終わり、田代に電話をかける。

「どうしました？」田代は警戒していた。

「ちょっとうちの工場に来ないか？」

「また何か企《たくら》んでます？」

「企んでるさ。お前を巻きこむんだよ」

「また嫁に怒られるよ……」田代が溜息をついた。

「普段ちゃんと大事にしてないから、すぐに怒られるんだよ」真島は忠告した。自分自身に対する反省の念も含めて……相手が死んでからでは遅いのだ。

「はいはい。じゃあ、行きますよ」

十分後、田代が工場に入って来た。中は最低限の照明しか点《つ》いていないので薄暗い。しかも寒い……田代が吐く白い息が、顔の周りにまとわりついていた。

「何だかこの中、外より寒くないですか」

「そんな暖かそうなやつ着てて、よく言うよ」田代はもうコートを着ている。こういうのが街に増えるのは、十二月になってからだが……今年は寒くなるのが早いのかもしれない。

「真島さん、よく寒くないですね」

「仕事してりゃ、寒くないよ」真島は普段着——油染みの目立つ、会社の名前入りの作業着だ。

「こいつをちょっと見てくれ」

真島は、午前中一杯かけて作った特製のマシンを見せた。

「富田の工場から、バネを何本かもらってきて作ったんだ」チームメートの富田健は、地元のバネ工場に勤めている。

「こいつは……」田代はピンと来ていない様子だった。「昔、エキスパンダーとかありましたよね。それですか?」

「エキスパンダー?」

「ほら、漫画雑誌の通販なんかで売ってたやつですよ。バネを両側から引っ張って、大胸筋を鍛える」

「ああ、あれな——いや、違う、違う」言われて思い出したが、エキスパンダーとこのマシンの共通点は「バネ」だけである。このマシンでは、エキスパンダーよりずっと太く大きなバネを三本使っている。片側の端にはフック、反対側にはリング。

「なるほど」田代が気づいてうなずいた。「一人用のトレーニングマシンを作ったんですね？」

「ご明察。どこかにロープを引っかけて引っ張る練習はよくやるけど、固定されたロープだと、実戦とは感触がまったく違う。バネがあると、引き始めの感触が、人間を相手にした時に近いんじゃないかと思ってさ。実は前から準備してたんだけど、ちょっとな……放置しておいた」

「練習もやってなかったんですから、こういうのを作る気にもなれなかったでしょう」

田代がずけずけと言ったので、真島は少しショックを受けた。別に作る気がなかったわけじゃなくて、単に時間がなかっただけ……いや、やはり田代の言う通りか。どうせチームの練習もないのに、自分だけ鍛えてどうする、と考えてしまったのは間違いない。

「まあ、いいから。ちょっと出来具合を見てくれよ」

真島は、特注のロープを持ってきた。太さは競技用と同じだが、長さは五メートルほどしかない。端には、特大のカラビナを接合してある。これをポールなどに引っかけて、一人で練習できるようにしたのだ。

今作ったばかりの装置のフックを、巨大な工作機械の手すりにかける。もう一方の端のリングには太いカラビナを通した。

「ほいよ」

田代にロープを渡す。恐る恐る受け取った田代が、ロープが繋《つな》がった先の工作機械を見た。

「これ、精密機械でしょう？　こんな乱暴なことに使っていいんですか？」

「あの手すりは、動かす時に使うだけだから。折れても本体には影響ない」

「ちなみに、何キロあるんですか？」

「六百――七百近いかな。軽自動車よりは軽いけど、簡単には動かないよ」

「移動用の手すりがついてるってことは、動くんじゃないですか」

「お前も疑り深いっていうか、臆病だねえ。車輪はちゃんとロックしてあるから」真島は鼻で笑った。

「慎重にならないと、恵芳商事で部長にはなれないんですよ……床、滑りそうですね」

「靴を脱いだ方がいいかもな」田代は普通のスニーカーを履いている。

「それだと足が油で汚れるでしょう。真島さん、もうちょっと綺麗にしておいて下さいよ」田代が文句を言った。

「工場なんざ、どこでもこんなもんだよ。本気で引かなければ滑らないさ」

「はいはい」

田代がロープを持ち、後ろへ下がった。ロープがピンと張る。田代は体重をかけず、腕の力だけでロープを引っ張った。バネがぎりぎりと耳障りな金属音を立てる。この不快な音は、もう少し工夫の余地がある、と真島は反省した。

腕組みしながら真島が見守る中、田代がゆっくりと体を斜めにした。覚悟が固まったと見て「プル！」と号令をかける。田代が一気に体重をかけると、バネがぐっと伸び、すぐに動きが止まった。

「どうだい？」

「感覚は悪くないですね。これ、もっと引いて大丈夫ですか？」

「もう一杯だと思う。これ以上は、お前の体重じゃ動かないよ」

「もう少し引けるといいんですけどね。これだとキープの練習はできるけど、その後の引く動きに対応できないでしょう」

「まあ、そうだな」言われればその通りだが、こういう簡単なばねじかけでは、この程度の動きが限界だろう。

「向こうが引くような動きまで再現できれば、人間の代わりになれますけどね。アトランダムに引くとか」

「そこまで完成度が高かったら、ゲームセンターに納入できそうだけどな。綱引きゲーム、とか言って」

田代がゆっくりと足を動かし、姿勢を立て直した。最後の最後で滑りかけ、慌ててロープを摑んで何とか堪《こら》える。

「やっぱり滑りますね」

「まあまあ……」

「怪我しないうちにやめておきますよ」

「そうだな。飯、食ったか？」

「ええ」

「じゃあ、コーヒーでも淹れるからつきあえよ」

「そいつはありがたいですね」

二人は工場の脇にある事務室に入った。普段の真島は、社員に混じって工場で作業をしているか、こちらの事務室で打ち合わせをしているか、どちらかだ。事務室には、父親の代から勤めているベテラン——超ベテランの女性社員・福田昌子《ふくだまさこ》が詰めて、金の計算や来客の接待、社員の労務管理を行っている。何かと頼りになる存在だが、本人が「そろそろ勘弁して欲しい」と申し出ている。この会社では定年制度を設けていないので、職人たちは腕と目が衰えたと自分で感じるまでは仕事を続けられる。そして彼女は会社の屋台骨と言っていい存在で、本当に辞めるとなったら後釜探しが大変だ。そこで朱音に目をつけたのである。朱音は子どもの頃から、昌子に可愛がられていた。東京を離れてからも、里帰りする度に長いこと話しこんでいたものだ。仲がいい相手だから、仕事の引き継ぎなどもスムーズに行くだろう。

ここにもコーヒー専用のやかんを用意してある。昼飯の後に、社員に振る舞うこともあった。今日も丁寧に入れて……唐突に空腹を覚えて、冷蔵庫を開ける。中には、朱音が作ってくれたサンドウィッチがあった。卵にツナ、ポテトサラダ。いかにも体のでかい人間の昼飯用という感じで、食パンを斜めに二つに切った大きな三角形だ。コーヒーの用意をしながらサンドウィッチを頬張る。

「パン食なんて珍しいですね」

「朱音が作っていったんだよ。今朝、浜松に戻った」

「離婚の方、大丈夫なんですか？　揉《も》めてない？」

「あいつから聞いた限りじゃな。ま、向こうが一方的に悪いみたいだし」

「娘さんと二人暮らし、楽しみじゃないですか？」

「どうだか」真島は吐き捨てた。「向こうは嫌なんじゃないかな。嫌われないためには、俺も飯ぐらい作らないとまずいだろうな。できれば、朱音にはここで働いて欲しいんだよ。事務が一手にできる人間が必要なんだ」

「昌子さんは？」

「本人がそろそろ……と言ってる。六十五歳だからな。体もしんどいみたいだ」

「昌子さんの後を継ぐとしたら、朱音ちゃんかな」

「会社も継いでもらえるとありがたいけど、そこまで贅沢《ぜいたく》は言わないよ。俺が引退したら、誰かに事業継承してもらってもいいんだし。社員が、今まで通り仕事ができればそれでいいんだ」

「親父《おやじ》さん――先代は、それでいいって言いますかねえ」田代が天を仰いだ。

「死んじまった人に義理を通してもしょうがねえよ」父はこの会社を我が子のように思っていた。真島には子どもの頃から「お前は後継ぎだから」と言い続け、工業高校で機械工作の技量を身につけさせた。社員とのつき合いを教え、実際に真島を会社に入れると、実地研修で仕事の仕方、社長としての心構えを伝えた。そして真島が四十歳になった年、六十五歳で急死――まるで真島が一人前になったのを見届けての死のようだった。最後に残した言葉は「会社を頼む」。

「そういう割に、奥さんには義理を通してるでしょうが」

「ま、落ち着いたら若い嫁さんでももらって、俺も若返るよ」

「若返るなら、綱引きの方がいいですよ。さっきのマシン……本格的に自主トレを再開するつもりでしょう？」

「ああ」真島はうなずいた。「ケリーと話した。皆基礎は分かっているけど、体力が落ちてるっていうのが、あいつの評価だ。単純に筋力不足だということだよ。今の綱引きには、スタミナも大事だしな」

「ですねえ」田代が同意する。「パワーのある筋力と持久力のある筋力。全然別物ですけどね……羽崎《はざき》先生がいた頃はよかったな。先生の理論は分かりやすかったし、それを実際の練習や試合に活《い》かすための方法も、納得いくものばかりでしたね」

「ああ」

羽崎は、ケリーも通っている愛徳大の医学部教授だった。愛徳大の医学部を出たのだが医者の道には進まず、研究職に……それもスポーツ医学の専門家になった。地元の大学の教授という縁もあって、一時はプルスターズの専属トレーナーを務めてくれていた。選手の治療に手を出すと同時に、トレーニング方法もアドバイスしてくれて、真島も自分の体を作ってくれたのは羽崎だと自覚している。そもそも本人が筋トレマニアで、真冬でもTシャツ一枚、何かあるとすぐに服を脱いで上半身の筋肉をアピールしたがるタイプだった。

ただしその羽崎は、五年前に大学を辞め、出身地である愛知県に戻ってしまった。父親が病気になり、その介護もあって、帰郷せざるを得なかったのである。愛知育動大学の教授に転身することにも成功し、蒲田には別れを告げた——そこでふと、思い出す。

「羽崎先生、今どうしてるかな」

「どうでしょうねえ」田代がコーヒーを飲むと、驚いて目を見開いた。「真島さん、コーヒーの腕、上げましたね。会社を朱音ちゃんに譲り渡したら、喫茶店でも始めたらどうですか」

「朱音が会社を継いでくれたら、な。それより羽崎先生――お前、連絡先は知ってるか？」

「住所は分かりますよ。年賀状はやり取りしてますから」

「携帯の番号かメールは？」

「ええとね」田代がダウンジャケットからスマートフォンを取り出した。画面を操作してしばらく凝視していたが、やがて「ないな」と言った。

「何だよ、薄情な奴《やつ》だな」

「いや、前に一度、電話したんですよ。それがつながらなくて……番号変えたみたいなんですよね。メールも不着だったし、番号とかは削除したんです。きちんと整理しておかないと、溜まるばかりで訳分からなくなりますから――そもそも、真島さんのスマホには連絡先、入ってないんですか」

「ない――と思う。なあ、住所が分かってるなら、連絡してみてくれないか？　ケリーは色々な練習方法を提案してるけど、それが科学的に問題ないかどうか、羽崎先生に検証してもらいたい」

「それ、図々しくないですか？」田代が顔をしかめた。

「だからそこは、お前の顔で。プルスターズの渉外担当はお前だろう」

昔は、チーム内で様々な肩書きを決めていた。渉外担当は、対外試合のスケジュールを決めたりするのが主な仕事で真面目なものだったが、「栄養担当」は練習や試合後の呑み会のセッティングが仕事だった。ちなみに真島は正式には「総務」。大学のチームなどではマネージャーを統括する立場の人をそう呼ぶことにしているはずだが、真島は「キャプテン」を総務と言い換えていた。何となく、そちらの方が格好がいい感じがして。ただしメンバーは「キャプテン」と呼ぶ。

「じゃあ、手紙を書いてみますよ。でも、連絡先を知っている人間がいるかもしれないから、その前に聞いてみましょう」

「頼む。それと……チームとしてきちんと再起動するなら監督が必要だ」

「そりゃそうですね」田代がうなずく。

「それを朱音に任せようと思う」

「朱音ちゃんに？」田代が目を見開く。「しかし、女性ですよ」

「女性監督なんて、珍しくもない。朱音は自分でも綱引きをやっていたし、的確に指示ができる。チーム作りを進めて行く中で、朱音みたいに外部の人間がいた方が、客観的にできるんじゃないか？」

「朱音ちゃんは内輪の人でしょう」田代が反論する。

「家族としてはな。でも、綱引きの人間としては外の人だ」

「俺は別に……反対する理由はないですけど、朱音ちゃんはＯＫしたんですか？」

「交渉中」

田代が溜息をついた。しかしすぐに、ニコリと笑う。五十代には見えない若々しさが顔を染めていた。

「何だよ、ニヤニヤして」

「いや、娘の扱いは難しいですね」

「特に、離婚して久しぶりに実家に帰って来る娘の扱いはな……でも、色々やった方がいいんだよ。サバサバしてるように見えるけど、傷ついているかもしれない――立ち直るためには、忙しくしているのが一番だろう」

「ごもっとも」

「愛梨ちゃんだって、嫁に行けば――」

「それはまた、別の話で」田代が嫌そうな表情を浮かべる。

愛梨は朱音と同い年だが、まだ独身で実家暮らしだ。田代は「さっさと嫁に行けばいいのに」とよくこぼすが、本音は「ずっと家にいて欲しい」ではないだろうか。愛梨は子どもの頃から優秀で、司法試験に合格し、今は企業法務を主に行う事務所で弁護士をしている。激務らしいが、やりがいがある仕事なのは間違いないだろう。そういうできる娘が家にいるというのは、父親として誇らしいのではないだろうか。

「まあ、朱音ちゃんが監督は……俺はいいと思いますよ。チームの皆も顔見知りだし、反対する人もいないでしょう。でも、意外と厳しいかも」

「そうか？」

「元々体育会系の子でしょう？　厳しい練習メニューを課されたら、脱落する人もいるんじゃないですか？」

「去る者は追わず、だ」言って真島は腕組みした。

「そんな、格好つけてる場合じゃないですよ。選手が足りなくなったらやばいでしょう。もう何年も、新しい人は入ってないし」

「そこは考えている。後は金の問題だな」

「確かに、今のところ予算ゼロですからね」田代が渋い表情を浮かべる、

「そこも考えている。スポンサーを復活させればいいんだろう」

「長池さんにまた金を出させるんですか？」

「長池さんばかりに頼っていられない」真島はニヤリと笑った。

5

真島は久々にネクタイを締め、異常に緊張しているのを意識した。今日は三栄通り商店会の新年総会——一応、あらたまった場なので、ネクタイを締めてきたのだ。「総会」というと大袈裟《おおげさ》な感じがするが、実際には月一回開催される商店会理事会の拡大版である。場所は商店街にある区民会館の分館。まずは年明けの顔合わせ、という感じで、理事以外の商店主も参加していた。真島はここでプルスターズの再起動を正式に報告し、援助を求める予定だった。

総会の前に、現在の商店会の会長、竹沢《たけざわ》——竹沢電器商会の会長だ——に声をかけられる。

「最近、景気はどう？」

「まあ、ぼちぼちですね」

「車はいいよねえ」竹沢が溜息をつく。「車はこの先も、ずっと存在してるだろう。メーカーがある限り、おたくなんかは仕事に困らないんじゃない？」

「いやいや、電気自動車や空飛ぶ車なんかが本格的に普及し始めると、仕事の内容が変わってくるでしょうから、それに対応できるかどうか」

「街の電器屋は、本当に大変だよ。家電量販店にすっかり客を取られて、それも今はネット通販に取って代わられてる。大変なのは運送業者だけで、うちらは暇でしょうがない。商売を畳むことを真面目に考えないといけないかもねえ」

伏線を張っているな、と真島には分かった。竹沢は普段から愚痴が多い人間なのだが、今日は特にひどい。街の電器屋はどこも廃業寸前だ、だから綱引きチームに金なんか出せるわけがない——はっきりそう言わなくても、やんわりと拒絶してくることは容易に想像できる。

「ま、よろしくお願いします。名誉相談役とも話はしていますから」真島は頭を下げた。

「最初に一番偉い人を押さえたわけだ」竹沢が嫌そうな表情を浮かべる。

「うちのオーナーですからね」真島はさらりと言ってうなずいた。「新年ですから、景気のいい話にしましょうよ」

「とはいっても、この不景気なご時世にそういう話はねえ」

最近、真島は不景気の実態が分からなくなっている。確かに、真島の工場のような孫請けは、ずっとぎりぎりの経営が続いている。社員には言わないが、資金繰りが危ない、とヒヤヒヤしたことも一度や二度ではない。一方で、多くの大企業は儲かっているのだ。しかし利益を社員に還元せず、内部留保に回してしまう——何かあった時のために現金を貯《た》めこむのは、経営者としての真島は理解できるが、日本を代表するような大企業が、そんなに弱気でどうする、とも思う。前に田代が「恵芳商事の内部留保が過去最大になった」と渋い顔で話していたのを思い出す。その分を給料に回せば、金を使う機会も増えて、景気の上向きが実感できそうなものだが……いや、今は給料が上がっても、その分を貯蓄に回してしまうだろう。日本人はいつの間に、こんなに用心深く、弱気になってしまったのか。

もっとも、庶民に至るまで景気がいいことを実感できていたような時代は、日本にはあまりなかったはずだ。

総会が始まった。基本的に一月の総会では硬い議題が出されることはなく、幹部の挨拶程度で終わるのが常だ。しかし今日は真島の出番——気合いの入った話をしなくてはいけない。

司会に促され、真島は会場の前に出た。マイクを受け取り、深々と一礼したところで、またも異常に緊張しているのを意識する。普段は緊張することなどないし、ここに集まっているのも顔見知りばかりなのだが。

「あけましておめでとうございます。真島工作所の真島でございます」そこでもう一度、一礼。緊張のあまりか、腰が痛い——いや、これは練習のし過ぎかもしれない。秋にチーム練習を再開してから、自主トレも本格的に始めて、自分を追いこんでいる。「今日はめでたい席に、明るい話題をお届けに参りました。長年、三栄通り商店会にお世話になって活動してまいりましたプルスターズ、この度正式に再起動しました。今、週に二回の練習で鍛え直しています。今後は全国大会出場、さらに優勝を目指して頑張っていく所存です」

言葉を切って、会場を見回す。反応なし……まともに活動してこなかった空白の五年間はやはり長い。毎年のように大会に出て、メダルや表彰状を持ち帰ってくるようなら、商店会の連中も「頑張ってやってるな」と評価してくれるだろうが、長く試合もやっていないと「解散したんだろう」と思われてもおかしくない。

「今回我々は、新しいメンバーを迎えました。アイルランドからの留学生、ケリー・オキーフです。ケリー！」

事前に相談してあった通り、真島はケリーを呼びこんだ。ケリーは、会議室の前のドアを開けて中に入って来る。小さく「おお」という声が出た。これは吉兆――驚きは人の心を動かす。ただし、アイルランド人を見て驚くのはどうかと思うが。

「紹介します。ケリー・オキーフです」隣に立ったケリーの肩を、真島は叩いた。とはいえ、向こうが十センチぐらい背が高いので、伸び上がる格好になってしまって、我ながらみっともない。

「ケリーはアイルランドからの留学生で、我らが地元、愛徳大の教育学部で学んでいます。将来はアイルランドで教師になるのが目標ということですが、今回プルスターズに参加してくれました。ちなみにケリーは、八人兄弟です。兄弟全員でチームを組んでいて、お父さんが監督という強豪だそうです。アイルランドの八兄弟！」

そこでまた「おお」という声が上がる――今度は前より少し大きい。「アイルランドの八兄弟」は、語感のインパクトも強いのだろう。綱引きに詳しくない人でも、その凄《すご》さは想像できるはずだ。何だかケルト神話のような世界……今後は「アイルランドの八兄弟」をプッシュして宣伝しようと思ったが、それはプルスターズには直接関係ないか。

「ケリー、挨拶を」真島は一歩後ろに下がり、代わってケリーが前に出た。

「ケリー・オキーフです」日本式の深々としたお辞儀。「子どもの頃から日本のアニメが大好きで、それで日本語を覚えました。留学して、今は日本語を勉強しながら、教育を学んでいます。いずれはアイルランドに帰って先生になるのが夢ですが、その前に日本でやることができました。プルスターズで活動することです。私はアイルランドで、家族でチームを組んで、子どもの頃から綱引きをやっていました。日本では綱引きはできないだろうと思っていましたが、偶然この街にプルスターズという素晴らしいチームがあることを知って、参加することにしました。プルスターズは必ずまた強くなります！　私はその手助けがしたい！　皆さんにも応援してもらいたいです。よろしくお願いします！」

真島は思わず拍手してしまった。今日の会合の参加者に同意を求めるための拍手ではなく、ケリーのちょっとした演説があまりにも見事だったらからだ。日本に来てから初めて本格的に日本語の勉強を始めたと言っていたが、実際にはアニメで学んだ部分が大きいのだろう。真島はアニメに縁のない人生を送ってきたが、海外の人に日本文化を伝えるために効果的なのは、間違いないようだ。

「ケリー、ありがとう」真島はケリーにうなずきかけて話を引き取った。「ここで皆さんにお願いがあります。プルスターズは昔から、商店会の皆さんの援助をいただきながら活動してきました。チームを再起動するにあたって、予算が必要です。図々しいお願いは百も承知で、今一度、皆さんの援助をお願いしたいと思って、今日は参上した次第です。我々はこれから全国を、さらには世界を目指します。我々が勝つことで、三栄通り商店会を全国にＰＲできます。今は何かと元気がない時代ですが、名前を売れば、また景気が上向くチャンスも来ると思います。どうか、みなさんのお力を貸して下さい。よろしくお願いします」

深く一礼。隣ではケリーも頭を下げている。留学生が、日本流のお辞儀をマスターしていることは、参加者にもいい意味でショックを与えるのではないだろうか。

「私からは以上ですが、ケリー、あれを」

ケリーが、丸めていたポスターを広げて、全員が見えるように角度を変えて動かす。これが本格的、かつなかなか恥ずかしいポスター……チームの全員がユニフォームを着て、円を描くように集合している。その写真の上部に、「プルスターズ　選手募集」の文字がでかでかと躍っている。下の方には、チーム紹介が細々と書きこまれていた。デザインも文章も全てケリーによるものだ。これだけ日本語が達者なら、日本の会社に就職しても上手くやっていけるだろう。そしてプルスターズにずっといてくれれば、チームの将来も安泰になるはずだ。

ケリーが兄弟チームを捨てるとは思えないが。

「このポスターはケリーの力作です。現在、新しい選手を募集していますから、興味のある方は、ぜひ連絡を下さい。年齢を問わず、プルスターズでは大歓迎です」

とはいえ、本音は二十代の若手が欲しい、だ。チームをこの先長く続けていくためにも、若い血は絶対に必要だ。

「それでは今後とも、プルスターズをよろしくお願いします！」

今度は大きな拍手。ケリーを連れてきて正解だった——自分たちの訴えは全員の胸に響いたはず、と確信する。

「アーモンドさんですか……すっかり大企業ですよね」新年総会後の懇親会。真島は相手の名刺をまじまじと見てから褒めた。

「おかげさまで……地元の企業として頑張ってますよ」

「子どもの頃、親父さんのケーキが最高のご馳走《ちそう》でした」それは事実だ。父親が、機嫌がいい時に買って来るアーモンドのショートケーキは実に美味かった。体重管理のために、今では甘いものをほとんど食べない真島にとって、人生最高の想《おも》い出の甘味は、あのショートケーキだ。

アーモンドは、現社長の松葉智《まつばさとし》で三代目だ。松葉は真島と同世代だが、つき合いは特にない。

松葉は、アーモンドを「街の洋菓子店」として細々やっていくつもりはなかったようだ。「昭和の洋菓子」――年配者はこの響きに弱いようだ――のイメージをプッシュして十年前からは各地に支店を開設し、幅広く商売を展開し始めた。今は東日本各地に三十を超える店舗を持つ大きな会社になった。新製品が出るとCMを打つこともあるし、コンビニなどとのコラボ商品も出しており、今や蒲田を代表する企業と言っても過言ではない。

「松葉さんも、綱引き、どうですか」松葉は、背は高くないががっしりした体型で、綱引きに向いていそうだ。

「いやいや、私なんか、とても」松葉が、苦笑しながら顔の前で手を振る。「もうそんな元気はないですよ」

「そうは言っても、私より年下でしょう？　綱引きは、歳取《とし》ってからも楽しめますよ」

「五十過ぎて、ちょっと膝を悪くしましてね。激しい運動は医者に止められてるんです」

「いやあ、それは残念」

「でも、懐かしいですね。昔を思い出しましたよ。プルスターズが全国大会に出て、街の人が総出で応援して。甲子園に地元の高校が出る時って、あんな風になるんでしょうね」

「野球に比べれば綱引きはマイナーですけどね」真島は皮肉っぽく言った。「誰でも小学校の運動会でやるのに、競技綱引きに興味を持つ人は少ない」

「不思議なものですね。でも、街の一体感を高めるためにはいいんじゃないですか。失礼ですけど、隣のオッサンが全国大会に出て活躍すれば、盛り上がりますよ」

「身近な感じでね」真島は相槌《あいづち》を打った。これは雑談……だが、いい感触がある。

「スポンサー、大丈夫ですか？」松葉が訊ねた。

「正直、苦しいです。だから今日、お願いに上がったわけでして」

「うちがスポンサーについてもいいですよ」

いともあっさり言い出してくれたので、真島は興奮を抑えるために低い声で答えた。いきなり食いついたと思われるのも恥ずかしい。

「ユニフォームに会社の名前を入れて、とかは難しいですよ。純粋アマチュアスポーツなので、スポンサーは……」

「そうですよね」松葉がうなずく。「でも、何かあった時にうちの名前を出してくれれば、十分宣伝になります」

「援助していただけたら、それは最高ですけどね」

「一つだけ」松葉が人差し指を立てた。「実績が欲しいです。私も別に、会社の金の使い方を勝手に決められるわけじゃないので。何か実績があれば、会社としても『地元の強いチームを応援する』という理由ができる。直近の大会は何ですか？」

「関東のオープン大会が二月にあります。それには出る予定です。もちろん目標は、来年春の全国大会ですね」

「結構です。では、関東大会でそれなりの成績を挙げられたら、うちは正式に援助に入りますよ」

「ありがとうございます」真島は頭を下げた。「そうしていただけると、本当に助かります。綱引きは遠征も多いので、何かと金がかかるんですよ」

「地元を盛り上げて下さいね――勝って」

「もちろん」

ビールのグラスを持った松葉が去ると、今度は長池が近づいて来る。今日も孫の麻里香がつき添いだった。大学生が来るような場所ではないのだが、それだけ家族思いの娘なのだろう。

「アーモンドは上手く説得できたか？」

「関東大会で勝てば、という条件つきで」

「それは当然だ」長池がうなずいた。「弱いチームに援助するのは、金をドブに捨てるようなものだ。応援した分の見返りが期待できるようなチームじゃないと」

「もしかしたら、長池さんが説得してくれたんですか？」

「何をやるにしても、下準備、根回しは大事だ。体はできあがってきたか？」

「今、必死で痛めつけてますよ」

「結構、結構」長池がうなずく。「では、しっかりやってくれ。ケリーも大丈夫か？」

「日本で就職させて、ずっとプルスターズにおいておきたいですね」

「だったら、麻里香と結婚させるか。年齢も近いし、いいだろう」

「おじいちゃん」麻里香がたしなめる。「失礼よ」

「こりゃ申し訳ない。しかし麻里香の婿は俺が自分で探す。しっかりした男じゃないとな。最後に残った可愛い孫だ」

麻里香が困ったような苦笑を浮かべる。真島は彼女にうなずきかけた――少しわがままぐらい言わせてやってもいいんじゃないか？　長池は異常に家族を大事にする男で、特に孫たちは溺愛している。一番年下の孫である麻里香など、それこそ目に入れても痛くない可愛さだろう。

「しっかり頼むぞ」

「長池さん、オーナーとして援助は――」

「もちろん、強いチームには金を出す。だから強くなれ」

6

「プル！」ピンと張ったロープがぎりぎりと音を立てる。このままキープ……しかしすぐに、真島は相手を引きこんでいる感覚を抱いた。「左！」と声をかける。声をかけて三秒後に、左足を後ろに運ぶことは決まっていた。ただしこういう声かけは、やはり監督がやるに限る。アンカーに入った真島の目には、他の選手の様子、相手チームの動きがはっきりとは見えないのだ。監督なら、ロープのサイドについて、両チームの動きがよく見える。

しかし、全員体が出来上がってきているのが嬉しい。特に矢野道弘、隆弘の兄弟は、活動停止前と同じレベルに戻っている。まあ、まだ三十代半ばだし、家業の米屋では力仕事もあるから、トレーニングにもなっているのだろう。しかもこの二人は、コンビネーションが抜群だ。無言で意思の疎通ができるのかもしれない。

気がかりは……監督候補の朱音が、要請を拒否したままだったことだ。

年明け、実家に大量の荷物と一緒に戻ってきた朱音は、「片づけが落ち着いたら会社の仕事は始める」と約束してくれたのだが、監督の方は……「やだ」と言ったきり、その後は真島が何度声をかけても答えてくれない。迷っているわけではなく完全拒否。これでは難しいか。だったら誰に監督をやらせよう？

おっと、余計なことを考えるな。

真島は意識をロープに戻し、確実に一歩引いた。

「右！」

三秒後、今度は右足を後ろへ運ぶ。体が傾いたまま、後ろに足を運ぶのは、綱引きを始めた頃にはかなり難しいことだったが、今ではすっかり慣れた。上半身と下半身のバランスさえ取れていれば、何ということはない。

「左！」

三歩目で、相手の姿勢がぐっと崩れる。こうなると後は、声を合わせず力任せに引いても、勝負は決している。腕相撲と同じで、「ここまで引かれたらもう戻せない」ポイントがあり、そこまでくれば、後は無理をすることはないのだ。あまりにも強引に引き続けると、互いにバランスを崩して倒れこみ、思いがけない怪我を負いかねない。

「ストップ！」

声をかけて、真島は急いで歩調を整えた。肩にかけていたロープを外し「これにて終了！」と宣言する。全員が安堵《あんど》の息を漏らしたが、真島はすぐ前で引いていた田代が気になった。安堵の息というか、息が荒い。激しく肩を上下させ、何とか呼吸を整えている感じだった。

「田代、大丈夫か?」

「いや、きついですね」振り向いた田代が、息も絶え絶えという感じで答える。顔面は蒼白《そうはく》で、シャワーを浴びたように汗で濡《ぬ》れていた。

「体調、悪いのか?」風邪でも引いているような感じだった。

「体調というか、右膝が……」田代がゆっくりと膝を屈伸させた。

「水でもたまったか?」

「そういうわけじゃないですけどね。医者にかかってるわけでもないし」

「医者、行けよ」真島は怖い顔を作って命じた。

「診断受けたら、ドクターストップがかかりそうで」

「それは……」

困る。田代は競技歴約三十年のベテランである。パワーは衰えているとはいえ、そのテクニック、そして分析能力はチームに欠かせない。

終わって、ケリーと恒例の打ち合わせをした。今日の店は、一年ほど前に開店したステーキハウス。三栄通り商店会に新しい店が出店するのは久しぶりだったので、開店当初は行列ができるほど賑《にぎ》わっていたが、最近は落ち着いた。せっかく若い店主が頑張っているから応援したいのだが、一人だとなかなか入りづらい。今日はケリーがいてよかった。

この店は「味はそこそこ、量は多く安い」のがポイントで、愛徳大の学生を狙った店なのは明らかだ。ランチで八百円は、ステーキとしては格安だ。昼間は、学生だけでなく、近くで工事などをやっている若い職人が、ご飯大盛りでガツガツ肉を食べている光景が、窓越しに見える。

夜は静かだ。

昼は若い人向けに安め、夜はいい肉を使って価格を上げ、ワインを提供して、年齢が高い層にアピールしたいというのが店主の狙いかもしれないが、今のところはそれが当たっているとは言い難い。

「アイルランドじゃ、やっぱり皆でかいステーキを食べるのか？」真島は訊ねた。

「ステーキ……よりも豚肉が多いです。ベーコンとか、腎臓のシチュー、美味しいですよ」

「腎臓ねえ」どんな味なのだろう。いわゆる「マメ」というやつだが、真島は食べたこともない。

「でも、一番美味しいのは朝ごはん」

「朝飯？」

「フル・ブレックファスト。量たくさん。日本は、朝ごはんをそんなに食べないですね。それが不満」

「フル」というからにはかなりの量なのだろう。それを語るケリーの表情はとろけるようだった。卵料理にベーコンやソーセージ、トマトソースで味つけした煮豆、トマトや焼いたマッシュルーム。それにアイルランド独時のソーダブレッドというパン、ジャガイモのケーキなど、盛りだくさんの内容だという。日本のホテルなどで出されるモーニングセットのような感じだが、量はずっと多いのだろう。日本人だったら、朝飯ではなく夕飯になるかもしれない。

「朝飯をたっぷり食べて、一日のエネルギーにするわけだ」

「そうです。日本はあまり朝ごはんを食べない。どうしてですか？」

「昔からそうだった、としか言いようがないな。でも日本では、その気になれば世界中の朝飯を食べられるぞ。普通に炊いた米の飯、中華のお粥《かゆ》、パンに卵もある。何でも自分に合ったものを好きに食べられるのはいいだろう」

「コンビニのおかげ」

「ああ？」

「こんなにたくさんコンビニがあったら、何でも食べられます。アイルランド、こんなに便利じゃない」

「確かに、こんなにコンビニがある国は日本ぐらいかもしれないな」

料理が運ばれてきて、二人は早速夕食に取りかかった。真島は一ポンドのステーキに挑戦する。ただしライスではなくパンを選び、しかも残すように心がけた。今は炭水化物を減らし、タンパク質を多く摂取する時期だ。真島はプロテインを好まないので、食べ物で調整するしかない。となると、やはり肉だ。

肉の味つけは塩胡椒《こしょう》だけ。ただし、テーブルにソースが五種類も用意してあり、自由に味変できるのだった。店主お勧めは「スーパーミックス」。五種類全てを混ぜ合わせると「肉の味を活かす、えも言われぬ味わい」が生じるのだという。だったら最初から、それをソースにして出せばいいのに。真島は途中で使った「レモン塩」が気に入り、結局最後までそれを使って、「スーパーミックス」には行きつかなかった。

「日本の肉は、柔らかいですね」

「そうだね。俺の財布では厳しいけど、松阪牛《まつさかうし》なんか、口に入れた途端にとろけるそうだ」

「でも肉は、もっと噛《か》みごたえがある方が……すぐに溶けてしまったらもったいないです」

「硬い方がいいのか？」

「噛みごたえ、です」

肉に関する文化の違いを感じながら、真島はうなずいた。まったく意外な展開になっている。これまで、海外の人とつき合うようなことはないと思っていた。それが今や、ケリーはチームの大事な戦力、知恵袋であると同時に、プライベートでも友人と言っていい存在になりつつある。

真島は、ケリーに選手たちの観察を頼んでいた。昔から知っている自分よりも、ケリーの方が客観的に見えるのでは、と期待していたのだ。

「そうですね……木村怜人《きむられいと》さん、近藤泰雄《こんどうやすお》さん、並木浩介《なみきこうすけ》さんは、少し体が——ええと、緩んでいます」

「自主トレが足りないな」

「はい、三人とも体重オーバーです」

特に並木……地元の洋食レストランを父親と一緒に切り盛りしているのだが、商売柄か、とにかく食べることが大好きなのだ。久しぶりに見て、顔が丸くなっているのに驚いて確認したら「この一年で五キロ増えた」とのことだった。その後も、体重が落ちる気配がない。

「ところで田代さん、怪我ですか？」ほぼステーキを食べ終えたところで、ケリーが切り出した。

「分かるか？」

「今日、姿勢がずっと崩れてました。どこか怪我している感じです」

「右の膝がよくないらしい。医者に行くように言ったよ」

「大会に出られますか？」

「それは何とも言えないな。医者の診察次第だ」真島は、一口残ったステーキをナイフで突いた。最後のこの小片が入りそうにない。諦めてナイフとフォークを揃えて置き、パンを一口齧《かじ》ると、完全な満腹感に襲われた。

食後のコーヒーはアイスにしてもらった。最高気温六度で真冬の寒さなのだが、分厚いステーキを食べた後は、冷たいコーヒーの方が消化を助けてくれる感じがする。

「出られなかったら、田代さんに監督を任せる……どうですか」

「それは俺も考えてた」真島はうなずいた。「あいつは全体が見えてるし、指示も的確に出せると思う」

「はい。田代さん、理論派？　理論派です、はい」

「あいつは頭がいいからな」真島が人差し指で頭を突いた。「頭がいい家系なんだよ。娘も弁護士だし」

「おお、すごい」目を見開いて、ケリーがうなずく。アイルランドでも、弁護士は知的職業の代表なのだろうか。

「朱音が監督をやるかどうか分からないから、次の大会の監督は、田代にやってもらうかな。監督がいないと試合ができないから」

「それがいいと思います。朱音さんは、どうして監督をやらないんですか」

「さあな」真島は肩をすくめた。「娘とは、そういう話がじっくりできる感じじゃないんだよ」

「家族なのに？」

「日本では、父親と娘はそんなに仲良くしないんだ」

「親子なのに？」ケリーが困ったように言った。

「そもそも日本の親子関係は、そんなにべったりしていない。というか、父親は、家族との接し方が下手なんだよ」

「よくないことです」

「分かってるけどなあ」

思わぬ説教を受けてしまった。外国でも、親子関係が上手くいかないケースなど、いくらでもあるだろうに。真島家の場合、「上手くいかない」というより、「よそよそしい」がより正確だろう。

思春期で芽生えた父親への不満が、今でも続いている感じ。もっとも、この現状は、真島にも責任がある。まずいと思いながら、まったく改善しようとしなかったのだから。

こうなってしまったら遅い、ということが世の中にはいくらでもある。

関東オープンは、昔から行われている伝統ある大会だ。十年前は、会場の整理に専門のスタッフが必要なほど参加チームが多かったが、今は落ち着いたもの……この十年ほどで、各地の綱引きチームが活動を停止する一方、新しく始める人は少ないのだ。理由は簡単、不景気のせいである。自分の生活で精一杯になっている時に、皆で集まって綱引き、というのはかなり負荷が高い。コロナ禍の影響もあった。消防署や役所など、景気に関係のないチームは、ずっと大会にも参加し続けているのだが。

関東大会は、男子が四ブロックに分かれて、まずブロック内の総当たり戦が行われる。各ブロックの上位二チームが決勝トーナメントに出場して、優勝を争うことになる。

Aブロックに入ったプルスターズは、同じ東京のチーム、群馬、そして埼玉のチームと競うことになった。昔から何度も対戦してきたチームも、結構顔ぶれが変わっている。新陳代謝が上手くいっているからこそ、長続きするということもあるのだろう。そういう意味では、うちはまだまだ……ケリーの勧誘作戦は功を奏さず、新人が門戸を叩く気配はなかった。

試合会場の体育館には待機場所がなく、隣にある市民会館との間の狭い通路が更衣室兼待機場所になっている。こういうのも慣れたものだ。

試合前のミーティングは、田代が中心になって行われた。結局、右膝靭帯《じんたい》の損傷ということでドクターストップがかかり、この大会に限っては選手として出場せず、監督を務めることになったのだ。緊張しているが、すぐに慣れるだろうと真島は楽観視している。

田代はまず、メンバーを発表した。先頭から、木村、並木、矢野兄、矢野弟、柿田、富田、ケリー、そしてアンカー真島。並木はまだコンディションが元に戻っていない感じで不安だったが、体重を六百キロ以内に抑えるために、入れざるをえなかった。期待できる久我が、腰痛で出られないのが痛い。

「基本の作戦は、待ち、待ち、待ちに引きで」田代が小声で告げた。この「待ち、待ち、待ち、引き」はケリーが持ちこんだ戦術である。最近は、力の均衡状態をキープして、相手が疲れるのをひたすら待つのが一般的だが、相手が予想するよりもさらに長く待つ、という戦術である。今のプルスターズの選手は、一気に引っ張る筋力よりも、ロープをキープし続けるスタミナの方が勝っている、という判断だった。

大会前に、選手一人一人の筋力チェックが行われ――羽崎と連絡が取れ、リモートで細かい相談ができた――その結果の作戦決定である。遅筋と速筋のバランスがどうこういう話なのだが、真島には理解しにくかった。「遅筋」というのは、そもそもマラソン選手など、二時間以上も同じペースで動き続けるアスリートに必要な筋肉ではないか？　綱引きの場合は、大変な熱戦になるとしても、わずか数分である。動きがなくなって三分経ったら、仕切り直しだ。

「今日はとにかく我慢で、チャンスを見て引く、その方針は変えないで行きます。再開して初めての大会ですから、とにかく怪我しないで、感覚を取り戻すことを優先していきましょう。お大事に！」

「お大事に！」

「いや、待った、待った」真島は唱和に加わらずに割って入った。「感覚なんて、第一試合の最初の引きで分かるよ。速攻で勝ちに行くんだ」

「真島さん、無理は禁物です」田代が反発する。

「勝たなきゃ意味がないんだ。お大事に、それは当たり前だけど、怪我もしないで勝つ。それを目標にしないと。勝たなくてもいいなんて考えてたら、勝てるものも勝てなくなっちまう。速攻で勝ちに行くぞ！」

おう、と声が揃う。監督の田代には申し訳ないが、これは真実だと思う。ゆっくり調整しながら慣れていく――自分たちにはそんな余裕はないはずだ。

第一試合は、同じ東京の「葛飾綱友会《かつしかこうゆうかい》」との対戦になる。向こうのアンカー、今田《いまだ》とはずいぶん昔からの知り合いだ。今田も五十歳を超えたはずだが、まだ体はしっかりしていて、いかにも頼りがいのある感じだ。ロープの脇に並んで目が合った時、ニヤリと笑って一礼してくる。それがいかにも自信ありげな感じに見えた。葛飾綱友会は、プルスターズが活動停止している間にも、何度も全国大会に出場しているから、舐《な》めてかかっているのだろう。

真島はいつも通りのポジション、アンカーに入る。ケリーがアンカーをやりたがるかと思っていたのだが、アイルランドの自分のチームでもシックス、あるいはセブンに入ることが多いので、問題ないという。いずれにせよ、重量級の二人が後ろに入ることで、引く力は安定するはずだ。

「ピックアップ・ザ・ロープ」審判の声に従ってロープを持ち、肩にしっかりかける。幸い、プルスターズの選手は、ケリーを除いては身長がそれほど凸凹《でこぼこ》していない。ファーストプラーからセブンスプラーまでの選手は両手でロープを持ち、さらに脇の下に抱えこむようにするのだが、身長差があると、ロープを真っ直ぐ保つことが難しくなる。ケリーは一段低い姿勢で、他の選手に合わせていた。

「テイク・ザ・ストレイン!」

両チームの選手の力が入り、ロープがピンと張る。真島ぐらいのベテランになると、この時点で相手チームの力がある程度分かるのだが、綱友会はやはりなかなかの強敵……きちんと練習・試合を重ねているチームらしい、安定感があった。

「ステディ!」そのままの姿勢をキープ。今のところは大丈夫だ。粘って粘って、一気に引きこむチャンスを待つ。

「プル！」

よし！　真島は小さく唸《うな》り声を上げた。体を一気に沈みこませ、足を突っ張る。同時に腕にも力をこめて引いてみた。両腕にびりびりした緊張感が走り、肩に軽い痛みさえ感じる。壁に固定されたロープを引いているように、びくとも動かない。しかし今のところ、真島は八割の力しか出していなかった。これなら余裕だ。真っ直ぐ前を見ながら、味方チームの背中、そして下半身に注目する。全員力が入っているが、足が震え出すわけではない。限界を超えると、だいたい痙攣するように足がぶるぶる震え出すものだ。

真島は頭の中でゆっくりカウントした。まず、十。続いて二十。腕が震えだす。あと五だけ頑張って、そこから一気に引いて勝負に出る——しかし突然、体が前に引っ張られた。クソ、綱友会の連中が先に仕かけてきたか。

「キープ」と田代が叫ぶ。「我慢、我慢」

しかし相手の監督は、綱友会の選手たちを煽《あお》った。

「右、左！　勝負だ！　一気！」

足が前に出てしまう。踵《かかと》を使ってブレーキをかけ、何とかその場に踏み止《とど》まろうとしたが、上手くいかない。滑る——滑ると危険なので、どうしても足を前に運ぶことになる。そうこうしているうちにあっという間に引きこまれ、ホイッスルが鳴った。

クソ、一本目は取られたか。

すぐに二本目が始まる。この大会は三本勝負で行われるので、二本目も負けたら、この試合はおしまいだ。田代が近づいて来て、小声で「もう少し我慢です。向こうが我慢できなかった」と指示する。

「了解」あと十秒耐えられるか――行ける、と思った。先ほどは、予想よりも早く向こうが引いてきたので、バランスが崩れてしまっただけだ。まだまだやれる。始まったばかりで、体力は十分に残っている。

二本目。真島は「耐えろよ!」と叫んでロープを摑んだ。

一本目と同じ感覚――しかし今回は、相手の出方はある程度読めている。一本目を安全に取ったので、同じ作戦でくるはずだ。

十秒――その数秒後、田代が「十八!」と大声で叫んだ。二秒後に引きがくる。真島はそこで思い切り力を入れ、さらに姿勢を低くすることを意識した。腕から胸、足先まで全身が緊張する。きた――しかし今回は引かれない。一瞬だけ引きこまれる感覚があったが、何とか耐えられた。その直後、一瞬の空白のような時間。

「プル!」田代が待ちの予定を無視して指示する。「一、二!」

真島は右足を後ろに運んだ。チームの動きは完璧に揃っている。引けた――田代が「プル!」と再度指示する。さらに「一、二!」と同じ合図を続けた。今度は左足を引く。行けた。相手の力が抜けるのを、ロープを通じて感じる。

「行け!」田代が叫ぶ。向こうは総崩れになりつつあるようだ。真島は右、左と順番に足を運んだ。ケリーともきっちりリズムが合っている。ほどなくホイッスル。

「ナイスプル!」田代の声が弾んでいる。真島はロープを離して、呼吸を整えた。よし、まだまだ余裕がある。プルスターズは、短期間で勝負の舞台に上がれるまで、コンディションを整えられたのだ。

「三本目、行くぞ！」真島が声を上げると、他の選手も「行くぞ！」と声を合わせる。

「次はもう少し我慢で」田代が小声で指示した。こうなってくると、監督同士の読み合いになってくる。我慢と指示しながら、実は一気に引かせる？　田代はさらに檄《げき》を飛ばす。「焦らないように。我慢できる体力はつけてきたんだから！」

三本目は長い勝負になった。間もなく三十秒になるところで、相手チームが引いて勝負に出たが、わずかに引かれただけで持ち堪える。田代はすかさず「キープ」の指示を出した。そこからさらに二十秒。試合が一分になろうとするタイミングで、田代が「プル！」と声を上げた。

一気に引きこむ。行ける――行けるぞ！　右足、左足と小刻みに動かし、綱友会を引きこんでいく。

「プル！」田代がもう一度叫ぶ。それを合図に、真島はフルパワーでロープを引き、足を運んだ。足ががくがく震え始めたが、何とか踏ん張る。最後はふっと力が抜けてバランスを崩す――綱友会の選手が転んだのだ。その時点で十分ロープを引きこんでおり、試合終了のホイッスルが鳴る。

真島はロープを離すと、一気に息を吐いた。後ろを向いたケリーと手を合わせ、勝利を祝う。しかしケリーは喜んでいる感じではなく、表情は厳しかった。

それでも、この一勝でプルスターズは復活した、と、真島は思った。続く三試合は、全て二対ゼロで勝利。全勝で予選を突破し、午後の決勝に進んだ。

こうなると、露天の「更衣室」での昼食も盛り上がる。笑いが弾け、決勝に向けて大口を叩く者も出てきた。しかしケリーの表情は晴れない。

「何か問題でもあるのか？」真島は聞いてみた。

「皆さん、そろそろ限界」ケリーが首を横に振る。

「そんなこと、ないだろう。まだまだやれる」しかし、並木は肩を上下させながら深呼吸を繰り返していた。やはりまだ、全盛期の調子を取り戻していない。

「前から力が伝わってきません」

「そんなこと、分かるか？」

「分かります。最初の試合の八十パーセントしか力が出てません」

「スタミナ切れか」真島はそうは感じていなかったが……相手の力によって、勝負の質も変わってくる。最初に当たった綱友会が強かったので、後で対戦したチームが相対的に弱く感じられただけかもしれない。

「はい、まだまだ練習が足りません」

「分かった。でも今は、決勝で勝つことを考えよう。決勝トーナメントに出てくる連中は、綱友会ほど強くはないから、勝つチャンスはある」

「十分休んで下さい」ケリーが心配そうに言った。

十分休むといっても、昼休みは一時間しかない。そしてその一時間の間に、体が冷えてきた。試合が続いている間はまったく平気なのだが、なにぶんにも二月である。待機場所は外なので、ダウンジャケットに身を包んでいても、どうしても体は冷えてしまうのだった。

午後の第一試合、準々決勝は、横浜のチームとの対戦だった。相手は若い……半分は二十代にしか見えない選手である。これは強敵だと真島は気を引き締めた。

横浜のチームは待たず、いきなり全力で引いてきた。その速攻で、プルスターズは総崩れになってしまった。開始からわずか十秒で第一セットを落としてしまう。

「油断しないで！　キープで！」田代の指示が飛ぶ。この相手だと、こちらも一気に引いて勝負した方がよさそうだが、監督の指示は絶対だ。試合中には選手同士で作戦を検討している暇はないので、全て監督に任せるしかない。

「キープ！」指示に従うでもなく、必死に動かないようにキープする。フルパワーで踏ん張り、掌にも痛みを感じるようになって、じりじりと引かれそうになった。相手の力は、綱友会より上かもしれない。

しかし何とかロープは安定した。そのまま十秒……よし、行ける。頭の中で、続く十秒のカウントダウンを始める。真島は本格的に綱引きを再開して以来、自分の体内時計がリアルな時計と合ってきたと意識していた。十数えればきっちり十秒。それで八まで数えた時、田代が突然「プル！」と叫んだ。同時に、ロープに伝わる微妙な変化に気づく。誰かがバランスを崩したか、力が抜けたか——ロープが微かに揺れている感じがするのだ。

「一、二！」

田代の合図で一気に引く。あっけないほど簡単に、横浜のチームの力が抜けるのが分かった。瞬間的に出るパワーは大したものだが、スタミナに欠けるのかもしれない。二本目の決着はあっという間についた。間髪入れず三本目。田代はまた「キープ」の指示を出した。今度は三十秒。相手は必死に耐えているようだが、またロープが震え始めた。三十秒を過ぎたところで、田代が「プル！」の指示を出す。引く——引けた。若いチームだけに、こういう駆け引きにはまだ慣れていないのかもしれない。

よし、これでベスト4。あと二勝で優勝だ。関東大会で優勝すれば、その実績は大きい。今年の秋、全国大会の予選に向けて大きな自信になるし、何よりアーモンドがスポンサーになってくれる。予算が潤沢になれば、より効果的なトレーニング、遠征を予定に組みこめる。とにかく実戦が一番の練習になるのだから、これが実現できれば未来は明るい。


しかし、物事はそう簡単には進まない。

プルスターズは、準決勝で千葉市のチームとぶつかったのだが、一対一のタイの後、一分近い接戦の末に敗れた。ここで負けてしまうと緊張感が途切れてしまうのだが、真島は他の選手たちを鼓舞し、何とか三位決定戦に臨んだ。

三位決定戦も激闘になり、それぞれ一本を取り合った後で、最後の一セット——これも一分近い熱戦になったが、最後の最後でケリーがパワーを見せつけた。真島はふいにロープを引く力が薄れたのを感じたのだが、すぐにケリーの背中が盛り上がり、体から汗が蒸気になって噴き上がるのを見た。たった一人で相手チームの八人を引きこむようなパワー。真島は慌ててロープに体重をかけ、自分の力を加えた。

相手が一気に総崩れになり、勝負は決した。

嬉しいというより、ようやく終わったとほっとする感覚が強い。今日一日、実に長かった。昔はこれが普通だったのだが、自分も歳を取ったということか……。

プルスターズの選手同士で握手を交わす。最後にケリー。いつもなら、相手の手を握り潰さんばかりにするのだが、今日は柔らかいものを握るような優しさった。実際、真島の握力はぐっと落ちている。

「何だ、ケリー。久々の大会で三位は上々だと思うけど」

「あれは駄目」ケリーが力なく首を横に振る。「僕一人で引きました。綱引きは、そういうスポーツじゃない」

「……そうだな」

確かにケリーの言う通り、綱引きは究極のチームスポーツだ。サインを無視した野球選手や、パスせず強引にシュートに持って行ってカウンターで逆襲されるサッカー選手のように、勝手なプレーに走った綱引き選手は非難されて然《しか》るべきである。しかし真島は、別の意味で呆れてしまった。一人で全体のバランスを崩すほどのパワーを発揮したというのか……気を取り直して「勝ちたかったんじゃないのか」と言った。ケリーが無言でうなずく。

「勝ちたくて、つい全力を出してしまった——いいんだよ。それに、怪我人が出なくてよかった。みんなのために頑張ったんだよな?」

「違う。僕のため」

「君個人の?」

ケリーがまた無言でうなずく。訳が分からない……もちろん、ケリーは日本人ではないし、知り合ってまだ間もないと言っていいぐらいだから、本音が読めているとは言えない。そもそも今、彼がどうして「自分のため」と言い出したのか、想像すらできなかった。

「残念です」

「三位に入ったのに？」

「残念です。プルスターズはいいチーム。もっと強くなれる。でも僕は、それにはつき合えない。一緒に頑張れない」

「どうした、ケリー」真島は一歩前に出た。「何かあったのか？　心配事があるなら言ってくれ。俺でよければ相談に乗る」

「僕は……アイルランドに帰らなければなりません」

7

ケリーの母親が倒れ、大腸がんと診断された。病状はかなり深刻で、これから難しい治療が始まる。いつ命の危機に陥るか分からない。家族から、留学を切り上げて戻って来いと言われた。ママのためには留学も諦める——ケリーからそこまで話を引き出すのに、長い時間がかかった。彼自身大きなショックを受けて、心理状態が滅茶苦茶になっている。早く母親に会いたいと焦る気持ち。日本で学ぶことを中途半端にしたくない気持ち。そしてプルスターズで綱引きを続けたい気持ち。様々な希望や想いが胸の中で渦巻き、自分でも何をどうしていいか分からなくなってしまったようだった。しかし結局、父親からの一言——「帰って来い」には逆らえなかった。

帰国したら、元々通っていた大学に復学することになる。体育教師になる夢まで捨てる必要はないだろう。だったら今は、母親の側《そば》にいてあげた方がいい——最終的には、真島が帰国するように説得する形になってしまった。その間、チームの面々とも相談して、ケリーを無事に送り帰してやろうと決めたのだった。

ケリーは、二月末に日本を離れることになった。母親が三月の頭に手術を受けることが決まったので、それに合わせての帰国である。

一年に満たない留学生活。それでもケリーは得るところが多かったようだ。せっかくだから送別会をと思ったが、ケリーの方でそこまでの時間がないという。仕方なく、日本を離れる日に、有志で空港まで見送りに行くことになった。こういう時に蒲田は便利……羽田《はねだ》空港に一番近い街と言っていい。

しかしケリーは大変だ。ロンドンのヒースロー空港経由でダブリン空港まで……丸一日かかるとは言わないが、長旅であることに変わりはない。

二月二十五日。真島はケリーと一緒に空港へ向かった。大勢で行くと大騒ぎになってしまうので、取り敢えず自分だけがつき添う——と言って、空港でチームの面々が待ち構えているという演出である。

出発ロビーで、日航のカウンターに向かうと、予定通りプルスターズの面々が揃っていた。他にも三栄通り商店会でケリーと仲良くなった人たち……三十人ぐらいいるだろうか。短い間に、ケリーは蒲田という街によく馴染んだものだと感心してしまう。

「ほら、ケリー、皆君に会いに来たんだ」

ケリーが歩みを速め、途中からほとんど駆け足になる。放置されたスーツケースがあらぬ方へ転がってしまったので、真島は慌てて駆け寄って抑えた。

ケリーが、待ち構えていた人たちの輪の中に飛びこんで行く。短く歓声が上がり、ケリーの肩が震え始めた。その体をばしばし叩く者、慰めるように背中を撫《な》でる者……これが東京の人情なんだよな、と真島はうなずいた。

「——ごめんな、ケリー。お好み焼きを焼いてきてやろうと思ったんだけど」謝る水木は涙ぐんでいた。

「昨夜も食べたよ、水木さん」ケリーが困ったように答える。だいたい、空港にお好み焼きを持ってこられても困るだろう。セキュリティを通過できないのではないか。

「さあさあ、ケリー、チェックインだ」真島が促したものの、ケリーの動きは鈍い。チェックインしたら永遠のお別れとでも思っているのかもしれない。実際、その可能性はあるのだが。

ケリーがチェックインを済ませて戻って来た。困ったような表情……泣いていいのか笑顔で別れるべきか、悩んでいる様子だった。

それにしても収拾がつかない。真島がその場を仕切ろうとした瞬間、「ああ、ちょっと待て」としわがれた声が聞こえた。振り返ると、長池がよたよたと近づいて来る。今日は一人。まだ歩くのに介助が必要なほどではないのだが、何だか危なっかしい。

「ケリー」長池が立ち止まり、ケリーを見上げる。ケリーは「ありがとうございました、オーナー」と丁寧に言って頭を下げた。

「君には謝ろうと思っていた」

「謝る……私にですか？」ケリーが自分の鼻を指差した。

「私は最初、外国人がチームに入るのはどうかと思っていた。簡単には言葉も気持ちも通じないだろう。でも君は、自分からチームに飛びこみ、溶けこんでくれた。そして新しい練習、戦術をチームにもたらしてくれた。プルスターズが無事に再生されたんだ。ずっと一緒にやってくれれば、もっと強くなるのに……残念だ」

「私も残念です」ケリーの目に涙が浮かぶ。

長池が一歩進み出て、ケリーと握手を交わした。九十歳近い人とは思えない力強さ。ケリーがそのまま長池を抱き寄せ、軽くハグする。長池は戸惑っている様子だったが、それでもケリーの背中を二度、三度と強く叩いた。

「ケリー、時間だ」真島が小声で急《せ》かした。そろそろ保安検査に行かないと、間に合わない。コロナ禍が落ち着き、最近の羽田空港はひどく混んでいるのだ。

ケリーがうなずき、一歩前に出た。右手で涙を拭うと、一つ息をして話し出す。

「私のわがままで、急に帰国することになりました。すみません」日本流の深々とした一礼。

「ケリー、謝ることじゃねえぞ！」

水木が声を飛ばす。ケリーがうなずき、話を続けた。

「日本で、私には新しい夢ができました。プルスターズで強くなることです。日本一になって、世界大会に出る。プルスターズには、もっともっと強くなる可能性があります。そして、綱引きは世界で共通の言葉だと感じました。皆さんと知り合いになれて、一緒に練習できて、大会でメダルを取れて、本当に嬉しかったです。ずっと続けるつもりでした。それを途中で抜けるのは残念です。本当に残念です。でも、家族は大事。何よりも大事な家族のために、アイルランドへ戻ります。でもまた、皆さんと会います。今度は戦いたい——ライバルとして。日本一になって下さい。それで、世界大会で私のチームと戦いましょう。世界一をかけて。私も頑張ります。今度は世界で会いましょう！」

拍手。そうか、これでケリーとの絆が切れるわけじゃないんだと、真島はほっとした。本当に世界大会に出られるか、そこでケリーのチームと対戦できるかは分からないが、目標は高く掲げる方がいいだろう。蒲田の商店街のチームが世界に挑戦するなんて、夢があっていいじゃないか。

そしてそれは「夢」ではなく、実現可能な「目標」に近いと真島は実感していた。

プルスターズはまだ強くなれる。

「よし、万歳三唱だ」

水木が調子に乗って音頭を取る。ケリーは戸惑っていたが、構わず、水木が声を張り上げた。

「それでは、ケリー・オキーフ君のますますのご活躍を願って、万歳三唱したいと思います――」

「待て待て、ちょっと待て」

長池が大声でストップをかける。胸のところまで両手を上げていた水木が、のろのろと手を下ろした。

「ケリーの母上は病気なんだぞ。万歳三唱は、今日は合わんだろう。静かに旅立ってもらおう。全員、整列！」

長池の一言で、プルスターズの面々は一列に並んだ。ケリーが一人一人と握手を交わしていく。勝った試合の後、静かに喜びを分かち合う時のように。

最後に真島と握手。他の選手よりも少しだけ長い。目礼して手を離すと、ケリーが突然「お大事に！」と声を張り上げた。全員が声を揃えて、「お大事に！」と叫び返す。

ケリーがようやく笑みを浮かべ、大きく手を振って踵《きびす》を返した。そのまま、大股で歩き出す。何だか、これ以上の挨拶を拒絶しているような……本当に永遠の別れになるのでは、と真島は心配になった。

「ケリー！」思わず叫んで声をかけてしまう。

ケリーが一瞬立ち止まり、振り返った。

「また会おう！」

ケリーが拳を突き上げる。敵としては会いたくない相手だ……しかし、彼と再会するには、自分たちが強くなるしかないのだと、真島は自分の中で燃える炎にガソリンを投下した。


ケリーはいなくなったものの、プルスターズの活動は停滞するわけではなかった。ケリーがやる気に火を点けてくれたのだが、結局は「やれば面白い」ということだろう。久しぶりに本気で綱引きをやってみて、体の痛みと一緒に面白さを思い出したということではないだろうか。

とはいえ、週二回の合同練習と自主トレだけでは、勢いをつなぐことはできない。真島は、各地にいる綱引き仲間に連絡して、週末は練習試合や合同練習を組むことにした。

綱引きチームはそれほど数が多いわけではない。先日までのプルスターズのように「存続していても、実質的に活動していない」チームも少なくない。それ故、頻繁に対外試合を組むことは難しい。そして試合がないと、どうしても競技への熱が薄れてしまうのだ。

今のプルスターズには金がある。関東大会三位という成績を受けて、「アーモンド」が正式にスポンサーを引き受けてくれたのだ。ただし、アマチュアなのでスポンサーとは言えない。商店会の中の「サポーター」という形で、金銭援助をしてくれることになった。金額は百万円で、一年契約。来年の二月の段階で、翌年の契約を続けるかどうか、検討することになっている。全国大会に出られれば、間違いなく契約継続だろうが……まあ、まだ経験値の低いチームが何を言っても仕方がない。今は練習と試合で頑張るだけだ。

五月、大型連休が終わった後の週末、チームは秋田へ遠征していた。さすがに遠いので、アーモンドからの補助金を使い、さらに半分は自腹を切る。懐は苦しくなったが、久しぶりの泊まりがけの遠征なので、中年男たちのテンションは高かった。

新幹線では田代と隣同士になった。彼は雑談をしようともせず、ずっとタブレット端末で動画を観ている。

「仙北《せんぼく》の連中の動画か？」

「ええ。彼ら、こういう対外アピールが好きですよね。YouTubeチャンネルも持ってるし、SNSでもガンガン発信してます」

「あんな田舎で、そんなにアピールすることがあるものかね」

「まあ、強けりゃ、言いたいことはあるでしょう。こいつとか、嫌な感じですけどね」

田代がインスタグラムを見せてくれた。ぱっと目に入るのが、剝き出しの二の腕をアピールする筋肉男の画像。

「野澤《のざわ》か……向こうのアンカーじゃないか？」

「ですかね。しかし、こんなに腕を太くしたら、背広とか入らないんじゃないですかね」

「背広なんか着ないんだろう」真島は鼻を鳴らした。「常にジャージ、あるいはTシャツ姿で腕をアピールして、周りの人に陰で笑われてるとか」

「どうなんでしょうねえ」

「仙北愛綱会《あいこうかい》」。名前は和風で可愛らしいが、全国大会の常連である。しかもこのところは二連覇。間違いなく、今日本で一番強いチームだ。歴史は長く、プルスターズとは昔から交流がある。胸を借りるつもりで真島が連絡を取ってみると、快く遠征を引き受けてくれた。本当は「こちらで招待しますから東京へ来て下さい」と言えれば格好いいのだが、そこまでの予算はない。

タブレット端末を借りて、動画をチェックする。今年の全国大会の様子……これはレベルが違う、とすぐに分かった。とにかくよく鍛え上げている。体重制だから、無制限に体を重くはできないのだが、筋肉でしっかり武装した感じだ。全員が、このままボディビルの大会に出られるのでは、というぐらい体が出来上がっている。先ほどの二の腕アピール男がアンカーかと思ったが、実際には彼はファーストプラーだった。ご面相もなかなかのもの……迫力ある顔なので、最前線にいたら、敵チームはロープを引く前にビビるかもしれない。何だったら、俺がファーストプラーに入って、顔面対決をしてもいい。真島も、顔の迫力については他人に負けない自信がある。

午後早く、田沢湖《たざわこ》駅着。まだ新しい、デザイン性が高い駅舎を出ると、一台のマイクロバスが止まっていた。初老の男が、バスにもたれて煙草を吸っている。真島はこの男に見覚えがあった——だいぶ昔に、全国大会で会ったことがある。その時は選手。そして今は監督——今回の遠征について相談した、古屋《ふるや》だ。真島は慌てて駆け寄り、古屋に挨拶した。

「監督、プルスターズの真島です」

「やあ、遠いところへようこそ」煙草を携帯灰皿に押しこみながら、古屋が言った。短く刈り上げた白髪、しわの多い顔を見ると年齢を感じるが、半袖のポロシャツから突き出た腕や肩は、まだ若々しい筋肉で盛り上がっている。

「プルスターズの真島です。今回は、調整していただいてありがとうございます」

「いやいや、外から来てくれるのは大歓迎ですよ。何しろこっちは田舎のチームなので、対戦相手もいなくてねえ」

「その割には、全国大会二連覇じゃないですか」

「たまたまですよ、たまたま。それにしても、プルスターズも無事に再起動できてよかったですな。何かきっかけでも？」

「ええ」

「話すと長くなりますので、今夜にでも」夜は懇親会が予定されている。

「楽しみだねえ……ちなみに、全員揃われてる？　同じ新幹線で？」

「じゃあ、行きましょう。さ、乗った乗った」

「わざわざすみません。迎えに来ていただいて」

「遠いもんでねえ。バスもないし、タクシーに分乗だと大変だ」

「お世話になります」

全員がバスに乗りこむと、古屋が「シートベルト、お願いしますね」と声をかけた。あちこちでかちゃかちゃと音がする。古屋自身が運転するわけではなく、若い——二十代に見える男がハンドルを握っている。

「運転手はうちの息子だから」古屋が紹介してくれた。

「すみません、ありがとうございます」

「いえいえ」真島が礼を言うと、古屋の息子が振り返って、軽い調子で挨拶を返した。運転席に座っている姿を見た限り、綱引きをやっている感じではない。腕などほっそりしていて、箸より重いものを持ったことがなさそうだ。

「息子さんは、綱引きはやってないんですか」真島は隣に座る古屋に訊ねた。

「やってない。けしからん話だけど、まったく興味がないのに、無理やりやらせるわけにはねえ。高校では、テニス部の顧問なんだが」

「学校の先生なんですか？」

「テニスなんかやったこともないのに、顧問をやらされて……と文句を言ってますけどね。部活なんて、だいたいそんなものでしょう」

「大変ですよね。バスの運転も、遠征のためですか？」

「そうそう。すっかり運転が上手くなって、これなら転職できそうだ」古屋が豪快に笑った。

ＪＲ田沢湖駅付近はそこそこ賑わっている——住宅街なのだが、少し走ると、すぐに田舎の光景が広がる。こういうのが日本の原風景……東京で生まれ育った真島にしても、この光景を何故か懐かしいと思うのだった。

「遠くて申し訳ないねえ」

「どうして、新幹線の駅をもっと田沢湖の近くにしなかったんですかね。その方が、観光客には便利でしょう」

「どういう政治的判断だったのか、私はよく知りません。まあ、我々は移動する時は基本的に車だから、あまり気にしませんけどね。新幹線を使うのは遠征する時だけだし、そもそも新幹線じゃなくて飛行機の時もありますからね」

「本拠地は、田沢湖の近くなんですよね？」

「そうそう。まず、宿に荷物を下ろしてから、練習場にご案内しますよ。今日は三時に集合をかけてるから、それから合同練習でいいでしょう」

「お世話になります」

電話で話していて何となく分かっていたのだが、古屋が実際にホスピタリティあふれる人だったのでほっとした。綱引き仲間という意識も持ってくれたのかもしれない。

「しかし、プルスターズさんも久しぶりですね。しばらく休んでいたみたいだけど、どうしたの」

「何となく、としか言いようがないです。成績がよくなくて、怪我する選手もいて……コロナもありましたしね。それにうちは、自営の人間が多いから、練習時間を揃えるのが意外と大変なんですよ」

「確かに、勤め人の方が楽かもねえ」

「愛綱会の皆さんは、どういう商売の人が多いんですか」

「いろいろですよ。公務員もいるし、自分で田んぼをやっている人間もいる」

「マタギの人は？」

「今はいないねえ。そもそもマタギという仕事が、絶滅寸前なんで」

「山の中で、大木を相手に柔道の打ちこみみたいな練習をやっている、と聞いたことがあります」

古屋が、一瞬きょとんとした表情を浮かべ、それから爆笑した。

「うちが田舎のチームだから、そういう印象を持つのかもしれませんけど、そんなことはしてませんよ――最近は」

「失礼しました――最近？」

「昔は本当にやってたそうですよ」古屋は真顔だった。「何しろ練習場所もないぐらいだったから、自主トレでそういうことをやっていた選手はいました。最後は、樹齢何百年の大木を倒してしまって、森林組合と揉めて大ごとになったとか」

「本当にそんなことが？」

「都市伝説かどうか……どう思いますか」

「相手を煙に巻くのも、愛綱会のテクニックですか」

「どうかねえ。我々は、綱引きの愛好会に過ぎないからねえ」古屋がニヤリと笑った。

何が愛好会に過ぎないだ、と真島はむっとした。相手を油断させて精神的に混乱させるのも、テクニックかもしれないが。

それにしても、「練習場」には驚いた。田沢湖からもかなり離れて、山の入り口と言っていい場所にある広大な敷地の民家。庭に細長い建造物――壁こそないものの、屋根を葺《ふ》いた廊下のようなものがある。床には、綱引き用のマットが敷かれていた。三十メートル以上の「廊下」が作れるのだから、庭の広さが窺《うかが》い知れる。

「専用の練習場を作ったんですか？」

「土地だけは余ってるんでねえ。メンバーに大工もいるから、工賃もかからない。冬は、壁代わりにカーテンみたいな布を垂らすんですよ。それで結構、雪も風も防げる」

「贅沢な環境ですね」

「そちらの練習場所は？」

「近くの小学校の体育館を借りてます。子どもたちにアピールして、若い選手を増やしたいんだけど、なかなか上手くいきませんね。若い人には魅力がないのかな……平均年齢が上がる一方です」

「それはうちも同じでね。そもそも若い人がいないんだから、どうしようもないですよ。高校を出ると外へ出ちゃう子が多いからねえ」

田舎ならではの悩みということだろうか。そういう点では、東京の方が有利だと思うが……全国から若者が集まってくるので、メンバーはいくらでも補充できそうなものだが、実際はそうはいかない。そしてこのところ、全国大会では都会のチームよりも地方のチームの方がいい成績を上げている。何となく、田舎のチームの方が結束が固く、チームワークがいいイメージもある。

実際、チームワークはよかった。

軽く練習した後、本気での引き合いになったのだが、プルスターズはまったく歯が立たなかったのだ。総体重がずっと重いか、人数が多いチームを相手にしているような感じ。「プル！」のかけ声の後、一気に引きこまれ、数秒で勝負がついてしまう。休みを挟み、メンバーを入れ替えながら、十回、真剣勝負を行ったのだが、結果は全て同じだった。

これは困った……かなり鍛えて、昔のパワーと勘を取り戻したつもりだったのに、まだ足りないのか。常に練習を続けているチームからしたら、プルスターズは「にわか」のようなものだろう。

当然のように、夜の懇親会も盛り上がらない。お調子者の水木が愛想を振り撒《ま》いて、愛綱会の選手に話しかけるのだが、上手くコミュニケーションが取れている感じではなかった。

大きな料亭の大広間を使った宴会なので、真島も席を移りながら話をしたのだが、どうも警戒されている感じがしてならなかった。久々に復活した東京のチームが来るというから、いい勝負ができるかと思っていたのにがっかり……というのが本音かもしれない。

ふと、野澤に気づいて、彼の前に腰を下ろしてあぐらをかく。初夏の今、当然のように野澤は半袖のTシャツ姿で、太い二の腕をアピールしている。

「仕上げてますねえ」真島は持ち上げにかかった。

「いや、今はオフみたいなものです」野澤がちらりと真島を見た。「本番は秋ですよ」

「全国大会の予選に向けて」

「そうっすね」

「綱引きの前は何を？」重量挙げ、と言われても納得してしまいそうな体格だ。

「何も」

「じゃあ、学生時代は帰宅部？」

「そうです」

「お仕事は？」

「市役所です。住民課」

「そういう人が、どうして綱引きを？」見た目との落差がどんどん広がっていく。

「親父に無理やりやらされたんですよ」野澤の顔が歪む。「親父も愛綱会にいて。自分の子どもだからって、やらせる理由はないと思いますけどねえ」

「でもはまったんじゃないですか？　そんなに鍛え上げて」

「背広が合わなくて困りますよ」野澤は本当に困っているようだった。実際これでは、吊《つ》るしのスーツでは合わないだろう。太い腕や分厚い胸板に合わせると、ウエストがブカブカになってしまうはずだ。「まあ、外へ出ていけるのは試合の時ぐらいなんで、綱引きは続けてますけどね……東京の人は、どこへ行くにも楽でいいですね。練習相手も、たくさんいるでしょう」

「それが最近は、チームも減ってて大変なんですよ。強豪チームは地方に多いし」

「もうちょっと仕上げてからじゃないと、遠征も無駄になりますよね」野澤が強烈な皮肉を吐いた。「予算に余裕があるなら、全然いいんでしょうけど。やっぱり、東京のチームは予算が潤沢なんですか？」

「スポンサーに頭を下げて、何とか回してますよ」

「スポンサーがつくだけで羨ましいですね」野澤が大袈裟に溜息をついた。

「こっちからしたら、愛綱会の方がよほど羨ましい。いつでも練習できる専用の場所もあるんだから」

「田舎ならではでしょう」

「まあ……東京では無理かな」

「こっちには何もないから、自分たちで工夫するしかないんですよ。東京と違って他に楽しみもないから、別にいいんですけどね」

「綱引きを楽しんでるのは、我々も一緒ですよ」

「まあ……頑張って下さい」

話をするのが面倒臭そうなので、真島はその場を離れた。何で反発されるのかが分からない。今時、地方の人でも、東京に変な憧れを持ったり、逆に反発したりする人は少ないと思うが。野澤はいったい何が気に食わないのだろう。


今回の遠征は失敗だった、と真島は悔いた。翌日、日曜日も、愛綱会との圧倒的な力の差を思い知らされただけである。向こうにすれば、練習にもならない感じだったのではないだろうか。

帰りの新幹線の中で、真島は田代と反省会を開いた。

「いきなり愛綱会相手はきつかったか」

「いやいや、ああいうのを経験しておかないと。全国にはあのレベルがゴロゴロいますよ」田代が溜息をついた。

「どこから手をつけたらいいと思う?」

「それぞれのレベルアップも必要ですけど、やっぱり若い血が欲しいですね」

「そうだよなあ……」

まったく頭が痛い。今のところ、申しこみも問い合わせも一件もないのだ。こちらからスカウトにも出てみたものの、商店会の若手で綱引きに興味を持つ者はいない。

「合宿でもやるか？　夏に、皆で休みを揃えて、集中的に練習する」

「それ、昔から言ってますけど、実現したためしがないじゃないですか。自営業者が多いんですから、長い休みを合わせるなんて無理ですよ」

「そうか」真島は腕組みをした。手詰まり……この状況に苛立《いらだ》つ。

「朱音ちゃん、その後どうですか？　監督、引き受けてくれないですかね」

「話してるけど、拒否だ」

「本当にその気がないのかなあ」田代が首を捻った。「引き受けてもらいたいなあ。俺もそろそろ選手に戻りたいですよ」

「膝は大丈夫なのか？」田代は少し前から、練習始めのストレッチには参加している。しかしまだロープを引こうとはしないのだった。子どもの頃から慎重というか、臆病なところがあった。

「九割治ってますよ。医者には、ここで無理するとさらに悪化するって言われてますけど、もう少しの辛抱です。やっぱり、自分で引いている方が全然楽ですね。腕が鳴りますよ」

「だけど、すぐには復帰させないぞ。まずは走り込みと筋トレだな」

「一番嫌いなやつですね」田代が顔をしかめる。「まあ、選手として復帰するためには、きついことも必要ですよね。でも、そのためには朱音ちゃんが監督を引き受けてくれるのが前提条件です。あるいは他に、監督をスカウトしてくるか」

「だけど、他に適当な人がいないんだよなあ」

　プルスターズのＯＢは何十人もいる。年寄りばかりではなく、若くして引退してしまったが故に、真島より年下の人も珍しくない。しかし高齢者は頻繁な練習や遠征などがきついだろうし、真島よりも年下の人間は、ちょうど働き盛りで、綱引きにかける時間を取りにくい。

「ま、戻ったらまた朱音と話してみるよ。何とかするさ」

「ちゃんと持ち上げて」

「娘を？」

「一緒に住んでくれてるんだから、感謝の気持ちを忘れないで下さいよ」

父娘《ちちこ》二人での生活にも、何となく慣れてきてはいた。基本的に、飯は一緒に食べる。妻を亡くして以来一人の食事に慣れてしまったので、何だか毎日落ち着かない。暗黙の了解で、朝飯は朝に強い真島が作ることになっていた。といっても、大したものではない。米を炊き、朱音に言われてきちんと出汁《だし》をとって味噌汁を作るようにした。それに納豆と卵料理。前の晩の残りのおかずがあれば、それも添える。パン食の時は納豆をやめてサラダ、そして真島自慢のコーヒー。

夜は朱音が作る。全く知らなかったのだが、朱音の料理の腕はなかなかのものだった。亡き妻の味に似ていないでもない。妻に教わったのか、大阪で一人暮らししている時に仕方なく覚えたのか、あるいは姑《しゅうとめ》のアドバイスか。いずれにせよ、真島にとっては久しぶりの家庭の味であり、朱音が帰ってきてからは何だか体調もいい。食生活は全ての基本だと改めて思う。

昼は別々だ。真島は会社でまとめて取る弁当で済ませているが、朱音は一時間をきっちり昼休みと決めて、蒲田の店を発掘しているらしい。時に、昔の友人たちと一緒になることもあるようだ。どうせなら、幼馴染みといい感じになって、再婚ということになればいいのだが……会社を継いで欲しいという願いは変わっていないが、父親として、幸せも追い求めて欲しい。

そしてプルスターズの監督を引き受けてくれれば。

「じゃあ、朱音ちゃんのことはよろしくお願いしますよ。俺はちょっと寝ますから」

「何だよ、だらしねえな。爺さんみたいだぜ」

「新幹線に乗ると、いつも眠くなるんですよ。居眠りは出張の楽しみだし」

「寂しいお楽しみだねえ」

真島はからかったが、田代は既に目を閉じていた。ほどなく、軽い寝息が聞こえてくる。何とまあ、寝付きのいい男か。こうやっていつでも休めるようでないと、会社の中で出世もできないのかもしれない。

8

駄目だったか……プルスターズの選手たちは呆然《ぼうぜん》として、その場に立ち尽くしている。それは仕方ないとして、問題は来年へ向けてのモチベーション作りだ。

「挨拶だ！」真島は声を張り上げた。全国大会の予選を兼ねた東京都大会。試合終了で、相手チームと挨拶を交わすのは基本の礼儀である。互いに健闘を讃《たた》え合い、負けた方は「次も頑張って」とエールを送る。

型通りの挨拶が交わされたが、どうにも気合いが入らない。誠意も感じられない。今は悔しさの方が、礼儀を守る気持ちを上回っているということか。

五チーム総当たりで行われたリーグ戦で、プルスターズは二勝二敗で三位に終わり、決勝トーナメントへは進めなかった。冬の関東オープンでは三位に入ったのに、このザマ……関東大会の方が、東京都の大会よりレベルが低いわけではあるまい。こちらの地力が、二月よりも落ちているのだ。今まで半年以上、何をやってきたのか。

ケリーの帰国が、一つの悪いきっかけになってしまったのは間違いない。ケリーが参加することで、チームが再起動できたことを考えると、彼がいなくなれば空気が抜けたようになるのも当然……当然、戦力も明らかにダウンした。真島は週二回、水曜と金曜を練習日に決めたのだが、選手たちは次第に出てこなくなった。文句を言っても「家の仕事が」と言われると、きつく当たれない。個人商店の経営者にとって、手を抜くことはイコール家族の飢えにつながるからだ。「どうせ嘘《うそ》だろう」と突っこんで、気まずい雰囲気になるのもまずいし、実に困った状況になっている。

三対三でも、五対五でも、取り敢えずの練習はできる。しかし、正規の八人対八人に比べれば、やはり感覚がまったく違う。そういう練習をするだけで試合に挑んでも、上手くいくわけがない。真島は夏頃から、チームの運営にも試合にも手応えを感じなくなっていた。

朱音も監督就任に関して、相変わらず「ノー」と言い続けている。「何でできないんだ」と、半分切れて迫ったのだが、「やる気ないから」とあっさりかわされてしまった。これは完全に脈なしか……。

結果的に、現在も田代が監督を務めている。時に選手としてロープを握ることもあり、そういう時は他の選手が指揮を執るのだが、どうにも上手くいかない。朱音だったら……と、監督ではない娘の指揮ぶりに期待してしまうぐらいだった。

負けて帰る道のりは辛《つら》い。

そもそも真島は、都大会を最後まで見ていくつもりだった。他のチームのプレーぶりや戦術は参考になる。しかし多くの選手たちは、「用事がある」と言って、自分たちの試合が終わると、会場の駒沢《こまざわ》体育館を後にした。

「まったく、やる気のねえ連中だ」真島は広大な体育館の観客席で、腕組みをしたままぼやいた。この場所も侘《わび》しい。久しぶりの都大会出場ということで、商店会の仲間が二十人ほど応援に来てくれたのだが、声援に応えることができず、こちらも試合終了と同時に引き上げてしまった。何だかんだで、観客席に残った選手は五人。

「しょうがないですよ。皆忙しいんだから」田代が慰めるように言った、

「日曜だぜ?」

「負けた後は居残りにくいし」

「そうかもしれねえけど、強いチームから学ぶことだってあるだろう」

新しい戦術とか。しかしそれを盗み取っても、自分たちのものにできるかどうかは分からない。個人競技と違って、綱引きは八人全員の意思を統一して、無言でも決まった動きができるようにならないといけないのだ。そうなるためには、練習しかない。

そしてその練習を、皆サボっている。八方塞がりではないか。チームを立て直すのに、どこから手をつけていいか、分からない。

もやもやしているので、試合内容も頭に入ってこない。というか、駒沢体育館は巨大なので、観客席とフロアの距離が遠いのだ。上から見下ろしても、他のチームのプレーぶりが手に取るように見えるわけではない。

それでも決勝まで観て、解散ということになった。表彰式は……それを観て悔しがり、明日へのモチベーションにできるわけでもない。正直真島も、観るのは嫌だった。

「帰るか」駒沢体育館の最寄駅は、東急田園都市線の駒沢大学なのだが、かなり距離がある。かといって、こういう大きな大会があった後はなかなかタクシーが摑まらないので、歩くしかない。田代がスマートフォンを取り出し「タクシー、呼びましょうか？」と提案した。

「この時間でも来るかね」

「ええと……はい。五分から七分待ちです」

「それなら、歩いちまおうぜ」真島は立ち上がった。その瞬間、腰の中央に鋭い痛みが走る。ぎっくり腰ではなく、もっと重たい痛み……一瞬その場に立ち止まり、腰をぐっと伸ばしてみた。この動きは、特に問題ない。問題は前屈《まえかが》みになった時だ。まずいな……田代がすぐに異変に気づいた。

「どこか痛めました？」

「腰が、ちょっとな」

「歩けます？」

歩いてみた。歩く分には問題ない。念の為《ため》腰を下ろすと、前屈みになった瞬間に鋭い痛みが走る。やはり、前屈みになると負担がかかるようだ。早めに治療を受けよう。

「駅まで歩く。タクシーでずっと座ってるのはきついかもしれない」

「じゃあ、つき合いますよ」

「お前はタクシーでいいだろう」

「何かあったら困るでしょう？　この辺、土地勘もないんだから」

「子どもじゃねえんだから」真島は乱暴に言った。「心配し過ぎだ」

「いやいや。色々と不調も出てくる年齢ですから。本当にやばそうだったら、救急車、呼びますから」

「冗談じゃねえ。救急車に迷惑かけられねえよ。歩けるんだから、歩く」

言って、真島はことさら早く歩き始めた。かなりの早足なのだが、これだと腰に響かない。どういうことなのか、さっぱり分からなかった。

駅までの道中、言葉も少なく、ひたすら歩くことに集中する。田代が後ろを歩いていて、話すために振り向くと、ぎくりとショックがきそうだった。

駅に着いた時には、汗だくになっていた。十月、少し冷えこむ日なのに……これでは風邪を引いてしまう。乾いたタオルで顔の汗を拭い、何とか人心地ついた。しかし駅に入る階段を降りて行く時、下から猛烈な寒風が吹き上げて、身震いしてしまった。

念の為、電車の中でもずっと立ったままでいた。体が曲がらず、まるで背中に鉄の棒が入っているような感覚だった。体を動かして、どうしたら痛くなるのか確認しようと思ったが、猛烈な痛みに襲われたら……と考えると怖くて動けない。

渋谷《しぶや》、品川《しながわ》と乗り換えて、何とか京急蒲田駅まで辿《たど》り着く。そこから家までは歩いて十分ほど。田代が家まで送ってくれたが、帰宅した時にはまた汗だくになっていた。

「悪いな」

「明日、絶対に医者に行ってくださいよ」田代が釘《くぎ》を刺す。

「明日は大事な商談があるんだよ」

「それこそ、朱音ちゃんに任せればいいじゃないですか」

「いや、それは――」

「私がどうかした？」家の奥から朱音が出てきた。出かける格好――もうコートを着ている。

「出かけるのか？」

「覚えてないの？　今日、愛梨とデートだから」

「そうか」

「どうしたの？　どこか怪我した？」朱音は鋭く見抜いたようだ。

「ちょいと腰がな……立ってる分には大丈夫なんだけど、前屈みになるときつい」

「医者は？」

「今日、日曜だ。小野田《おのだ》先生のところも休みだよ」行きつけの整骨院だ。

「しょうがないな」朱音がコートを脱いだ。「一人じゃ何もできないでしょう。家にいるわ」

「愛梨ちゃんと会うんじゃないのか」

「愛梨にここに来てもらうわよ。家でご飯、食べるから。でも今日は、出前ね」

「ああ、何でもいい」

「そういうわけで田代さん、愛梨を借りますから」

「ああ、俺は別に……」田代がしどろもどろになった。田代は朱音を子どもの頃から知っているのだが、本人を目の前にすると、何だか緊張してしまうようだ。まあ、朱音は昔から勢いがあって物おじしなかったから、大人の方が呑まれてしまう、ということもある。ましてや今は、立派な大人だ。

田代が帰り、真島は取り敢えずダイニングルームに行った。椅子に座ろうとして——尻が落ち着き、体重をかけた途端に鋭い痛みが走る。背筋を伸ばして、体を後ろにそらし気味にすると少しはましなのだが、痛いことに変わりはない。

「参ったな……」声が掠《かす》れるほどの痛みだった。

「寝てみたら？　取り敢えずソファで」

何とか立ち上がり——意地でも娘の手は借りたくなかった——ソファで仰向《あおむ》けになる。鋭い痛みはないが、重い感じがずっと抜けない。これだと、普通に寝るのも無理ではないか？　もしかしたら、ベッドではなく畳の上で、布団なしで寝た方がいいかもしれない。

念の為、うつ伏せになってみた。これは楽——背筋がぐっと伸びて、痛みが薄れる。ソファの手すりに顎を載せて、ほっと一息ついた。それを見て、朱音が声を上げて笑う。

「何だかアザラシみたい」

「アザラシでもアシカでも、何でも。これが一番楽なんだ」

「明日、医者に行ってね。今は湿布でもしておく？」

「頼む」

湿布の冷たさで、さらに痛みが紛れた。上手くいったら、明日の朝には治っているかもしれない。

いつの間にか寝てしまった。目が覚めたきっかけは、女性二人の話し声——朱音と愛梨がダイニングテーブルでお茶を飲んでいる。手を伸ばして、床に置いたスマートフォンを取り上げた。

午後七時。一時間ほども寝ていたことになる。

「あ、お邪魔してます」愛梨がひょこりと頭を下げる。朱音と同い年、もう三十三歳になるのだが、未だに顔つきは幼い。丸い眼鏡をかけているせいで、余計に子どもっぽい感じがするのだった。弁護士をやっているようには見えない。

「こんな格好で申し訳ない」

「大丈夫ですか?」

「何とかね……」ゆっくり体を起こす。腰に痛みがこないか確認しながら体を動かし、何とかソファに座る。先ほどよりも痛みは引いているが、それでもまだピリピリした緊張感が残っていた。明日はやはり医者に行こう。商談は朱音に任せる——心配ではあるが、こういうのは実際にやってみないとどうしようもない。なにごとも経験だ。この件は後で話そう。

「父さん、出前取るけど、何がいい?」朱音が訊ねる。

「お前たちが好きなものを頼めよ。俺はおこぼれをもらうから」

「ピザ?」

「いいよ」

ピザが食べたい気分ではなかったが、だったら何を——と問われても困る。まあ、今日は大人しくしておこう。何だったら酒も抜きで。そもそも大会の後は打ち上げ、というのがプルスターズの決まりだったのだが、今日はそういう話がまったく出なかった。チームは空中分解状態か……心配しかない。このままでは、アーモンドを筆頭とするサポーターからの援助も打ち切られてしまうかもしれない。せっかく走り出したのに、わずか一年で壁にぶち当たった感じだ。

手にしたスマートフォンがいきなり鳴り始める。びっくりして取り落としそうになったが、慌てて掴み直して確認すると、ケリーからだった。月に一度ぐらいは電話がかかってくるのだが……。

「ケリー?」

「真島さん」ケリーの声には元気がなかった。彼が帰国してから何とか持ち直した母親が、ついに亡くなったとか? 遠い海の向こうにいる年下の友人に、どんなことを言ってあげたらいいのだろう。

「どうした、ケリー? 元気ないぞ」

「ええ」

「こっちも散々だ。今日、東京都の大会があったけど、負けた」サバサバしているように聞こえるだろうか。「残念だけど、来年の全国大会には出られない。君と対戦するのも、また先になっちまうな」

「それはもう、できません」

「ああ?」

「私はもう、綱引きはできません」ケリーは涙声だった。

「どういうことだ?」

「引けないんです!」

クソ、何てこった。

真島は自室の床に寝転がり、スマートフォンの画面を見つめた。あまりにも急な話だったので、まだ事情が呑みこめていない。いや、分かってはいるのだが、信じたくないという気持ちが強かった。

必死で気を取り直し、慌てて田代に電話をかける。

「腰、大丈夫ですか？」田代が呑気《のんき》な口調で訊ねる。

「ケリーが怪我した」

「え？」

「今、電話がかかってきたんだ。二週間前に交通事故を起こした。お袋さんが危篤だと言われて、病院へ急ぐ途中だったそうだ。右足を怪我して……膝が駄目らしい。手術したんだが、まともに歩けるようになるかどうかも分からないそうだ」

「そんな……」電話の向こうで、田代が息を呑む気配が感じられた。「間違いないんですか？」

「ああ、ケリー本人から聞いたんだから、間違いない。申し訳ないと言って泣いてた」話しているうちに、真島も涙が滲んでくるのを意識した。綱引きもできないし、体育教師になる夢も叶《かな》わないのではないだろうか。あんな素直ないい青年が……と考えると、悔しくてならない。

日本へ呼ぶべきではないだろうか。アイルランドの医療技術がどの程度のレベルかは分からないが、日本の方が先進的ではないだろうか？　セカンドオピニオンということもあるし、診察を受けるだけでも……金は、声をかければカンパが集まるだろう。

「どうしようもないですかね」

「いや……分からない」

「皆には伝えますか？」

「もちろんだ」その結果を、真島は恐れていた。今のチームは、ケリーが基礎を作ってくれたと言っていい。そのケリーのチームと対戦することが、メンバーのモチベーションになっているはず――いや、もうそんな気にはなれないか。そしてケリーが綱引きができないと分かったら、メンバーはどんな反応を示すだろう。完全にやる気をなくす？　しかし、隠しておくわけにはいかない。事実は事実として伝えないと。

「水曜の練習の時にちゃんと話そう。その前に、事実関係だけ簡単に流しておこうか。ケリーには、もう少し詳しく話を聞いてみないと」

「俺が聞きますよ。英語の方が、詳しいニュアンスが分かるでしょう」

「じゃあ、任せる。でも、精神的にだいぶ参ってるから、気をつけてくれ」

「こっちは毎日、大勢の部下のメンタルをケアしてる立場ですよ。落ちこんでる人間の相手は慣れてます」

「頼んだぞ」

「ダブリンは……時差は八時間ぐらいですよね。今、電話するのにちょうどいいでしょう。話してから、後で連絡しますよ」

「ああ」

電話を切ると同時に、ノックの音が聞こえた。返事する前にドアが開く。

「父さん、ピザ来たけど……何か、大変？」

「ケリーが再起不能になった」

「本当に？」朱音が目を見開く。

「交通事故だそうだ。膝をやっちまった。もう綱引きをやるのは難しいって、本人が言ってたよ。今、田代が電話をかけて詳しく事情を聞くけど」

「そうなんだ……」

「これでプルスターズはまた活動停止だな。ケリーと世界大会で対戦することが、唯一のモチベーションになってたのに。皆がどんな反応を示すか、考えただけでも怖い」

「父さん、やっぱり想像力がないわよね」朱音が呆れたように言った。

「ああ？」

「指導力もないかな」

「何だよ、落ちこんでる親に向かってその言い草は」

「私なら――まあ、いいか」

「何か言いたいことあるなら、言えよ」

「いいから、ピザ食べよう」

「おい――」

朱音はさっさと出て行った。何なんだ、あの生意気な物言いは。

真島は、両腕を使って、腰に負担をかけないように気をつけながら、ゆっくり体を起こした。何とか大丈夫――ピザを食べたら、また田代と話さないと。これからチームをどうしていくか、難問が目の前に横たわっている。

水曜日、珍しく練習にフルメンバーが集まった。ケリーの怪我のことが伝わって、さすがに皆心配になったのだろう。水木や、チーム最年少の崎谷新太など、ほとんど涙ぐんでいた。

「俺、生まれて初めて国際電話なんかかけちゃいましたよ」

「ケリー、どうだった？」余計なことだったのでは、と心配になりながら真島は訊ねた。怪我した人間は、あまりにも「大丈夫か」と聞かれると、かえって落ちこんでしまうものだ。絶望を知った直後の今は、放っておいてもらいたいのではないだろうか。

「ひどい状態ですけど、冗談言って俺を笑わせようとしてくれて……いい奴ですよね」

「しかも強い」

真島は今日、皆の前でケリーと国際電話で話すつもりだった。田代がブルートゥーススピーカーを用意してくれたので、会話を全員に聞かせることができる。それで何かが変わるかどうかは分からないが。

真島は深呼吸してから切り出した。声が震え、普段よりも低くなっているのが自分でも分かる。

「ケリーの怪我のことだが、本人の説明では、普通に歩けるようになるにも、長い時間がかかるだろうということだ。チームに迷惑をかけるから、綱引きからは引退、と言っている。本当に残念だ。今日は、ケリーに電話をつないで、皆と直接話してもらうことにしている。あまり刺激しないように……こちらは感情的にならないように話して欲しい」

真島はスマートフォンを取り上げたが、その時ふと、体育館の空気が変わるのを感じた。朱音。今日はスリッパでもなく裸足《はだし》でもなく、しっかりシューズを履いている――それも綱引き用のシューズを。

他の選手も朱音の気配に気づいたのか、一斉に出入り口の方を振り向く。朱音が歩みを止めぬまま、ひょいと頭を下げた。

「朱音……」

真島は思わずつぶやいた。何考えてるんだ？　朱音は真島の横に立つと、もう一度、今度はきちんと頭を下げた。

「真島朱音です。父が話をしていたかもしれませんが、プルスターズの監督を引き受けることにしました。選手としては経験はありますが、監督は初めてです。何かとご迷惑をおかけするかと思いますが、監督をやらせてもらっていいでしょうか」

「朱音ちゃん、やってくれるのか？　本当に？」水木が嬉しそうに言った。

「構いませんか？」自分で言い出しておきながら、朱音は疑わしげだった。受け入れられるかどうか、自信がないようだ。

「もちろんだ。俺たちには、正式な監督が必要だったんだ。これで田代さんも選手に専念できるじゃん。俺らは大歓迎だよ。なあ？」

同意を求める水木の言葉に、ああ、とかおお、という曖昧な声が上がった。大歓迎ではないが、取り敢えず専任監督が生まれることはありがたい、という感じだろうか。

「朱音、やってくれるんだな？」真島は念押しした。

「やります」

「俺は、去年の秋からずっと、朱音に監督を引き受けるように頼んでいた」真島は改めて説明した。「ずっと拒否していたのに、どういうつもりなんだ？」

「私なりに、今のプルスターズの戦力を分析していました。ただの遊びじゃなくて、本当に強くなれるかどうか……私は全国大会の女子の部で優勝を経験していますから、弱いチームは嫌いです。プルスターズには、強くなる可能性がある——どこをどうすればいいか、ある程度結論が出たので、引き受けることにしました。プルスターズのいいところ——経験とスタミナは活かして、弱点を修正をしていけば……それはおいおいご説明します。詳しいことはまた改めて。父さん、ケリーの件」

「ああ、そうだな」

真島はケリーに電話をかけた。彼が出るとスマートフォンを田代に渡して任せる。スピーカーにセットすると、予想していたよりも大きな音量でケリーの声が飛び出してきた。

「皆さん、ケリーです」

今度は大きな「おお」という声。全員が前に出て、スピーカーを中心にした輪が狭まった。田代が代表してケリーと話す。

「ケリー、事故のことは皆に話した。君の方から言いたいことは?」

「はい……約束が果たせなくてごめんなさい」

その言葉に、真島は胸が詰まるような思いを味わった。彼が謝ることではない。謝らなくてはいけないのは、強くなれなかった自分たちだ。

「僕は、皆さんと戦いたいと言ってアイルランドに帰りました。そのつもりで、大学へ戻り、母の看病をしながら、綱引きの練習もしていました。でも、自分の不注意で事故に遭って、今も膝は動きません。歩けるようになるかどうかも分かりません。綱引きはできないと、医者に言われました」ケリーの声が湿る。しかしすぐに、気を取り直したように続けた。「僕は自分の兄弟のチームと同じぐらい、プルスターズを愛しています。慣れない日本の生活の中で、自分が一番好きな綱引きのチームに出会い、受け入れてもらえて、本当に嬉しく思いました。感謝しています。だから、皆さんと戦うという約束が果たせなくなって、申し訳なく思っています。許して下さい」

「ケリーは悪くねえぞ！」「早く怪我を治してくれ！」選手たちが口々に叫ぶ。田代はスマートフォンを選手たちに向けて、声を拾った。聞こえているかいないか……声援のような叫びに、スピーカーから流れるケリーの声が重なる。「全国大会に出られなかったという話は聞きました。残念です。でも、今のプルスターズは赤ちゃん。まだ一歳。これからどんどん大きく、強くなる。諦めないで下さい。僕も諦めません。そしていつか、僕のチームと対戦して下さい。僕は監督として、皆さんを叩きのめします」

「それはこっちの台詞だ！」「アイルランドには負けねえぞ！」

声が聞こえたのか、ケリーが声を上げて笑った。顔は見えていないが、泣き笑いではないかと真島は思った。

朱音が、田代に目配せして、スマートフォンを受け取った。

「ケリー、朱音です」

「ああ、朱音さん」

「私、プルスターズの監督を引き受けました。いつか必ず、勝負しましょう」

「もちろん。僕は待ってます。必ず会いましょう！　お大事に！」

「お大事に！」

声が綺麗に揃う。これだ……この一体感だ。単純と言えば単純だが、チームワークの源は、単純なほどいいのではないだろうか。スポーツチームは、抱える事情が複雑になればなるほど、脆《もろ》くなる。些細《ささい》なことで、チームが空中分解してしまうこともあるのだ。

今は、これ以上ないほど単純な原則で、プルスターズは動いている。

電話を切った時には、チーム全体が軽い興奮状態にあった。しかし朱音がすぐに浮ついた空気を引き締める。

「練習、始めます。しばらくは皆さんの練習を見て、強化ポイントをはっきりさせることに専念しますから、これまで通りの練習を続けて下さい。では、始めて下さい！」

「よし、行くぞ！」

真島が呼びかけると、また綺麗に「おお」と声が揃う。再起動、再出発——何でもいいが、新生プルスターズの第二幕が上がった。

小学校から自宅へ戻る途中、真島は思わず朱音に訊ねた。

「本当に戦力分析して、引き受ける気になったのか？　ずっと嫌だって言ってたじゃないか」

「考えてるなんて言ったら、父さん、舞い上がっちゃうでしょう？　それも面倒臭いじゃない」

朱音が肩をすくめる。

「何だよ、それ」真島は唇を尖《とが》らせた。

「父さん、人に期待し過ぎなのよ。無神経だし。私だって、一応傷ついて帰ってきてるんだよ……でも、無駄だった結婚生活をさっさと忘れるためには、新しいことを始めた方がいいと思った。綱引きは新しいことじゃなくて経験済みだけど、監督はやったことないから、新しい経験。あとは、ケリーのことかな」

「ケリーとは、一回か二回、話しただけじゃないか？」

「ケリーが綱引きできなくなったら。父さんたち、落ちこんじゃうでしょう。プルスターズにとって、ケリーは精神的支柱だったのよね。でも、ケリーと試合できないからって、チームが駄目になったらもったいない……せっかく今まで練習してきたのに」

「まあな」

「久しぶりに帰ってきたら、三栄通り商店会もすっかり寂れちゃって。昔はこんなんじゃなかった。プルスターズが頑張れば、また盛り上がるかもしれないでしょう」

「そこまで考えてたのか」

「父さんが思ってるよりも、よく考えてるよ。何より私自身のためだけど」

「それでもいい。誰かのために頑張るなんて、嘘臭いじゃないか」

「でも、綱引きは究極のチームスポーツ」

「それは確かだけど」

真島は胸を張った。ここにも一人、プルスターズのことを、三栄通り商店会のことを考えている人間がいる。それが自分の娘だという事実が、誇らしくてならなかった。

第二部

躍進

1

「いやあ、あの朱音さんが会社の後継ぎとはねえ」三木《みき》金属加工の営業部長、島野《しまの》が感慨深げに言って、自分の頭の辺りで手をひらひらさせた。「こんなに小さかったのに」

「恐れ入ります」朱音は頭を下げたが、三十過ぎた自分にこんなことを言われて……愛想よく笑みを浮かべてみたもの、そもそも朱音は、島野という男に会った記憶はなかった。

「御社とも長くなりました。引き続きよろしくお願いしますよ」島野は愛想がいい。

「私は会社を継いだわけではないです。今は仕事の修業中ですね」

「しかし、社長も一安心じゃないですか？　奥様を亡くされてから、何かと大変だったですからねえ。お辛かったと思いますよ」

「いえいえ——父は一人で何でもできる人ですから」

「家の中から人が一人いなくなるというのは、大きな変化ですよ」真顔で島野がうなずく。「うちもここ数年で、両親が相次いで亡くなりましたけど、急に家が広くなった感じがしてねえ……まあ、とにかくあなたが戻られてよかった」

よかったというか……父は、朱音が戻って来たと言っただけで、離婚の事情は教えていないのだろう。離婚して実家に戻ったと知っていたら、こんなことは言わないはずだ。

「とにかく今は、仕事を覚えている最中なので。よろしくお願いします」

「では早速ですが——今回は無理なお願いで参りました。先日お願いしたＮＮ６５０千セット、納期を早めていただきたいんです」

「締め切りは年明け、ということでしたよね」朱音は発注書を確認した。納期は一月八日。まだ一ヶ月も先である。

「それが、タチ自動車の方から急な指示変更がありましてね。『ブライト』の増産が決まって、各社に発注したパーツの納品を前倒しでお願いしたいと……『ブライト』、出足好調で、当初予想の一・三倍、注文が入っているそうで」

真島工作所が作る製品は、ほとんどが自動車のパーツである。朱音自身はほとんど車に興味はなかったのだが――免許も持っていない――ここで働くようになって、業界の様々な事情なども頭に入れるようになった。これまで目を通したこともなかった自動車雑誌、業界紙も読むようにしている。「ブライト」はタチ自動車が今年発売した電気自動車で、発売当初からバックオーダーを抱えるヒットになっていることは知っていた。

「本格的な増産体制に入るんですね」

「そうなんですよ。それで、半月、納期を早めていただけないかと」

「半月ですか」朱音はスマートフォンを取り出し、カレンダーを表示させた。半月……。「十二月二十五日ですね」

「そうですね。クリスマスに申し訳ないんですけど、年明けからすぐに、増産体制に入りたいということで、年内中の納品を急かされています」

「すみません、ちょっと即答しかねます。工場の方に確認してみないと……調整してお返事させていただく形でよろしいですか？　確認でき次第、すぐにご連絡しますので」

「申し訳ないんですが、うちも下請けの立場ですので……できませんとは言えないんですわ」島野が頭を掻いた。

「分かりますよ」真島工作所は孫請け……依頼に関する「ノー」は辞書にない。「できる限り努力させていただきますので」

「おそらく、この納品が済むと、すぐに追加の注文が入ると思います。『ブライト』は大ヒット商品になりそうですからね」

「やっぱり、新型バッテリーの影響ですか」

「今は、バッテリーを制する者が世界を制す、と言われてますからねえ」

タチ自動車は、バッテリーの独自開発を進めており、「ブライト」に搭載されたのはその最新バージョンだ。従来品に比べて重さを二十パーセント軽減できたのが大きな特徴で、これにより車重を軽く抑えられる。車重が軽くなれば、それだけ航続距離が伸びるわけで、実質的にはより大容量のバッテリーを積んだのと同じことになるわけだ。

「とにかくそういうわけで、無理を承知でよろしくお願いします」

「そうですね……年末が近いですから、他の仕事との兼ね合いもありますので……」朱音は全ての仕事の進捗状況を把握しているわけではないが、このところ工場はフル回転状態で、ほとんどの社員が残業続きだ。

事務室のドアが開き、父が入って来た。

「ああ、社長」島野が立ち上がって一礼する。

「わざわざすみませんね。こちらからお伺いしなくちゃいけないのに」

「いやいや、無理なお願いをしていますので」

父が、朱音の隣のソファに腰を下ろす。かすかに油の臭い……このところ父も、ずっと工場で作業をしているのだ。というか、朱音が事務を一手に引き受けるようになってから、ほとんど工場に籠りきりで、事務室には顔を見せない。基本的に職人肌の人で、金勘定などの事務作業や営業はあまり得意ではないのだ。そういうことを全て朱音に押しつけて、自分は嬉々《きき》として、手を使う仕事をこなしている。

「NN650、二週間前倒しで納品をお願いされました」朱音は報告した。

「あ、そう？　NN650ね……いいですよ。やりましょう」

「社長、よろしいんですか？」島野が父と朱音の顔を交互に見た。

「もちろん。仕事が忙しいのはありがたい話ですよ。社員にボーナス……はもう出たけど、追加で大入り袋でも出せればね。島野さん、ちょっとマージンはないですか？」

「いやあ、それは」島野が苦笑する。「ただ、すぐに追加発注することになると思いますから。それでご容赦下さいよ」

「そいつはありがたいですね。それで、新しい納期は？」

「十二月二十五日」朱音は傍から言った。

「了解、了解。島野さん、その日納品したら一杯いきませんか？　たまにはクリスマスに馬鹿騒ぎもいいでしょう。今時はハロウィーンかもしれないけど、あれは俺たちおっさんは乗りにくい。クリスマスパーティに慣れてますからねえ」

「社長、自粛で」朱音は低い声で釘を刺した。

「あれ、社長、まさかドクターストップじゃないでしょうね」島野が不安げに言った。

「体重管理中なんです」朱音は説明した。「最近、体重が増えがちで」

「あらら、ストイックですな。社長の豪快なイメージに合わんですけど」

「いやいや、全て綱引きのためですよ」父が右腕を折って力瘤を作ってみせた——が、作業着を着ているので見えない。

「綱引き？　開店休業中とおっしゃってませんでしたか？」

「再起動したんですよ。綱引きは、メンバーの総体重が決まってますから、常に体重を管理しておかないとね。制限体重ぎりぎりに収まるのがベストですから……少し低めに抑えておいて、最後に体重を増やすわけです。一キロ落とすのは大変ですけど、一キロ太るのは訳ないですからね」

　父が声を上げて笑った。このままだと、延々と綱引きの話を続けるだろう。そして島野がこの件に興味を持っていないことは、顔を見ればすぐに分かった。

「社長、島野さんもお忙しいと思いますので、この辺で」

「ええ。バタバタして申し訳ないですが」島野が床に置いたバッグを取り上げ、朱音に確認する。「納期については、改めて発注書をお送りしますので……あ、二週間前倒し、ＯＫということでよろしいんですよね？」

「社長がＯＫしているので、大丈夫です」

「では」

島野が立ち上がる。朱音も立ち上がって一礼した。これで一件落着……残業続きの社員の労務管理は面倒だが、何とかなるだろう。健康状態については――朱音は毎朝の朝礼で、必ず「体調が悪い人はすぐに申し出て下さい」と言うことにしている。工場はそれほど広くなく、換気が完璧とも言えないので、感染症が怖い。過去にはインフルエンザが蔓延《まんえん》して、ほぼ二週間、生産ラインが普段の半分しか動いていないこともあった。

「父さん、安請け合いしちゃって大丈夫なの？」島野が帰ると、朱音は思わず訊ねた。

「ああ、大丈夫、大丈夫。何となく予感がしてたから、他の作業をちょっと早めておいた」

「そうなの？」

「三木さんは今までも、年末になると急に納期を早めて欲しいと言ってきてるんだ。向こうの生産管理がなってないんだろうけど、だいたい取引先のタチ自動車の動向に影響を受けるんだ」

「そうなんだ」

「ヒットモデルが出ている時は、こういう急な注文が多い。だから業界の動向はよく見ておかないとな」

ちょっと見直した……綱引きのことしか考えていないと思った父は、仕事もきちんとこなしている。そう言えば子どもの頃から「売り上げが落ちている」とか「社員を解雇しなくては」などという深刻な話を聞いたことがない。何かのタイミングで売り上げが爆発的に伸びることはなくても、常に安定して仕事を続け、社員を不安にさせない――野心がないとも言えるが、町工場ではこういう経営者の方が社員も安心だろう。

自分はそうなれるだろうか。本当にこの会社を継ぐかどうかは、まだ決めていない。父は、若い社員の何人かに目をつけ、いずれは会社を譲り渡してもいいとも考えているようだ。社長職は任せて、自分は裏方に徹し、あとは好きなことをして生きていく、というやり方もあるだろう。

まあ、考える時間はいくらでもある。今は、父の先読み能力に敬意を表しておこう。

「お茶、いる？」

「ああ。飯の時間か……」

「お弁当、来てるから」

「今日はこっちで食うよ」

作業場の方にも大きなテーブルが置いてあり、そこで昼食を食べる社員も多い。父も社員に混じって、馬鹿話をしながら昼食を取るのが常だった。

「皆と食べなくていいの？」

「今日、暖房の効きが悪くてな。そろそろ寿命かもしれない……業者を呼んで、調べてもらってくれないか？」

「分かった」

朱音は二人分のお茶を淹れ、自分のデスクで弁当を開いた。

「お前、最近ここで弁当が多いな。食べ歩きはもうやらないのか？」

「飽きちゃった。蒲田って、やたらボリュームたっぷりのお店が多いのよ。毎日そんなの食べてたら、大変だし……オシャレなサラダランチが食べられる店があれば、通うけど」

「そいつは蒲田に期待しても無理だな」

「そういうお店が増えたら、蒲田っぽくなくなるかもしれないし」

「そういうことだ」

本当は、毎日通ってもいい店を、何軒か見つけていた。でも今は、昼休みにはやることがある――チーム力の分析と、今後の対策だ。その時間確保のために、弁当で済ませている。

事務室は、非常に素っ気ない部屋だ。デスクが六つ、それにロッカーが三つ並んでいるだけ。あとは来客用の応接セットがあるが、テーブルもソファもかなりくたびれており、そろそろ交換が必要になっている。一度父に相談したのだが「まだいけるだろう」の一言で片づけられた。商談をする場所だから、もう少し「おもてなし」の雰囲気があっていいと思うのだが、父はそういうことに頓着がない。

長年事務を取り仕切ってきた福田昌子は、「引き継ぎは終わった」と宣言して、正式に退社した。今でも時々顔を出すが、それは仕事を手伝うためではなく、お茶を飲みに来るのだ。朱音も、彼女が辞めた当初は分からないことがあって頻繁に電話をかけていたが、最近は問い合わせることもなくなった。意外となんとかなる……というのが、しばらく裏方の仕事をやってみての感想である。

二人の食事なので、父はあれこれ話しかけてくる。それに適当に答えながら、朱音はそそくさと食事を終えた。最近、食べるスピードが早くなってきたけど、これって太る原因になるのよね……お茶を一口。自分のパソコンを立ち上げ、選手のデータ入力に取りかかる。

朱音が独自に作ったデータベースで、選手の年齢や身長・体重などの基本的な数字から、先日行った体力測定のデータまでが入っている。筋力は見事にバラバラ……しかしこの数字を抽出してグラフ化することで、誰のどんな筋力が「穴」になっているかが一目で分かる。そこを強化する練習を組むのが、プルスターズ再生の第一歩だった。

データに並ぶのはこういう数字だけではない。選手の怪我や病気の履歴も並んでいた。自分の病気のことを話すのを嫌がる人もいたが、強引に聞き出した。内臓系の病気などがあると、体重管理が難しくなることもあるから、把握しておかねばならない。大会前の計量でアウトになるほど情けないミスはないのだ。

気になっているのは父……十月に腰痛を発症して以来、定期的に医者に通っている。ヘルニアなどの深刻な病気ではないものの、長年の酷使で筋肉にダメージがきていて、非常に治療しにくい状態になっていた。それは父も分かっていて「筋トレで何とかする」と毎晩必死に腹筋・背筋をやっているが、それもきつそうだ。

長年プルスターズを支えてきた父にも限界がきたか。

しかし、代わりのアンカーが見当たらない。アンカーにはパワー、スタミナ、さらには他の選手からの信頼という、一朝一夕では身につかない能力が必要とされている。

どうしたものか……朱音は高校を卒業後にこの街を離れてしまったので、蒲田との関係は薄い。まだ地元にいる高校時代までの同級生に当たって、チームに入ってくれる人はいないかと探してみたのだが、いい返事は貰《もら》えていない。やはり、今時綱引きは流行らないのか……商店街の結束を固めるにはいいスポーツだと思うのだが、そういう感覚が既に古いのかもしれない。

「父さん、腰はどう？　仕事できつくない？」

「実は、あまりよくない」父が素直に打ち明けた。「今、暖房の効きが悪くて寒いせいもあるけどな」

「あの、温かい湿布貼っておいたら？　それか、使い捨てカイロ」

「湿布にするか。あれ、結構温まるんだよ」父がゆっくりと立ち上がる。急に腰に負担がかかるような動きは避けているようだ。それを見ていると、本当に年寄りっぽい。人はどこかを怪我すると、一気に老けてしまうのかもしれない。

湿布を貼り終えると——父にこういう「治療」をするのにも慣れてしまった——父が急に「今晩、外で飯にしないか？」と言い出した。

「いいけど、何で？」

「いや、いつも夕飯作ってもらって、悪いからさ。上寿庵《じょうじゅあん》、覚えてるか？」

「お蕎麦屋《そばや》さんでしょう？　昔よく行ったじゃない」ごく普通の街の蕎麦屋で、そんなに凝った料理を出すわけではないが、味は文句のつけようがない——朱音の舌の記憶では。

「あそこ、店が変わったんだ」

「辞めちゃったの？」町場の店は、昔のように長続きしない。特に食べ物商売は……チェーン店に押され、後を継ぐ人間がいなくなってやむなく閉店、は珍しくもない。朱音も蒲田に帰ってきて、古い店が何軒もなくなっているのを知って驚いた。

「いや、店の名前が変わった」

「どういうこと？」朱音は混乱した。蒲田——三栄通り商店会も結構大きく、店は多い。住んでいなかった間に起きたことを全て把握するのは不可能ではないだろうか。「上寿庵って、二代目じゃなかった？　今……そんなにお年になった？」子どもの頃の記憶だと、二代目の店主は三十代ではなかっただろうか。優しそうな妻と二人で店を切り盛りしていた。

「三代目がな」

「息子さん？」

「店に戻ってきたんだ」

「あそこの息子さん、何歳だっけ？」昔、店で見かけたことがあった——自分より数歳年下ではないだろうか。とすると今は、二十代半ばぐらいだろうか。どこかへ修業へ行って戻ってきたとか……蕎麦屋がいきなりフレンチの店になっていたら、それはそれで面白い。ただし父は、フランス料理になど興味もないはずだが。

「二十六かな」

「ふうん」

「力士——元力士だ」

「え？」初耳だった。

「知らないか……知らないだろうな。力士になったのは、お前が蒲田を離れてからだ。中学時代から体がでかくてスカウトされてたんだけど、本人がその気になるまで三年かかった。結局、高卒後に部屋に入って、十両までは上がったんだけど、怪我が多くてねえ」

「四股名《しこな》は？」

「朝野岳《あさのだけ》」

「上寿庵さん、苗字は三池《みいけ》さんじゃなかった？」四股名は本名や出身地から取ることも多いはずだ。蒲田出身だから呑川《のみがわ》というのは合わない感じだが。

「親方の本名から名前をもらったらしい。それだけ期待されてたんだろうけど……今は大型力士が多いから、ぶつかるだけでも怪我しちまう。三池君は、そこまで体が大きくなかったからな。

小兵力士が巨漢をひらりとかわして——は面白いけど、体が大きくない力士の負担は大変なんだよ」

「父さん、もしかして——」

「そう」父がニヤリと笑った。「スカウトだ」


「上寿庵」はいつの間にか、「上寿茶屋」と名前を変えていた。いかにもちゃんこの店という名前……しかし店の外観も店内の様子も、昔の印象とさほど変わらない——いや、相撲っぽい要素は増えていた。壁には力士の手形がずらりと並び、番付もある。客は、いかにも地元の人ばかりという感じだった。ちゃんこ屋も有名店になれば、わざわざ遠くから訪れる客も多いはずだが、ここはまだリニューアルしたばかりだろうから、これからが勝負ということだろう。

「あら、朱音ちゃんじゃない？　お久しぶり」

笑顔で挨拶してくれた人には身覚えがある——昔優しくしてくれた三池の妻だ。ずいぶん老けたなと思ったが、考えてみれば、最後にこの店に来てから十五年ぐらい経っているはずだ。

「こっちへ帰ってきたんだって？」

「そうなんですよ。いろいろありまして」

「よしよし、悩みがあったらおばちゃんが聞いてあげるから」

「いやあ、それじゃ申し訳ないです」不意に彼女の名前を思い出した。三池敦子《あつこ》。「敦子さん、何だかすごい元気ですね」

「息子が帰ってきて店をリニューアルしたから、もうちょっと頑張らないとね。社長、今日は何にします？」父に話を振った。

「名物味噌ちゃんこ。あとビールと……卵焼きにさつま揚げかな」

「はいはい。朱音ちゃん、卵焼きは昔と同じだから」

「あ、はい。大好きです」この店に来ると、両親はいつも卵焼きを頼んでくれた。家で食べるのとは違う、巨大で黄色が強く、焦げ目が一切ない、綺麗な卵焼き。

「じゃあ、今日はたくさん食べていってね」

「ありがとうございます」

卵焼きは、記憶にある通りの綺麗な黄色だった。ほどよい甘みもいい。

「自分で焼くと、なかなかこうはいかないのよね」朱音は感心して言った。これがプロの技ということか。

「そうだよな。卵焼きは卵料理の基本だけど一番難しい」

「洋食だとオムレツみたいなものかも」朱音はそれほど料理の腕に自信があるわけではない。卵焼きは火を通し過ぎて焦がしてしまうことがあるし、オムレツは綺麗にまとまったためしがない。鉄のフライパンに油を馴染ませて育て、毎日練習すれば綺麗に焼けるようになるかもしれないが、毎朝卵ばかり食べるわけにもいかないだろう。

ちゃんこ鍋はボリュームたっぷりで出てきた。そもそも「ちゃんこ鍋」に明確な定義がないことは知っていたが、栄養バランスがいいことは分かる。たっぷりの肉と魚、それにキャベツを中心に野菜も大量に入っている。味噌味のスープでくたくたになったキャベツが美味い。メーンの具である鶏肉には何か下味がついていて、複雑な味がした。そして意外な具、餃子。こちらはニンニクが効いていて、水餃子としても最高だ。

「美味しいね、このちゃんこ」

「想像通りだ」

「何だ、父さんも初めてなの？」

「そうだよ。リニューアルして、まだ二ヶ月ぐらいしか経ってない」

「そうなんだ」

「締めを貰おうか」

「これだと、うどん？」

「いや、蕎麦じゃないか？　ただし早く食べないと伸びるだろうな」

「でしょうね」

蕎麦は、店主の三池隆也《たかや》が運んでくれた。髪はかなり白くなっているが、顔はまだ若々しい。五十代半ば——父と同年代だろうか。

蕎麦はせいろに盛られていた。二人前。蕎麦猪口《ちょこ》も同時に置かれる。

「スープを蕎麦つゆ代わりにして食べてもいいですし、蕎麦を鍋に入れちゃってもいいですよ」

隆也が説明してくれた。

「これ、昔通りの手打ちでしょう？」父が訊ねる。

「それは蕎麦屋のアイデンティティでね」隆也が苦笑した。本当は蕎麦屋を続けたかったのに、息子のために泣く泣くちゃんこ屋に改装したのかもしれない。「入れちゃっても大丈夫ですよ。うちの蕎麦は、そんなに簡単には伸びないですから。今日は寒いし、温かい方がいいんじゃないですか」

「じゃあ、そうしますよ」

父が言うと、隆也が蕎麦を鍋に入れてくれた。具はほとんど食べ尽くしてしまったが、これは最後のお楽しみ……蕎麦猪口にスープを入れ、まずは一口。かすかなニンニクの香りの他にも、複雑な旨《うま》みが溶けこんでいる。スープの出汁が特別なのか、具材の味がスープに乗り移ったか。いずれにしても美味い。

そしてこの味が、蕎麦にもぴったりだった。蕎麦は、シンプルな汁で食べるのが基本だと思うが、こういう複雑で濃厚な汁にも合う。そして蕎麦の味が、汁の強さに負けていないのだった。

「これは美味しいわ」

「予想以上だな」父も満足そうだった。「大したもんだよ。三代目の腕は確かだな。隆也さん！」

父が大声を張り上げ、手を挙げた。すぐに隆也が飛んでくる。

「大変美味かったです」真顔で父がうなずいた。「シェフを呼んで下さい。お礼を言いたい」

「はいはい」ニヤニヤ笑いながら、隆也が厨房《ちゅうぼう》に消える。

「なにそれ」朱音は思わず笑ってしまった。「フレンチの名店か、老舗の料亭で食事したみたいじゃない」

「この店は、絶対に蒲田の名店に育てよう。応援してやらないと」

「本当の狙いはそれじゃないでしょう」朱音は指摘した。

「そうだけど、本業がしっかりしてないと、綱引きの活動も続けられないんだ」

ふと気配が変わる。厨房の方を見ると、若い男が一人、ゆっくりとこちらに近づいて来る。巨漢――ではない。身長は百八十センチぐらいだろう。力士という言葉から想像される体の厚みもなかった。体重は概《おおむ》ね九十キロぐらい、と朱音は予想した。

「康史《やすし》君」

言って、父が右手を差し出した。康史と呼ばれた元力士は、戸惑っていたが、結局父と握手した。

「いや、美味かった。大したもんだよ。お礼を言いたくてね。俺は真島晃生。こっちは娘の朱音」

「こんにちは」朱音は頭を下げた。自分は握手は……いいだろう。

「はい、真島工作所の……」

「そう。昔から、ここには通ってたんだ。ちゃんこ屋に衣替えしたっていうから、来てみたんだよ。美味いちゃんこ鍋だった。独特の味つけだね」

「桂木《かつらぎ》部屋の伝統です」

「そうか、桂木部屋は味噌ちゃんこなのか。餃子を入れるのも伝統？」

「それは自分の趣味です」三池がニヤリと笑う。そうすると実年齢――二十代半ばよりも若く見えるが、額に何本も縦に傷が入っているせいで、不思議な感じになっている。

「今、何歳になった？」

「二十六です」

「じゃあ、八年も頑張ったわけだ。大したもんだよ」本当に感心したように父がうなずく。

「ちゃんこを覚えただけですけど」三池が苦笑した。

「いやいや、これだけの腕があったら、一生食いっぱぐれないよ。俺は死ぬまで通うぞ。その後は娘が贔屓《ひいき》にする」

「三池君、身長は？」脱線しそうなので、朱音は訊ねた。

「……百八十一センチですけど」急に話が変わり、三池が怪訝《けげん》そうな表情を浮かべる。

「体重は？」

「今ですか？　八十七キロです」

「現役時代は？」

「最高で百十キロでした」

「二十キロ以上も落としたの？　どれぐらいで？」

「半年ですかね」

それはさすがに体に悪いのではないかと思ったが、三池は平然としていた。

「太れなくて、食うので泣いてましたから。やめて、普通の食生活に戻したら、あっという間に痩せました」

「毎食、丼で何杯もご飯食べる感じ？」

「太れない奴は、はい、そうです」

「なるほど」朱音はスマートフォンを取り出した。「最終的にやめたのは、やっぱり怪我のせい？」

「そうっすね。体が大きくならなかったんで、どうしても怪我は……二百キロ近くある人間を相手にする時もあるんで」

「一番大きな怪我は？」

「首ですかね」三池が首の後ろを手刀で叩いた。「何回もやってます。最後は手術を受けて、医者からドクターストップがかかりました。ぶつかり合いを繰り返していたら、また頸椎《けいつい》を故障するからって。それで、親方と相談して引退にしました」

首、と朱音はスマートフォンのメモアプリに打ちこんだ。「完治？」と続けて確認する。場所が場所だけに、本人の判断だけでなく、医師の所見も必要だ。

「他に、腰とか脚とか腕は？」

「怪我はしましたけど、今困ってるような症状はありません」三池が額の傷を撫でた。

「額も随分傷ついてるね」

「ぶつかり合いで、どうしても……でも、これはただの傷ですから」

「了解」朱音はスマートフォンをテーブルに置いた。「じゃあ、今度の金曜日、第三小学校に来て。あなたの母校じゃない？」

「そうですけど……」三池が困ったように目を細める。「何ですか？」

「プルスターズに入って。うちの綱引きチーム」

「綱引き……ですか」三池の顔にさらに戸惑いの色が広がる。

「三栄通り商店会に、昔から綱引きチームがあるの、知らない？」

「ああ――はい。何か、商店会で祝勝会みたいなことやったの、覚えてます。あと、小学校で綱引き教室をやったりとか」

「そう」朱音はうなずいた。「その綱引き教室を、頑張って仕切ってたのがうちの父」

「そうなんですね……でも、綱引きって、運動会とかでやるあれですよね」

「私たちがやっているのは、競技綱引きなの。スポーツとしての綱引き。八対八で引き合って勝負を決めるんだけど、スポーツだから当然ルールもある。反則もあります。故意に座りこんだり、足の裏以外の体の部分が床に触れたりしたら反則。ロープの握り方にも反則がある。反則が是正されなければ、反則負けもあり」

「ただ引き合えばいいのでは……」

「まさか。選手個人にもテクニックが必要だし、チーム全体の作戦もあります。相撲だって、ただぶつかり合ってるだけじゃないでしょう」

「はあ……」

「練習は水曜日と金曜日で、午後七時から一時間ぐらい。夜の営業が忙しい時間だと思うけど、都合つけて来て下さい。着るものは普通のジャージか何かでいいから」

「はあ……でも、いきなりそんなこと言われましても」

「そんなに毎日忙しい？　お店のことだけやって、それで毎日がずっと過ぎていくだけでいい？　綱引き、やろうよ。絶対楽しいから。っていうか、うちのチームにはあなたが必要――ちなみに足のサイズは？」

2

金曜日、朱音は不安に駆られながら体育館に赴いた。今日は何人来ているだろう……ケリーの涙の訴えで、チームは結束したかと思ったが、実際にはその後も毎回、練習にフルメンバーが揃ったわけではない。

しかし今日は、二十人のメンバー中十五人が揃った。なかなかの成績……朱音が三池をスカウトしたという情報が流れたので、皆、興味本位で集まって来たのだろう。それでもいい。十六人いれば、八対八の練習ができる。

練習前の簡単なミーティングで、朱音は三池の件を告げた。

「三池茶屋の三池さん——元朝野岳をスカウトしました」

おお、と声が上がる。噂としては知っていても、監督本人の口から聞くと重みが違うということか。

「今日の練習に来るように誘いましたけど、実際に来るかどうかは分かりません。綱引きに興味を持ったかどうか……何とも言えないところです。ですので、今日の練習は取り敢えず普通に行います。来たら、基本を教えますから、皆さんもアドバイスして、綱引きに興味を持ってもらうようにしましょう」

「あいよ」水木が真っ先に同意した。「三池さんのところの長男だろう？　怪我が原因で引退したって聞いてるけど、大丈夫か？」

「最後は首だそうです」朱音は自分の首を手刀で叩いた。「完治しているという話ですが、本当にうちに加わってくれるなら、メディカルチェック……きちんと全身を調べてもらいますから。あ、来ました」

本当に来てくれたのかと、興奮するよりほっとした。一方三池は、今日も戸惑いの表情を浮かべている。商店会の重鎮である父の娘から声をかけられたので無下にはできないと思って来たものの、本当は乗り気でない——という感じだろうか。

「三池君！」朱音は声を張り上げて手を振った。同時に、全員が三池に顔を向け、拍手を始める。三池の困惑の表情が、照れ笑いに変わっていく。こうやって応援されることには慣れていると思うが……その感覚は、既に遠いものになりつつあるのかもしれない。

「お疲れ様です」

三池が小さな声で言って頭を下げる。白地に赤と青をあしらった派手なジャージ姿で、足元は靴下を履いているだけ。彼の足のサイズを確認して、古いシューズを用意してきて正解だった。

「紹介します」朱音は改めて「三池康史さんです。皆さんご存じ、もと朝野岳。身長百八十一センチ、体重八十七キロ」

ほう、と感嘆の声が上がる。朱音がそれ以上喋る余地もなく、皆が三池を囲んで体を触り始めた。それこそ、力士から力をもらおうとする年寄りのように。三池の顔に、また困惑の表情が蘇る。

「はい、じゃあ、始めます」朱音は両手を叩き合わせた。「いつものようにストレッチから。寒いので、入念に体を解して下さい」

「じゃあ、やるぞ！」父が声を張り上げる。

朱音は、三池を体育館の隅に連れて行った。

「来てくれてありがとう」素直に感謝の気持ちを口にする。

「いえ……せっかく誘ってもらったので」三池はまだ困惑している。

「今日は見学してもらうだけでもいいわよ」

「あの——どうせなら、ちょっとやらせてもらっていいですか?」

「そうこなくちゃ」朱音はニヤリと笑って、用意していたサイズ二十九のシューズをバッグから出した。「これね、うちのOBの人が履いてたやつなの。お古だけど、まだ使えるから、取り敢えず履いてみて。感覚は分かると思うわ」

「スニーカーも持ってきましたけど」三池が、スポーツバッグを掲げて見せた。

「競技綱引きは、専用のマットの上でやるの。だからそのマットで滑らない、専用のシューズが必要なのよ。本格的にやるなら、自分で買えばいいわ。できれば二足」

「スペアですか?」

「そう。試合なんかで力が入ると、壊れることもあるから、念のため——履いてみて」

三池が屈みこんでシューズを履いた。丁寧に紐《ひも》を結び、立ち上がって小刻みに足踏みする。それから左右のアキレス腱《けん》を順番に伸ばした。靴底が床を擦る度に、キュッと甲高い音が上がる。

「何だか、底が不思議な感じですね」

「普通の床を歩いてると、硬くて変でしょう? でもこれが、マットの上では効果的なの——ストレッチに混ぜてもらって。あ、でも、力士の人って、体が柔らかいんでしょう? 股割とかできる?」

「どうかな……最近やってないんで」言いながら、三池が両足を開いて床に腰を下ろす。簡単に足を開く様子を見ただけで、体が柔らかいのは分かった。両手を前に投げ出すようにして、上体をぐっと曲げる。難なく体が沈みこみ、胸が床につきそうになった。

「最初は地獄でした。元々体が硬かったんで」ゆっくり体を起こしながら、三池が言った。「綱引きはぶつかり合いとかはないけど、全身を使う運動だから、練習や試合前のストレッチは入念にね」

「すごいね」

「ええ……じゃあ、ちょっと解します」

実際にストレッチを始めると、何だか三池の動きが軽くなってきた。本人も、あまり体を動かさなくなって、ストレスが溜まっているのかもしれない。

引退したアスリートは二種類に大別される、とよく言われる。現役時代と変わらぬ練習を続ける人と、一切体を動かさなくなってしまう人。後者の場合、怪我などの影響で普通りのトレーニングができない場合もあるし、そもそもきつい練習から抜け出すために引退したんだから、もう何もやりたくない、という場合もある。三池は、毎日店を切り盛りしているから「体を動かしている時間がない」状態ではないだろうか。

三池はすぐに馴染んだようで、選手たちに教わりながらストレッチをこなしている。その体の柔らかさは、他の選手を一々驚かせた。

いつもより少し時間をかけて、練習前のストレッチ終了。父が目で合図してきたので、朱音は三池をもう一度体育館の隅へ連れていった。

「競技綱引きは、小学生の綱引きと違って、ただ力一杯引けばいいってわけじゃないの。まず、ロープを安定させるために、きちんとしたフォームを覚えないとね」

「フォーム、ですか」三池はピンときていないようだった。

「こう……」朱音が右の掌を水平に保ち、その上に左の掌を垂直に立てた。「これが普通に歩いている状態だとすると、綱引きの最中にはこうなる」左の掌をぐっと倒す。

「そんなにですか？」

「四十一度。そうだね、四十五度にするのも相当大変だけど、今は四十一度まで倒すのが、一番パワー効率がいいっていうのが、綱引き業界の常識」

「そういう業界があるんですか？」

「あるわよ。しかもそれは世界に繋がっている――っていうのは、アイルランドの強豪チームからの受け売り。まず、このフォームに対応できるかどうか、やってみようか」

朱音は体育倉庫から、練習用の短いロープとポールを持ってきた。一人で引けるように、バレーボールのネット位置にポールをセットし、ロープを引っかける。

「下が滑りやすいから、ちゃんとはできないかもしれないけど、一応見て」朱音はロープを握り、まずピンと張った。自分で引くのも久しぶり……感覚を忘れていないといいのだが。

スッと体を沈みこませる。足を前に出し、体を斜めに……朱音が現役時代はこの角度は「四十五度」と言われていて、写真やビデオで撮影したフォームを見て修正し、体に染みついていると思ったのだが――久しぶりにやってみるときつい。ロープを握る手がそもそも痛いし、脚がすぐに震え始めた。あまり無理しても仕方ないか、とゆっくりと足を後ろに運んで姿勢を立てる。

「どう？」

「やってみていいですか？」

「無理しないでね。滑って転んだら馬鹿馬鹿しいから」

「ロープの握り方みたいなもの、あるんですか？」

「右利き？」

「はい」

「じゃ、ロープの左側に立って、左手を前にしてロープを握る——そう、それで、ロープの後ろの方を脇の下に抱えこむ感じ」

ロープがピンと張り、ポールがガタンと揺れる。

「それで最初は、足をゆっくり前に出して……そう、一歩ずつ、小刻みでいいから、滑らないように気をつけて。慣れたら、一瞬でベストの姿勢が取れるようになる」

「こう——ですか」三池の声が苦しそうになる。低くすればするほど、自分の体重も腕にかかってくるから苦しくなるのだ。

「上出来。もう少し低くできる？」

三池がさらに足を前に出した。ポールが、ギリギリと軋《きし》む。その瞬間、朱音は体に電流が走ったように感じた。

三池はできる。しかも大変な選手になる。人間相手に引いているわけではないのに、何故か確信できた。

「OK、戻して」

ゆっくりと足を後ろに運んで体勢を立て直した三池が、そっとロープを床に置く。手の甲で額を拭ったが、汗をかいているわけではなかった。

「どう？」

「何とか——角度はどうですか？」

「いまのだと、五十五度ぐらいかな」

「全然じゃないですか。でも、下半身が苦しいな」

「しかも本当は、動かないポールじゃなくて、動く人間が相手だから、姿勢を低くして安定させるのはもっと大変よ」

「できますかねえ」

「できますかって言うか、やる気、ある？」三池の場合、自己肯定感の低さが気がかりだった。

「まあ……できるかな」

「OK。じゃあ、人を相手にしてみようか——久我さん！」

呼ばれた久我が走って来た。久我は背はそれほど高くないが、体重は八十二キロ、チームでは重い方の選手だ。試合ではファーストプラーに入ることが多い。

「久我さん、ちょっと一対一で引いてみてくれる？」

「はいはい。綱引き歴二十年の実力をお見せしましょう」

「無理しないでね。感覚を知ってもらうだけだから」

「よし、朝野岳、滑らないようにまず炭化マグネシウムを手につけて。いわゆる炭マグってやつな」

炭化マグネシウムの入った容器は、練習用のマットの横に置いてある。三池が、見様見真似で炭マグを手につけた。白い粉がぱっと散る——土俵入りで塩をまくところを近くで見たら、あんな感じだろうか。

「じゃあ、さっきの姿勢を思い出して。それと、綱引きでは審判のかけ声で動くから、それに合わせてね。『ピックアップ・ザ・ロープ』でロープを持つ。『テイク・ザ・ストレイン』で姿勢を作ってロープを張る。『ステディ』で一時静止して、『プル』で引き始める。いい？　引く時は、手繰るような動きは反則だから。あくまで足を運んで、体全体で引いて」

「やってみます」

「はい。それじゃ、ピックアップ・ザ・ロープ！」

二人が同時にロープを摑んだ。久我の軽口はもう引っこんでいる。そして真顔――怖いぐらいの表情になった。

「いい？　テイク・ザ・ストレイン！」

しかし姿勢が作れない。三池が一気に足を前に運んで体を斜めにした瞬間、引っ張られた久我がバランスを崩して前向きに転んでしまう。相手を失った三池も後ろ向きに転んだ。ガツン、と鈍い音がする。

「三池君、大丈夫？」慌てて駆け寄った。首の手術をしているのだから、頭を打ったら危ないのではないだろうか。

「あ、大丈夫です」三池が平然とした顔で言って立ち上がる。「でも……」

「ちょっとバランス取れないかな」

「あの、何というか、難しいです」

「朝野岳、あんた八十七キロって言ったっけ？」久我が訊ねる。

「はい」

「サバ読んでねえか？　今のは百キロオーバーの人間の引きだぜ」

「今朝測ったら八十七キロでしたよ」

「並木さん！」

朱音は応援を呼んだ。並木は今の様子を見ていたようで、慌てて飛んでくる。

「すみません、久我さんと一緒に引いて下さい」

「その方が良さそうだな」並木が真剣な表情でうなずく。

「何だよ、俺、信用ねえんだな」久我が口を捻《ね》じ曲げる。

「怪我したらまずいですから。三池君、今の感覚だと、二人相手にしたらどうなるかな」

「――やってみます」臆する様子もなく三池が言った。

「安定したら、無理に引かないで。ずっと同じ姿勢を保って相手の疲れを待つのが、今の主流の戦術だから。私が『ステイ』と言ったらそのままの姿勢をキープ、『プル』で引いて。あ、私は最初は審判役で、その後は監督役ということで」

安定した。姿勢も、そんなに高くない。三池は両足を綺麗に揃えて、しっかり踏ん張っている。それほど苦労している様子ではなかった。しかし木村と並木は必死だ。並木は、父の次に重い八十五キロなのだが……顔面を真っ赤にして、必死で姿勢をキープしている。

「キープ！　あと十秒！」

「無理無理無理！」並木が悲鳴を上げる。実際、彼の足は小刻みに震え始めていた。前にいる久我の脚が動き、一歩前に出た。

「ストップ！」朱音は慌てて止めた。二人が急に力を抜いたためか、三池が尻餅をついてしまう。

「参ったな」並木が唖然《あぜん》とした口調で言った。「これは、ケリーの時と同じ感覚だ」

「いや、ケリーより上だろう。すげえぞ」久我が同調した。「大丈夫か、朝野岳」

「綱引きって、こんなに転ぶんですか？」

三池が真顔で訊ねたので、その場で笑いが弾けた。

「大丈夫。普通は、引きこんで倒れそうになるまでには勝負が決まるから。それより、首は本当に大丈夫？」

「平気です。ぶつかりでもしない限りは——相撲よりは楽ですよ……すみません、生意気言いました」

「この後、普通の練習に入ってみる？」

「やってみます」

やる気は——まだ全開という感じではないだろう。初めて取り組む競技綱引きに、戸惑いもあるに違いない。恐る恐る経験を積んでいるが、拒絶という感じではないから何とかなる。これで試合を経験すれば、絶対に綱引きの魔力にはまるはずだ。


練習終わりに、朱音は三池を夕食に誘った。今日は店を両親に任せてしまっていて、すぐに戻らなくていいという話だったので。力士時代に丼飯を食べ続けるのが地獄だったと聞いていたので、取り敢えず小学校の近くにあるハンバーグ専門店に入る。ここはハンバーグをグラム数で選べるから、どんな客でも対応可能なのだ。ちなみにマックスでは八百グラム——四百グラムを二枚食べた記録があるそうで、その瞬間の写真が壁に貼ってある。こんな写真を貼られて、八百グラム平らげた客は、その後来店しづらくなっていないだろうか。朱音は二百グラム、三池は三百グラムを頼んだ。

「遠慮しなくてもいいよ」一キロぐらい平気で食べるのかと思っていた。

「いつもこんなもんですよ」

「それじゃ、力士時代は本当に辛かったよね」

「練習よりも飯の方がきつかったです。それで辞めちゃう人間も、結構いますから」

「大変なんだ……」

「まあ、世の中、もっと大変なこともあると思います」二十代半ばにして、もう全てに達観したような言い方だった。

「今日はどうだった？」

「やれるかな、と思います」

「面白みは感じた？」

「それは、試合に出てみないと分からないですけど、体を動かすのは気持ちいいです」

「怪我にだけ気をつけて、続けてもらうと嬉しいな」

「やる——と思います。正直、持て余していたので」

「お店、忙しいんじゃない？」

「忙しいけど、それだけっていうのは……ジョギングでも始めようかなって思ったんですけど、それにはもっと体重を落とさないと、膝が爆発します」

「そうか……」

「サッカーとか野球とか、地元でできるスポーツでもやろうかと思ってたけど、それも違うかなって。何か、やり残した感じがあるんですよね」

「相撲、やめたくなかった?」

「そう、ですね」三池が曖昧にうなずく。「怪我がなければって、ずっと考えてます。もう相撲には戻れないけど、他に何か、力を入れるものがないと、中途半端なままかもしれない」

「綱引きはいいわよ。子どもの頃からそれ一筋っていう人はあまりいなくて、他のスポーツをやってから始める人がほとんどだけど」

「そうなんですね」

「誰でもやったことがある割には、競技としてはマイナースポーツだから」言ってしまって情けなくなる。

「まだ何も分からないですけど、自分の力を活かせそうだし……やってみます」

「ありがとう」朱音は頭を下げた。

「いや、そんな……だって、人手不足で試合ができないわけじゃないでしょう」

「試合には出られる。でも私の――私たちの目的はそれじゃないから。勝つこと。全国大会で勝って、世界大会に出る。そこで対戦したいチームがあるの」

「何だかすごい話になってきましたね」三池が目を見開く。

「それは――食べてから話すわ」

二人は食事に専念した。朱音は何度かこの店に来たことがあるが、肉々しいハンバーグは食べ応えがある。ご飯が進む味つけで嬉しくなる。つけ合わせは多くの種類から選べるので、「インカのめざめ」のグリルを選んでみた。甘味が強いこのジャガイモに、卓上にあったチーズソースを合わせたら最高の味になった——とはいえ、太りそうな組み合わせにしてしまった、と反省する。

三池はゆったりと、上品に食べていた。一口一口を味わうように……つい訊ねてしまった。

「三池君って、やっぱり蕎麦が好きなの？」

「いやあ」三池が渋い表情を浮かべる。「そうでもないです。子どもの頃から、おやつがわりに食べさせられたんですけど、そういう食べ方してるとうんざりするじゃないですか。そもそも、子どもって、ざる蕎麦とか好きじゃないでしょう？」

「私は、上寿庵の蕎麦は好きだったけど。家族で行く時は、いつも楽しみだった」

「たまに、だからいいんですよ。毎日おやつで出てきたら、たまりません」

「そんなもの？」

「ハンバーグは大好きですけど」三池がナイフで肉の残りを指した。「毎日だったら嫌いになるかもしれないですよね」

軽い会話が転がっているのがありがたい。相撲部屋で厳しく揉まれて、話しにくそうなイメージもあったが、取り敢えず大丈夫そうだ。これなら、おっさんばかりのチームにも、早く馴染めるのではないだろうか。

朱音はケリーの事情を話した……話しているうちに動揺してしまう。三池の目に涙が浮かび始めたのだ。

「ちょっと……」

「すみません」三池が指先で涙を拭った。「そういう話、弱いんですよ。絆とか、熱血とか」

「人の縁だね」朱音はうなずいた。「ささいな縁だと思うよ。この街にも、留学生は何人もいるけど、その中の一人がたまたま故郷で綱引きをやっていて、蒲田にも綱引きのチームがあると知って——偶然が重なって、こんなことになってるんだから。とにかく私は、ケリーのためにもプルスターズを強くしたい。そのためにはあなたが必要」

「俺なんかで役に立つんですか」

「立つわ」朱音はまたうなずいた——先ほどよりも深く。「だから、私たちと一緒に戦って。でも一つだけ、お願いがある」

「何ですか？」

「今の体重をキープして。綱引きは、チーム全体の体重が決まってるから、一人でも増減があると、調整が面倒臭いの。試合直前になったら改めて体重を測って、減らせとか増やせとか言うけどね。試合前には計量があるから」

「分かりました。減らすのは大丈夫です。増やす方が大変です」

「普通の人は、それとは逆なんだけどねえ」朱音は溜息をついた。「でも、頼もしいわ。それと私、色々うるさく言うけど、平気？」

「相撲部屋でかわいがりを受けてたのに比べれば……稽古は、本当にきついですよ」

「綱引きの練習も、これからどんどんきつくなるから」朱音は敢えてにっこり笑った。「それと、あなたはこれから面倒な立場になるかもしれない。でも、他の人に何を言われても気にしないで。私の言うことだけを聞いて」

「何ですか……怖いな」三池がかすかに笑ったが、顔は引き攣ってしまった。

「大丈夫。勝つために必要なことだから、あなたは気にしないで、堂々としていて」少し心配だ。三池は気が弱い——というより、周りの目が気になるタイプかもしれない。相撲部屋での厳しい生活で、用心深くなった可能性もある。

用心深く、あちこちに目が向くのは、悪いことではない。でも、ロープを引いている時は、それだけに集中してもらわないと。

3

伝えるべきことは一つしかない。

問題はどう伝えるかだ。言い方によっては、プルスターズの内部に深刻な亀裂が生じかねない。

「——どうした」

父に声をかけられ、朱音ははっと顔を上げた。目の前に、湯気を立てる大きなカップが置かれる。プルスターズのロゴ入りのマグカップだ。力瘤が盛り上がった二の腕の上でロープがピンと張られたロゴ——全国大会で優勝した十一年前に、記念に作られたカップだという。その頃朱音は既に蒲田を離れていたのだが……どこかで見たようなテイストのロゴだと思って作者を確認したら、何と、チバダイケイだという。大手私鉄やプロスポーツチームのロゴマークを手がける売れっ子の若手イラストレーターだが、このカップが作られた当時は、まだ愛徳大の学生だった。いわば世に出る前の貴重な作品で、非売品ながら、鑑定したらかなりの値段がつくかもしれない。

しかし父はまったく気にしない様子で「ちょうどいいサイズだから使え」と言ってきた。最初は遠慮していたが、使っているうちに慣れてしまった。ロゴには貴重な価値があるかもしれないが、カップはカップである。

それを言ったら、ブランドものの価値はロゴだけ、になってしまうのだが。

今日の朝食は、トーストにオムレツ、サラダ。父が作ったオムレツは、焦げ目もなく綺麗に焼けている。このところ、二日に一回オムレツが出てくるのは、コツを摑んだからかもしれない。

「父さん、腰の具合はどう?」

「まあまあだな。完治とはいかないけど、練習はちゃんとできてるだろう」

「無理しないで……仕事もね」

「何だか今朝は優しいじゃないか」父が微笑《ほほえ》む。

「寝たきりになって介護とか、嫌だから」

「お前な、言い方」父の表情が急変する。

そう、言い方だ。それとタイミング。どうするべきか、もう少しじっくり考えよう。誰もが納得して、遺恨が残らないようにしないと。

「父さん、皆、全国大会は見に行くかな」

「仕事でどうしても外せない奴以外は行くと思うよ。朝野岳も行く」

「朝野岳って呼ぶの、やめた方がいいよ。本人、嫌がってるから」朱音は忠告した。

「そうなのか?」父が目を見開いた。

「そうだよ。もうちょっとちゃんと話さないと。チームメートなんだから」

「あいつ、思ったよりも話さない——口下手なんだよなあ」父が頭を掻いた。

「そんなの、オジサンたちがリードしてあげないと。最年少の選手なんだから、オジサンたちばかりで緊張してるんでしょう」

「同じ商店会の仲間なのになあ」

「そういうことじゃなくて」朱音がピシリと言った。「あれだね、これから週に一回は上寿茶屋でご飯食べて、三池君と話すようにしよう。練習場所以外でも、コミュニケーションを取るようにしないと」

「それは、お前が夕飯を作らないための作戦か？」

「父さん、もうちょっと真面目にチームのことを考えて。入ってもらったらそれで終わり、じゃないんだよ。ちゃんと仲間にして、戦力に育てる——そのためには、先輩たちが気を遣ってあげないと」

「はいはい、監督の仰せの通りに」父が肩をすくめた。

まったく、能天気で困る。父も、本気でチームを強くしたいなら、もっと全体を見るべきだ。

私が監督を引き受けたら、全部任せようとしている……実際、余裕がないかもしれない。最近、やはり腰の調子がよくないようなのだ。定期的に医者へ通っているし、仕事中も座りこんでいることが多い——座ったままできる作業を、自分に割り当てている。立っているのが辛いなら、綱引きで力を発揮できるわけがない。

限界かもしれない。

だったら……自分の本当に辛い仕事は、これから始まる。

監督になると、対外的な仕事もある。ただし、偉いさんと飯を食べるのを「仕事」と言っていいかどうかは分からない。

商店会の竹沢会長に声をかけられ、昼食を共にすることになったのだ。場所は、何か狙いがあるのかどうか、上寿茶屋。ランチの時間帯は蕎麦中心のメニューで、これは先代——三池の父親が仕切っているらしい。

先に着いたので厨房を覗《のぞ》いてみたが、三池の姿は見当たらない。

「昼はこっちにいないんですか？」

「週に二回、昼は休みなんだ」先代が言った。「自主トレだとさ。今日は午前中、ジムに行ってるよ」

朱音は思わずにやけてしまった。それぞれの選手に合わせたトレーニングメニューを課したのは朱音である。様々な計測を行った結果、三池は上半身と下半身のバランスが崩れていることが分かった。スクワットでバーベルを上げさせたら、チームで最高値を記録したのだが、上半身の方がさらにすごい。ベンチプレスでは百六十キロを軽く上げ、背筋は二百三十キロを記録。本人曰《いわ》く、「これでも現役時代に比べればずいぶん落ちた」。

この結果を、愛知育動大の羽崎教授に相談すると——今ではプルスターズの知恵袋になっていた——バランスをとるために下半身を鍛える筋トレ、さらに有酸素運動を最低週三回は行うこととアドバイスされた。

「康史君がいないと、昼間、大変じゃないですか」朱音は訊ねた。真面目にやってくれているのだと思うと嬉しくなるが、逆に上寿茶屋の経営が心配になる。

「いやいや、俺も老けこむような歳じゃないよ。真島さんより二つ年下なんだから」

「あ、そうなんですね……でも父は最近、腰痛で困ってますよ」

「腰はねえ……ある程度年齢がいったら、しょうがないよ。立ち仕事とか激しいスポーツとかで、知らない間に体を痛めつけてることはあるしさ。真島さんは両方でしょう」

「どっちも好きでやってるんですけどね」

「まあ、それほど深刻でなければ、気にすることは——はい、いらっしゃい！」

出入り口の方を見ると、竹沢が入って来たところだった。

「大将、小上がりの方、いいですか？」朱音は訊ねた。

「ああ。内密の話？　それならパーティションで区切れるけど」

「そんな大変な話じゃないと思います」たぶん、だが。

朱音は竹沢に目礼し、小上がりに誘導した。竹沢はサンダル姿——それで、大した話ではないだろうとほっとする。どうせ脱ぐにしても、真面目な話をする時にサンダルを履いてくる人はいないだろう。

「いやあ、急にごめんね」竹沢があぐらをかくなり、ハンカチを取り出して額の汗を拭う。二月で、今日は特に寒いのに。

「いえいえ……お忙しいんじゃないですか？」

「今日は午前中、棚卸しでね。肉体労働ですよ……朱音ちゃん、何食べる？」

「ええと」朱音はちらりとメニューを見た。夜は酒の肴も含めて豊富な料理を出すのだが、ランチタイムはシンプルにまとめているようだ。「私、鴨《かも》せいろにします」

「そんなものでいいの？」竹沢が目を見開く。

「最近、食べ過ぎなんですよ」

「そうか……俺はちゃんこせいろにしよう。これ、食べた？」

「いえ」

「夜のちゃんこ鍋の小型版。それにせいろがついてくる」

「今の私には、ちょっとボリュームがあり過ぎな感じですね」

料理が来るのを待つ間、商店会の定番の会話が続いた。天気の話題から、景気の話へ……その中で朱音は、竹沢の息子が、日本を代表する家電メーカーに勤めていることを初めて知った。

「じゃあ、竹沢さんのところの上流にいるみたいなもんですね」

「どんなものかと思ったんだけどねぇ」竹沢は渋い表情だった。「子どもの頃から、機械いじりが好きだったのよ。店の商品まで分解したがったほどだから、筋金入りだよね。これなら将来はうちの店を継いでくれる、安泰だと思ってたんだけど、まさか作る方へ行くとはねえ。まあ、まだ入社二年目だから、これからどうなるか分からないけど」

「製品のことを一番よく知っている人が販売の仕事に入れば、何かといいんじゃないですか」

「ただ、本人は売ることにはあまり興味がないみたいなんだ。しょうがないけど、どうしたものか……まあ、私が最後で店が潰れても、息子が生活に困るわけでもないだろうけどね。少子化が進むっていっても、息子がいる間に会社が潰れるようなこともないだろう。真島さんのところもそうじゃない？」

「国産メーカーがいきなり全部倒産したり、車が突然なくなったりするとは思えませんよね。でも、そこだけに頼っていると心配ですから、何か新しい手を考えますよ」

「朱音ちゃんが会社を継ぐのかい？」

「私は裏方でいいと思ってるんですよね。ずっと働いている人に社長をやってもらって……私は工場の方の仕事はさっぱりで、事務仕事しかできませんから」

「でも、娘さんがいれば、真島さんも安心だろう。朱音ちゃんが婿を取って、その人に継がせればいいんじゃないの？」

「いやあ」まあ、こういう話題にはなってくるだろうな、と朱音は皮肉っぽく思った。竹沢も子どもの頃から知っているし、蒲田の人たちは基本的に遠慮がない。慣れてしまえば心地好《よ》い距離感だが、外から来た人はびっくりするだろう。「しばらく結婚はいいですね。いろいろ面倒臭いです」

「何だったらうちの息子でどうだい？　今、彼女がいないようだし」

「そうしたら私、竹沢電器商会で働くことになるんですか？」

「それだと、真島さんの工場が困るか」

「激怒するかもしれません」

そこで料理が運ばれてきた。朱音の鴨せいろは極めて真っ当な一品。大きめの器に濃い色の汁が入り、中では綺麗に脂の入った鴨肉が泳いでいる。太いネギにちゃんと焼き目がついているのが嬉しい。上寿庵時代から丁寧に蕎麦を作っていた、と思い出す。

竹沢のちゃんこせいろは強烈だった。鍋焼きうどんで使うサイズの土鍋の中で、ちゃんこ鍋の材料がぐつぐつと煮えている。それにフルサイズのせいろがついていて、栄養バランスもいいし、腹も一杯になりそうだ。今の朱音には少し重過ぎる感じだが。

「朝野岳が、プルスターズに入ったそうだね」竹沢が切り出した。

「スカウトしました。さすがにすごいパワーですよ」これが本題だろうか、と朱音は警戒した。商店会としても、スポンサーとしても言いたいこともあるのだろう。「これで強くなれます」

「ただ、すぐに結果が出るもんでもないだろう？　去年の都大会を見るとねえ」

「あの時はまだ、チームとしてでき上がっていなかったんですよ」朱音はつい言い訳した。

「今は？　今年の都大会――来年の全国大会は期待できそう？」

「三池君が入りましたから、戦力はぐっとアップしてますよ」

「とはいえ、実績があるわけじゃないからねえ……」竹沢が口籠った。

「もしかしたら、援助打ち切りですか」朱音は思い切って聞いてみた。竹沢も、何だかはっきりしない――すぐに本題に入ろうとしないタイプのようだ。

「決まったわけじゃないけど、そういう話はあるんだよね。勝てないチームに金を出すのは、このご時世にどうなんだって……強くなるには、時間もかかるでしょう」

「どんなことでも、一朝一夕にはできません」

「そうだよね」竹沢がうなずく。「ただねえ、こういう不景気が長く続くと、どうしても、まず自分たちの生活を守ることが優先になるから……」

三栄通り商店会からは、それほど多額の援助をもらっているわけではない。年間十万円に過ぎず、長池個人が「オーナー」として出している金額の方がはるかに多い。今は二月……新年度の四月からは、援助金を出さないつもりだろうか。その十万円がないと、チームが崩壊するわけではないが、地元の商店会に見捨てられた嫌な感じは残るだろう。

「プルスターズは、商店会を元気にするために頑張っているんですよ。自分たちが楽しいから、じゃないです。プルスターズはあくまで三栄通り商店会のチームですし、長い間地元に支えられてきたことに感謝しています。このところ、私たちの怠慢で活動が停滞していましたけど、私が監督になったからには、必ず強くします」

「ままあ……別に、援助を打ち切るとか、そういうことじゃないんだよ。プルスターズは何十年も、三栄通り商店会の結束の象徴だったわけだし。ただ、来年度はね……今、商店会の運営もなかなか厳しいんだ」

「来年度の十万円を出すのも苦しい感じなんですか？」これにはちょっと驚いた。寂れてきたとはいえ、三栄通り商店会には六十近い店舗が参加している。十万円が出せないほど、予算が厳しいとは信じられなかった。

「まあ、色々あってね。昔と違って、商店会も一枚岩じゃないし、プルスターズが強かった時代からは、店主が代替わりしているところも多いしねえ」

「そうですか――」鴨せいろに向かう意欲が急速に消えた。「オーナーは何か仰《おっしゃ》ってるんですか？」

「オーナー、最近体調がよくないみたいでね。今、入院してる」

「そうなんですか？」朱音は目を見開いた。知らなかった……長池が、年齢なりに元気がなくなってきているのは分かっていたが、入院するほど体調が悪いのだろうか。そもそも入院したら、噂が広まりそうなものだ。長池は商店会の重鎮――名誉相談役なのだし、隠してはおけないだろう。

「さすがに弱気になっているそうだ。だから、長池さんのことはちょっと置いておいて――」

「そういうわけにはいきません。オーナーが病気なら、お見舞いに行かないと」

「しかしねえ……」

「面会謝絶ではないですよね」

「そこまでじゃないと思う」

「だったら会います。会って、プルスターズを見捨てないようにお願いしてきます」

「それで症状が悪化したら困るでしょう」

「好きなことを話題に話ができれば、元気になりますよ。今、オーナーに足りないのは綱引きでしょう」


その日の夕方、朱音は仕事を早仕舞いして、長池が入院している病院に向かった。父も長池の病気のことは知らなかったようで、驚きながら、「ちゃんと情報収集してくれ」と念入りに頼みこんできた。

病状が分からないので、見舞いに何を持って行っていいか決められない。結局、花だけにした。本当は三池を連れていきたい――元力士の綱引き選手は「縁起物」のような感じがするが、夜の仕事を休ませるわけにはいかないだろう。病院はＪＲ品川駅の近くなので、往復するとそこそこ時間がかかる。

病室を確認すると、長池は個室に入っていた。ベッドで横に……なっていない。一人がけのソファに腰かけ、テレビを見ていた。寝巻き姿で、そこから見える手足は細いが、この年齢だとがっちり筋肉がついている人は少数派だろう。

「オーナー」

「何だい、朱音ちゃん」長池が驚いたように言った。耳が遠いせいもあるだろうが、声は大きい――元気過ぎるぐらいだった。

「お見舞いです」花を渡す。「後で花瓶に入れてきますね」

長池がサイドテーブルに花束を置き、二人がけのソファに手を差し伸べた。

「さ、座って、座って。お茶を……と言いたいところだけど、ここは病院だからね」

「そうだと思って、買ってきました」

病院の自販機で買ったペットボトルのお茶を二本取り出し、一本を長池に渡した。そこで気づいて、慌てて言う。

「あ、お茶とか普通に飲んで、大丈夫なんですか？」

「平気、平気。内臓は何でもないから」

「どうしたんですか？　入院してるなんて知らないから、びっくりしましたよ」

「骨折だよ。肋骨《ろっこつ》と肩甲骨」

「普通に座っていて平気なんですか？」大怪我ではないか。

「それが、寝てる方がきついんだ。座ってるのが一番楽でね」

ペットボトルのキャップを捻り取ろうとしたが、回らない。骨折の影響で、力が入らないのだろうか。朱音はボトルを受け取ってキャップを開けた。

「すまんね」長池が苦笑する。

「何でまた、そんな大怪我をされたんですか」

「それはな」長池が咳払《せきばら》いした。「いや、何で誰にも言わずに入院してると思う?」

「さあ……」

「みっともない話なんだよ。伊豆《いず》に旅行に出かけて……昔から馴染みの旅館があってね。そこで二人乗りの自転車に乗った。麻里香が一緒に乗るから安全だと思って――こけたよ。自転車であんな風に転んだのなんて、何十年ぶりかね」

二人乗り自転車は、バランスを取るのが結構難しいのではないだろうか。二人の息と脚力が合っていないと、簡単に転んでしまいそうだ。

「麻里香は何でもないのに、俺はこのザマでね。急遽《きゅうきょ》旅行を切り上げて帰ってきて、そのまま入院だよ。年寄りだから、安定するまでは大人しくしていた方がいいからってさ」

「骨折は大怪我ですから、当然ですよ」どれぐらいの怪我かは分からないが……普通は自宅療養だろう。長池の場合、家族が無理やり入院させたのかもしれない。それでなくても口うるさい長池が、怪我で家にいたらたまらないとでも思ったのではないだろうか。

「まったく、みっともないから商店会の連中には知られないようにしようと思ってたのに。誰から聞いた?」長池がぎろりと朱音を睨《にら》んだ。

「それは言えません。ネタ元に迷惑をかけるわけにはいきませんから」

「噂を無責任に流す奴に対して、迷惑をかけるもクソもないだろう。見舞いも困るんだ。こんなみっともないところを見られたくない」

「怪我していたら、誰だって不自由しますよ。オーナーだけがみっともないわけじゃありません」

「やっぱりみっともないかね」長池がまた朱音を睨んだ。

「いえ、そういうわけでは——」どうも上手くいかない。朱音は昔から、年寄りの扱いが苦手だった。

「まあ、いいよ。朱音ちゃんのお見舞いはありがたい。脂ぎったジイさんたちに来られても怪我が悪化しそうだしな」長池が豪快に笑おうとしたが、すぐに胸を押さえて前屈みになってしまった。

「オーナー、無理されると……」

「大丈夫、大丈夫」長池がふっと息を吐くと、お茶を一口飲む。

「今日は、ご報告があります」

「何だい」

「上寿茶屋の三池君がプルスターズに入ってくれました」

「朝野岳が？」

「はい。有望です。桁違いのパワーの持ち主です」

「そいつはよかった」長池がうなずいた。「あいつが角界入りした時は、商店会を挙げて送り出したんだよ。でも、それほど体が大きくなかったから、怪我が多くてねえ……辞めると聞いて、心配していたんだ。実家の商売をやるのはいいとして、中途半端な気持ちになっているんじゃないかと思ってね。若い人が、道半ばで挫折するのは辛い——そうか、プルスターズが手を差し伸べてくれたか。礼を言うよ」

「こちらこそ、いい人材が地元にいてくれてよかったです。これで確実に、うちは強くなります——もう一つ、お願いがあります」

「何だ？」

「商店会が——竹沢会長が、来年度の援助はしない、と仰ってます。それなりの成績を残さないと駄目、ということですね」

「何だと」長池の顔が急に険しくなった。「竹沢が、そんなふざけた条件闘争を？」

「条件闘争とは言いたくありませんが、そういう感じではあります」

「額の問題じゃないんだ。皆で応援している——その姿勢が大事なんだ。まあ、竹沢は元々、あまりプルスターズを買ってなかったけどな。そもそもスポーツに理解がない。朝野岳が角界入りした時も、応援に乗り気じゃなかった。あんな奴を会長に置いていたら、商店会のまとまりがなくなるばかりだ。奴を解任するか」

「それは——そういうことをすると、またまとまりがなくなってしまうと思います。一つ、穏便に……」

「分かった。奴があくまで拒否したら、俺が援助金を増額するよ。俺は金は出す。出し続けるから、プルスターズには強くなってもらわないと困る」

「もちろん、強くなります」

「それなら結構だ」長池が真顔でうなずいた。「頑張ってくれよ。あんたには、監督の資質があるだろう。真島が、全部自分で背負いこむと、ろくなことにならん。あいつは選手に専念した方がいい」

「そうしてもらいます」オーナーという切り札を使ってしまったが、これはしょうがないだろう。商店会との関係を切らないようにしていかないと。

さて、長居すると怪我に障るかもしれない。辞去しようかと思った時に、ドアが開いて麻里香が入ってきた。

「あ、こんにちは」麻里香がひょいと頭を下げる。

「こんにちは」

「おじいちゃん、着替えのパジャマ、持ってきたから。今、着替える？」

「大丈夫だ。一人でやれるから心配するな」

麻里香が紙袋をベッドに置いた。長池は嬉しそう……末の孫は、目に入れても痛くないほど可愛いのだろう。麻里香がニコリと笑ったが、どこか急いでいる様子である。忙しい中、無理に病院に来たのだろう。

「じゃあ、明日また来るね。今着てるやつは、まとめて袋に入れておいて」

「ああ――もう帰るのか？」

「今、大学の方が大変なのよ。卒論の追いこみで」

「そうか、大変だな」

「大変よ。卒業できなかったら、就職も駄目になっちゃうから」

「そうだな。すまんな」

「いえいえ」

「じゃあ、私もこの辺で」朱音は立ち上がった。

「金のことは心配するな。俺がちゃんと、プルスターズを支える」長池が真剣な表情で言った。

「ありがとうございます」

病室を出て、麻里香と二人並んで廊下を歩き出す。

「麻里香ちゃん、頻繁にお見舞いに来てるの？」

「私と自転車に乗っていて怪我したんで、申し訳なくて……それに、両親が来ると、文句ばかり言うんですよ」

「麻里香ちゃんは可愛いから、文句なんて言わないんでしょうね」

「そうですかねえ……でも、私はもうすぐ東京を離れるので、それまではせいぜい、おじいちゃん孝行と思って」

「就職？」

「ええ」

「どこへ？」

「島根」

「島根？」思いもかけぬ場所が出てきて朱音は驚いた。「どうしてまた、島根に？」

「向こうのテレビ局に就職するんです」

「本当に？　もしかして女子アナとか？」

「ええ、まあ、一応」

麻里香は大柄で、顔立ちも派手だ。言われてみれば、確かにテレビの画面で映えそうである。

「すごいね。就活、大変だったんじゃない？」

「三十社ぐらい受けて、全国各地を回りました。それでようやく引っかかったんですよ。でも、テレビ自体が斜陽産業ですから、この先不安ですけどね。地方局なんて、今、本当に経営難みたいですから」

「でも、そんなにすぐに潰れるようなことはないでしょう」

「どうですかねえ」麻里香は本当に不安そうだった。「でも、行くからには頑張ります……今日はありがとうございました。お爺ちゃん、見舞いが嫌だからって言って、入院していることも周りに黙ってるんですけど、本当はちょっと寂しそうなんですよ」

「いつも誰かと一緒ですよね。一緒にいたいから、わざわざ名誉相談役みたいな役職が欲しかったんじゃないですか」

「たぶん」麻里香が微笑む。笑顔が爽やか――と思うと、急に女子アナっぽく見えてくるから不思議だ。

「入院、暇でしょうね。でも、あのお年だと、ああいう骨折で入院も仕方ないのかな」脚などの骨折なら、歩くのに苦労するから入院してもおかしくないが。

「ああ、骨折は……骨折もありますけど」

「何か事情、あるの？」

「話さないように、親に止められているので」麻里香の顔が急に暗くなる。

「もしかしたら、骨折で入院している間に、他の病気の検査もやっちゃおうとか？」

麻里香が立ち止まり、朱音の顔をまじまじと見た。

「朱音さん、何か知ってるんですか？」

「まさか」

「……まあ、そんな感じです。あまりよくないです。だから私、本当は島根になんか行ってる場合じゃないんですよ。東京からどれだけ遠いか、考えると怖いです」

今際《いまわ》の際《きわ》に間に合わない、というような大変な事態になるのだろうか。

オーナーに何かあったら、プルスターズもまずい状況に陥る。

4

駒沢体育館の観客席。三池はずっと前のめりになって、試合を見守っていた。

綱引きの大会は、数試合が同時並行で行われる。細長いレーンを使うからこそできることで、上から観ているだけでは、全体の流れを把握することはできない。試合結果が体育館の入り口に張り出されるので、それを確認すれば、リーグ戦でどのチームが勝っているか分かる。

午前中がリーグ戦。プルスターズの面々は第一試合から観戦するために、朝早く体育館の正面入り口に集合した。全員が同じ京急蒲田駅から電車に乗ってくるので、蒲田から駒沢までほとんど一緒だったのだが。

三池は誰よりも早く来ていた。昨夜も遅くまで店を開けていたはずだが、何だか目が爛々《らんらん》と輝いている。考えてみれば、三池が競技綱引きの試合を生で観るのは初めてなのだ。

朱音は、観客席から一番近い、手前のレーンの試合を集中して観るように、と三池にアドバイスしていた。近くで観れば、それぞれの選手がどんな姿勢をキープしているか、はっきり分かる。本当は、観客席からではなく、同じ高さで観てもらいたいのだが。

三池は、食い入るように試合に集中している。午前中の予選リーグを終え、決勝トーナメントへ。遠いレーンで行われた試合を撮影していた田代が、三脚とビデオカメラを持って戻って来た。

「愛綱会、どうでした？」朱音は訊ねた。

「いい仕上がりだ。今のところ圧勝だよ。三連覇も夢じゃないな」

「練習環境も、相当いいんでしょう？」

「樹齢三百年の木にロープをかけて、倒れるまで引いてる」

「それは都市伝説だって言ったじゃないですか」朱音は呆れて首を横に振った。

「向こうも否定してないんだよな。とにかく、愛綱会の試合は参考になる。次の試合は生で観ておいてくれ」

「他に、注目のチームはどうですか？」

「神戸消防は、パワーだけなら愛綱会より上かもしれない。直接対決したらどうなるか、見ものだね。神戸消防がスプリングボクス、愛綱会がオールブラックスって感じかな」ラグビー好きな田代らしい説明だ。

「ラグビーで喩《たと》えられても……」

「ラグビーだってことが分かれば十分だよ」

朱音は、次にこちらで試合する愛綱会をよく観ておくように、と三池に告げた。

「今、日本で一番強いチームだから。今年は三連覇がかかってるのよ」

「そんなに強いんですか？」

「パワー、スタミナにテクニック、全てが高度にバランスが取れた、オールブラックスみたいなチーム」田代が嬉しそうに言った。

「はい？」

「いいから、いいから」朱音は呆れて首を横に振った。

確かに愛綱会は仕上がっていた。全員が贅肉のないマッシブな体型で、特に下半身をしっかり鍛えているのが分かる。相手は福岡の病院のチームだったが、一本目は秒殺で勝ってしまった。全国大会になると、力が均衡して、長い試合になることも珍しくないのだが、愛綱会だけレベルが違う感じだった。実際「テイク・ザ・ストレイン！」の指示でロープに体重をかける時も、明らかに余裕がある。一度、セカンドの選手が片手を離した——何か不都合があったらしい——時も、ロープはびくとも動かなかった。そして「プル！」の声がかかった瞬間に一気に引きこむ。全員が必ず右足から動かし始めるのだが、その息の合った動きは、八人の綱引き選手というより、一匹の巨大な動物のようだった。監督が特に指示もしていないのに、完全に動きのタイミングが合っている。

「あれが綱引きの一つの理想形。パワーがあれば、一気に引いて勝負を決める。大きな大会では試合数が多くなるから、早めに勝負を決めれば、スタミナを温存できる」朱音は解説した。

「声もかけ合わないで、一気に引きましたけど、何かサインみたいなものとかあるんですか？」と三池。

「阿吽《あうん》の呼吸だと思う。敢えて言えば、審判の『プル！』のかけ声がサインね」

「並びが……でこぼこですね」三池が、二本目に向けて並び始めた愛綱会のメンバーを指さした。

「結構身長差がありますす。何か、並び方に決まりみたいなものがあるんですか？　戦術とか」

「一番後ろのアンカーに、一番重い人を置くのが一般的。でもそれ以外は、特にこれはという決まりはないわね」

「ファーストプラーに、一番顔が怖い人を置く作戦はありだよ」ビデオを覗きこみながら田代が言った。「一番前で、迫力のある顔で相手にプレッシャーをかける。三池君を置くのもいいよな。その額の傷、悪役レスラーみたいじゃないか」

「あら、でもどちらかというと顔は可愛い方よ」朱音は指摘した。

「可愛い――個人の感想だねえ」言って、田代が首を横に振る。

朱音は慌てて横を見た。最近は、男性であっても容姿のことを言うのは禁忌《タブー》になっている。しかし三池は、気にしていない様子だった。二本目の勝負を、食い入るように見つめている――が、今度も、じっくり観察する間もなく秒殺。

「アンカーの人が、すごいですね。バランス感覚がとんでもないです。よく、あれだけ低い姿勢でキープできますね」

「四十一度ね。上から観てるからよく分からないけど、理想って言われる四十一度に近いと思うわ」

「あそこまで低く、やれますかね」

「基本は下半身の筋力をつけて、踏ん張れるようにしないと。腹筋・背筋も大事。三池君、脂肪に隠れた腹筋はバキバキ?」

「隠れているから、バキバキかどうかは分からないですね。でも、腹筋もやってます。回数を増やすよりも、負荷を強くしています」

「それで正解」

「アンカー……やりがいがありそうです」

「やってみたい?」もちろん彼にアンカーをやらせるつもりでスカウトしたのだが、本人が綱引きの面白さに目覚めて、自分からやってみたいと言い出す方がいいに決まっている。自主性が何よりだ。

「ほれ、飲み物」父が、両手一杯にペットボトルを持って戻って来て、その場にいる選手たちに配り始めた。三池に渡しながら「ずいぶん熱心に観てたな」と声をかけた。三池が無言でうなずく。

「生で試合を観ると、やっぱり違うだろう。来年は、俺たちがこの大会で試合するけどな」

「全国大会ですね」三池が真顔でうなずいた。

「そう——朱音、他のチームと練習試合の約束を取りつけてきたからな。来週から一ヶ月、土曜か日曜には必ず試合が入る」

「遠いところは?」秋田への一泊遠征は費用が大変だったと聞いている。

「今回は全部、日帰りできるところにしたよ。予算逼迫《ひっぱく》の折、仕方ないな」

「ありがとう。そういうのも、本当は監督がやらないといけないわよね」

「いや、監督は練習と試合のことだけ考えてくれ。雑務は俺がやるよ」

「父さん、悔い改めた？」

「うるさいな」父が顔をしかめる。ファーストプラーに入ったら、相手がビビりそうな顔だ。

「とにかく、全試合が終わったら、来週からの日程を発表するよ。三池君、君のデビュー戦も来週だぞ」

「はい」三池が緊張した面持ちで背筋を伸ばした。

「そう緊張するなって。たかが練習試合なんだから。気楽にやって、まずは実際の試合の雰囲気を摑めばいいんだよ」

しかし三池は、「たかが練習試合」を地獄の様相に変えてしまった。

相手チームにとって。


全国大会——結局仙北愛綱会が三連覇を達成した——の翌週、プルスターズは千葉の松戸《まつど》へ遠征した。ここを本拠地とする「松戸ウイング」との練習試合。松戸ウイングは、このところ三年連続全国大会に出場している、安定した力のチームだ。

ウォームアップを終えて、五本勝負を二回行うことになった。松戸ウイングもプルスターズも、二チーム編成できる人数がいるので、ＡＢ二つに分けて、計十本。

朱音は、三池をＡチームに入れた。アンカーをやらせるつもりで、アンカー独特のロープの使い方——肩にかけて安定させる——を教えていたので、それを上手く活かすように指示する。

「私の合図は分かってるわね？」

「基本、ステイとプル、ですね」

「そう。プルの時は、プル、ワン、ツーって言うから、その後で引く。一、二、三みたいな感じ」

「分かりました」

「はい、じゃあ、皆でしっかり気合いを入れて」

Aチームのメンバーが輪を作った。松戸ウイングがいつも練習場所にしている地元の小学校の体育館。日曜日で、体育館の半分では子どもたちがバスケットボールをやっていたが、綱引きが始まるせいか、練習の手を止めて全員が集まってきた。

Aチームのキャプテンになった田代が一言二言指示を飛ばす。最後は「お大事に！」。まあ……やっぱり変だと朱音は思う。伝統だから仕方ないが、これから全力でロープを引きに行く感じの気合いではない。

アンカーに入った三池が頬を膨らませて大きく息を吐きながら、両手を叩き合わせる。炭マグがパッと散った。

「ピックアップ・ザ・ロープ！」

全員がロープを持ち、アンカーの三池は、肩に斜めにかける。これでロープを安定させるのだ。ロープですれて怪我しないように、中材の入った「アンカーベスト」という分厚いベストを着ているせいか、鎧《よろい》を着用した歩兵のようにも見える。

「何というか、おとぎ話みたいな奴だな」父が感心したように言った。

「おとぎ話？」

「これから獲物を狩りに行く、みたいな感じだ。武器はロープ一本で」

「おとぎ話っていうか、ＲＰＧ的な？」

「お前の感覚ではゲームか」

「いいから、ちゃんと見てて」

朱音は監督として指示を飛ばすために、チームの横に陣取った。

「テイク・ザ・ストレイン！」

両チームが一斉に体重をかける——ロープが一本の鉄の棒のようになり、安定した。これはいい。この時にどちらかが引いてしまうと、ポジション修正のために審判が指示して微調整するので、体勢が崩れてしまったりするのだ。「テイク・ザ・ストレイン」の直後に「プル」となるのが、一番スムーズなスタートである。

「プル！」

「うー」という低い声が上がる。両チームの選手が一気に力をかけ、ロープを引き始めたのだ。ここから少し我慢——ところが、プルスターズは引き始めた。正確に言えば、三池が引いている。他の選手はそれに気づいて慌てて足を運ぼうとしている。足並みが揃わないが、確実に引いてはいる。朱音は慌てて「キープ」の指示を出そうとしたが、言葉を呑んだ。今止まると、かえって危険かもしれない。

「プル！　プル！」急いで叫ぶ。ワン、ツーのかけ声はなし。これは、監督の指示なしで引き始めてしまった場合、とにかく引き切って勝負を決めてしまえ、という意味になる。

足の運びはバラバラだが、プルスターズは確実に引き始めた。そしてあっという間に勝負がつく。

秒殺だった。

ホイッスルが鳴ると、両チームの選手が慎重に力を抜き、ゆっくり体を直立させる。朱音は相手チームを見た。唖然としている。練習試合とはいえ、ここまで一気に引かれて負けるとは思ってもいなかったのだろう。

プルスターズの面々も驚いて反応できない様子だった。「取り敢えずキープ」だけは決めておいたのに、三池がそれを破ってしまった——三池のパワーであっという間に勝負が決まってしまったので、びっくりしているのだ。

二本目。朱音は特に指示を出さず、選手たちに任せることにした。一本目と同じように「プル!」の声がかかった瞬間に、プルスターズが引く。三池は顔を真っ赤にしていたが、全力で引いている感じではなかった。ただ確実に、足を後ろに運んでいる。重いとはいえ引けないこともないサイズの巨石を、じりじりと引っ張っているような感じ。

またも秒殺。サードプラーに入った田代が、審判に向かって「ちょっとタイム、いいですか」と呼びかけた。

「短くね」審判も異様な様子には気づいている。強張《こわば》った表情で「ちょっとタイムにします」と告げた。

田代が選手たちを集める。朱音もその輪に入った。

「三池君、引かないでキープしてくれ。試合ではよくある戦術なんだ」

「すみません、あの……」三池が言い訳を始めたが、言葉が止まってしまう。しかしほどなく、意を決したように説明した。「すみません、引けちゃうんです」

「何だい、それ」田代が呆れて目を見開く。

「ちょっと力を入れたら……姿勢を低くしたら、引けちゃうんです」

「参ったな」言って、田代が朱音を見た。

「三池君、逆に姿勢を高くしたら危ないわよね？」朱音は言った。

「低い姿勢で準備しています」

「じゃあ、残り三回、引いちゃいましょう。審判の『プル』を合図にして、一気に引いちゃって」

「いいのか？」田代が疑わしげな視線を向けてくる。

「変にキープすると怪我するかもしれません。それなら引いちゃった方がいいですよ。うちは強いんだから、しょうがないです」

ジョークのつもりで言ったのだが、誰も笑わなかった。

そう、うちは強いのだ。三年連続全国大会出場の強豪を圧倒している。

「いや、大したもんですよ」松戸ウイングの監督、清水《しみず》が、本当に感心したように言った。「Aチームのアンカーの彼、化け物だね。選手も、引いた時に感触が異常だって言ってた」

「元力士です」

「あらら、何だ」清水が呆れたように首を横に振る。「それじゃ強くて当たり前——でも、体重はそれほどでもないか」

清水がちらりと三池を見た。三池はバスケットボールをやっていた小学生に囲まれ、あちこちベタベタと触られている。まさに力士と観客という感じだった。

「九十キロ弱ですね」

「じゃあ、リアルで筋力がすごいんだろうね。重さじゃなくて、引きの強さであそこまで相手にプレッシャーをかけることができるなんて、すごいよ」

「今日が初めての試合だったんです」朱音はさらに爆弾を落とした。「東京に嫌な相手がいる」と相手の頭にインプットしておくのはいいことだ。

「初めての試合であれ？　参ったね」清水が後頭部を叩いた。「これは確実に、来年の全国大会には出てくるね」

「いえいえ、まだ再起動したばかりですから……また胸を貸してもらえますか」

「こっちからお願いしなくちゃいけない感じだよ。ま、お互いに頑張りましょう。しかしあなたも……女性の監督は珍しくない？」

「参加していた女子チームが解散したので、こっちでやってます」

「真島さんって、もしかしてあの真島さんの娘さん？」

「はい」別に隠すことではない。

「お父さんに似なくてよかったねえ」

「心の底からそう思います」

二人の間に笑いが弾けた。ずっと体を縛っていた緊張感が解けていく。三池のデビュー戦としては上々だろう。

しかしチームとしては百点とは言えない。父がアンカーに入ったBチームは、五試合やって四敗したのだ。松戸ウイングは、Bチームの方がレギュラーの選手が多かったようだが、それでもこの結果は気になる。トータルではプルスターズの六勝四敗なのだが……Aチームは五連勝したものの、朱音としては心配でしかない。

いよいよ決断を下す時がきたのだ。ここで非情になれなければ、プルスターズに明日はない。言い方とタイミングだ。監督になって、いきなりこんな難しい仕事をしなければならないとは……皆分かってくれるはずだ、と自分に言い聞かせる。

とにかく、プルスターズを強くする。自分が考えているのはそれだけで、私情はまったく入っていない。

それだけに難しいのだが。この問題を解決した後も、自分と父が親子であることに変わりはないのだ。

どこでどうやって切り出すか。考えているだけで、今日の勝利——監督としての初勝利と考えてもいい——の喜びが薄れていく。

5

「何でお前がついてくるんだ」

父は不満を漏らしながら、満更でもない様子だった。誰かに面倒を見てもらえるのが嬉しいのだろう。そもそも母が健在だった頃は、生活のほとんどを任せきりだった。特に体調が悪い時は……熱を出して寝込んだりすると、「水が欲しい」「果物が食べたい」「体を拭いて」と子どものように甘えていた。

「今日、調子悪そうじゃない。昨日の試合で痛めたんじゃない？」

腰の痛みは、すぐに周りにも分かってしまう。今朝の父は、明らかに腰を庇っていて、何をするにも動きがぎくしゃくしていた。

「医者へ行くのはいつも通りなんだから……定期健診だよ」

「腰の痛みで定期健診なんて、聞いたことないよ。今日は私が一緒に行って、ちゃんと話を聞くから。父さん、そもそもお医者さんの説明、ちゃんと理解してる？」

「当たり前だ」父がむっとして言った。「子どもじゃないんだから」

「とにかく今日はつき合うわ。工場の方、私がいないと駄目な仕事もないし」

幸いというべきか、父がいつも通っている病院は、歩いて行ける場所にあった。車だったら困る……今日の父は、運転するのもきつそうだったし、朱音は免許も持っていない。

「しかし何だな……三池は掘り出し物だった」普段よりもゆっくり歩きながら、父が切り出した。声は明るい。

「ただ、試合勘を鍛えないと。皆とのチームワークも。全員で合わせてやることを覚えないと、いくら個人の力が強くても駄目でしょう。団体競技の経験がないのが痛いかもしれない」

「すぐに覚えるさ。勘はよさそうだ」

「だといいけど……試合をたくさん経験してもらわないと」

「心配なのか？」

「まあ、監督って、心配するのが仕事みたいなものだから」

総合病院の整形外科。診察は五分ほどで終わり、医師は湿布薬を処方してくれた。父と医師はすっかり顔見知りで、軽いやり取りを交わしていたが、朱音は落ち着かない。マスクで顔が半分見えない医師は、何か隠しているのではないか？

診察が終わると、朱音は父に「ちょっと待ってて」と声をかけた。

「何だよ」

「いつもお世話になってるから、先生にちゃんとご挨拶したいの」

「まあ、いいけど……」父は不満そうだった。

「待合室にいて」

「ああ」

腰を庇いながらヨタヨタと出ていく父の後ろ姿を見送り、朱音は椅子に腰かけた。

「先生、実際のところどういう腰痛なんですか？　ヘルニアとかですか？」

「いや、それがね」医師の眉間に皺《しわ》が寄る。「レントゲンやＭＲＩで検査したけど、ヘルニアではないし、骨にも筋肉にも異常がない。内臓の病気からくる腰痛もありますから、うちの内科で他の検査もしてみたんですよ。しかし今のところ、原因がはっきりしない。筋肉が緊張して疲れているのは間違いないんですけどね」

「深刻な状態ではないんですか？」

「深刻ではないですけど、心配ですよねえ」医師が一瞬マスクを外して、かけ直した。まだ若い――三十歳になったぐらいだと分かった。「大学病院へ紹介状でも書きますか？　腰痛の治療では実績のある大学病院があるんですが……名古屋なんですよね」

「ちょっと遠いですね。今のところ、日常生活には大きな影響はないんですけど、今日みたいにひどい時は、座るだけでもきついようで」

「心因性腰痛の可能性もあります。要するに、ストレスからくる腰痛ですね。だから私は、心療内科の受診を勧めているんですけど、ご本人が嫌がりましてね。心療内科というだけで、抵抗感を持つ人もいますから」

「ストレスですか……」何事にも元気一杯の父だが、ストレスがないわけではないだろう。仕事も忙しいし、喪失感――母のことが原因かもしれない。男性の場合、人生で最大のストレスは配偶者を失うことだというし……仕事ではないか。手伝うようになって、財務状況や取り引きの状況を精査してみたのだが、極めて優良である。ストレスを感じるような状況とは思えない。もちろん、将来のことを考えれば、常に安泰とは言えないだろうが。

「何か、日常生活で大きなストレスはないですか？」

「母を三年前に亡くしています」

「それは聞きました。普通に話している限りでは、気にされている様子はないですが、私は心理学者でも心療内科の医者でもないですからね。その分野については素人です」

「あとは綱引きですかね」

「綱引き……ですか？」医師が目を細めた。

「地元に綱引きのチームがあって、昔からそこで活動しているんです。昨日も試合で――」

「綱引き？　冗談じゃない！」医師がいきなり声を張り上げた。

「父は言ってなかったんですか？」肝心なことを、と呆れた。

「初耳です。綱引きは、腰に相当負担がかかるのでは？」

「ええ。全身運動ですから」朱音は認めた。「昨日も試合だったんですけど、それが――」

「駄目です」医師が先ほどよりも大きな声で否定した。隣の診察室にまで聞こえるのではないかというぐらいだった。「これ以上腰に負担がかかるようなことは、絶対に駄目ですよ。真島さん、何で言ってくれなかったんだろう。たぶん、心因性の腰痛があって、綱引きの練習や試合で筋肉に負担がかかって、悪化してるんです。とにかくやめさせて下さい」

「ありがとうございます」朱音は頭を下げた。

「はい？」

「これで引導を渡せます。先生にはご面倒をおかけして、申し訳ありませんでした」


病院というのは何かと時間がかかるもので、近くの調剤薬局で薬を受け取り、会社に戻った時には十時半になっていた。父は事務室で作業着に着替えようとしたが、それも難儀している。着替えに苦労するほどの腰痛なら――。

「父さん、今日は特にひどいみたいだから、このまま休んだら？」

「そうもいかない。明日納期の注文があるだろう」

「どうしても父さんがやらないといけないほどじゃないでしょう。皆に任せたら？」

「用無しにされるのは困るぜ。引退勧告か？」

そう、引退勧告だ――綱引きに関しては。こんな形で引くのは不本意かもしれないが、何より体が大事だ。

正当な理由はできた。後はどこでどう言うか——タイミングと言い方だ。

言い出すタイミングがないまま、水曜日——練習日が来てしまった。本当は、この練習も出るべきではない。しかし父は、月曜日が底で、そのあとは調子がよくなってきたようだった。いつもと変わらぬ足取りで、練習場の小学校へ向かう。

ストレッチはいつも通り。特に苦しんでいる様子はない。その後の三対三、五対五の引き合いも問題なくこなす。時折腰をぐっと伸ばす仕草を見せるが、これは癖のようなもので、本当に辛いわけではないと分かっている。

八対八になると、Aチームのアンカーに入る。三池はBチームのアンカー。三池はアンカーに入ることが多く、それは父が三池を後継者として認めている証拠ではないかと朱音は思っている。実際父は、アンカー用のベストの適切な着方、ロープのかけ方を、手取り足取り教えている。三池は真顔で、直立不動で話を聞いているが、やがて何か一言言うと、父が爆笑した。二人の関係は悪くない……しかし状況によっては、父は「後継者」である三池に対して悪い印象を抱くかもしれない。選手を引退しても、チームには何らかの形で関わってもらうつもりだから、二人が不仲になるようなことは避けたかった。できれば師匠と弟子のような関係になって、プルスターズの歴史をつないで欲しい——それはあまりにも期待し過ぎだろうか。

練習が無事に終わり、父は上機嫌だった。全員、気合いが入った練習ぶりだったのだ。先日全国大会を見学して、モチベーションがまた上がったのは間違いない。「今日は愛綱会の試合をまとめたから、上映会だ」と張り切って言い出した。水木の店を貸し切りにして、やろうとしているらしい。あのもんじゃ焼き屋に、そんなに大きなモニターがあっただろうか。

父がすっと朱音に近づいて来た。

「朱音、お前も来い。別に、本当に真面目に分析しようってわけじゃない」

「分かってるわよ。愛綱会を肴にして、盛り上がりたいだけでしょう？」

「ぶちのめすべき相手がいれば、盛り上がるからな。全国大会優勝って言ってるより、潰すべきライバルがいる方が――より身近で具体的な目標があった方が、モチベーションは上がる」

「そうね――それはいいけど、その前にちょっといい？」

「何だ？」

「ちょっと」朱音は父の腕を引いて、体育館を出た。校舎へ向かう渡り廊下で話をする――が、さすがに少し寒い。三月になったとはいえ、真冬のように冷たい風が吹いている一日なのだ。

「寒いぞ。何でこんなところで話す必要、ある？」

「この前、病院に行った時」

「ああ」

「私、先生に話を聞いたわ。父さん、綱引きをやってること、先生に言ってなかったでしょう」

「別に言う必要もないだろう」

「駄目だって。腰痛は心因性のものの可能性があるけど、綱引きなんかやってると、どんどん悪化していくわよ。だからもう、やめよう。生活にまで影響が出たらまずいよ」

「馬鹿言うな。そんないい加減な話が――」

「父さんこそ、いい加減な話しないで。先生にちゃんと説明しないで、治療できるわけないじゃない」

「綱引きと腰痛は関係ないだろう！」

朱音は一瞬黙りこんでしまった。父は何を言っているのか……練習や試合の後、あんなに腰痛に苦しんでいるのに。それに、プルスターズが休止している間は、一度も「腰が痛い」などと言ったことはなかったではないか。

「残りの人生、ずっと腰痛を抱えたままでいいの？」

「お前、それは監督として言ってるのか？　娘として言ってるのか？」

「両方」

「馬鹿言うな」父が吐き捨てる。

「馬鹿じゃないでしょう！　仕事にだって差し障る……普通に生活していくのも大変になるよ？それでいいの？」朱音は思い切りまくしたてた。

「自分のことは自分が一番よく分かってる」

「だったら、今は腰を休めておかなくちゃいけないことも分かるでしょう？」

「お前――プルスターズを引っ掻き回すつもりか？」父が睨みつけてきた。「俺を外してチームは若返りか。強くなるためには、選手のことはどうでもいいんだな？」

「私は監督だから」朱音は一歩も引かなかった。「チームを強くするのが私の仕事。そのためには色々考えてる」

「監督だからって、好き勝手にやっていいわけじゃないぞ。何かやりたいんだったら、一々相談しろ」

「強くしたいんじゃないの？　私には、プルスターズが強くなるためのビジョンがある」

「そのビジョンに、俺は邪魔か」父が吐き捨てた。

「そういうわけじゃない。でも、どんな人にも、退くタイミングはあるでしょう。アスリートには年齢的な限界があるんだから。父さんはブランクも長かったし、ここが限界なのよ。あとの人生のこと、仕事のことを考えて、ここは退いて」

「うるさい！」

「真島さん……」田代が恐る恐る割って入った。「声、でかいですよ。中にまで聞こえてきます」

「そんなことはどうでもいいんだよ！」父が凄《すさ》まじい剣幕で怒鳴った。「こいつは、俺を引退させようとしてるんだぞ！」

「腰でしょう？」田代が怯《おび》えた口調で言った。「我々も心配してたんですよ。真島さん、明らかに本調子じゃない。ずっと医者にも通ってるでしょう」

「お前が言ったのか？」父が朱音に問いかけた——嚙みつきそうな獣といった顔で。

朱音は何も言わなかった。この提案が失敗だったと悟って後悔している。先延ばしにしてもろくなことはあるまいと思って話したのだが、実際にはもっといい時期とやり方があったはずだ。それを一生懸命考えねばならなかったのだ。

「真島さん、まあ、落ち着いて」田代がなだめにかかる。「このまま続けてると、本当に腰がまずいんじゃないですか」

「俺は平気だ！」

「平気じゃないですよね。最近のビデオ、確認しました？　フォームが完全に崩れてますよ。腰が落ちてない。痛いから庇ってるんでしょう？」

「それは――」言いかけ、父が口をつぐんだ。

「真島さん、俺たちもいいオッサンなんですから。綱引きは年取ってもできるけど、俺たちみたいに本気でやってる人間には、限界がきますよ」

「ああ、そうかい。お前、仕組んだな？」父がまた朱音を睨みつけてきた。「チーム全体で俺を追い出そうとしてるな？　三十年以上もこのチーム一筋にやってきて、最後がこれかよ。情けない話だ」

「真島さん、そんな馬鹿なこと――」

「よし、分かった」父が田代の言葉を遮り、ぴしりと言った。「やめるかやめないかは、お前らに決められたくない。俺にも意地がある。俺の力が衰えてる――プルスターズに必要ないと分かったら、俺は自分で引退を宣言する。次の練習で勝負だ。紅白戦だ。俺が負けたら、その場で引退してやる。朱音！」

「はい」

「紅白のチーム分けをしておけ。体重がきっちり公平になるようにな。いいな？　金曜の練習で勝負だ！」

父は足音高く去っていった。背中が見えなくなったところで、田代が溜息をつく。

「田代さん、父が通院していたこと、知ってたんですか？」

「この街で、隠し事はできないよ。詳しい病状は知らないけどね」

「私もつい最近――月曜日に病院についていって、医者から強引に聞き出したんですよ。父がはっきりしたことを言わないので」

「それで、結局――」

「ドクターストップです」朱音は肩をすくめた。「そもそもの腰痛は心因性みたいなんですけど……ストレスとかですね。それを治療するには、心療内科できちんと診察を受けないといけないんです。ただ、父は心療内科へいくのに抵抗があるみたいで」

「真島さんならそうだろうね。何となく分かるよ。ストレスで、普通は精神的に参っちゃうんだけど、たまには体にくる人もいるんだ。ストレスで胃潰瘍になるみたいなものかな」

「そうかもしれません。しかも父は、綱引きをしていることを医者に言ってなくて。私が話したら、あっという間にドクターストップでした」

「そりゃそうだ」

「話し方、失敗しました」朱音は溜息をついた。「もっと穏やかに、論理的に話すべきでした」

「いや、真島さんも分かってると思うよ。去年、東京都の予選が終わった後で、『上手く引けない』『腕が落ちた』ってこぼしてたんだ。昔と同じにはいかない自覚があったんだろうね。それを娘の朱音ちゃんに指摘されるのは嫌だったと思うけど」

「監督として言ったつもりだったんですけどね」

「半分は娘になってたよ」

「とにかく失敗でした」朱音は認めた。「紅白戦の話、本気でしょうね」

「本気だろうね」田代がさらりと言った。「というわけで、叩き潰そう」

「田代さん――」

「もう通用しないって分かってもらうには、真島さんが惨敗するしかないんだ。要するに、俺たちが真島さんを介錯《かいしゃく》する」

6

金曜日まで、親子はほとんど口をきかなかった。金曜日の練習に行くのもバラバラ――普段は仕事を終えて一緒に向かうのだが。

練習そのものは普通に進めた。ダッシュも含めたランニング――これは朱音が導入した――からストレッチときて、まず三対三、五対五。その後、八対八で実戦形式の練習になるのだが……朱音は「その前に」と宣して全員を集めた。

「今日はこれから紅白戦を行います。事情は……みなさんご存じですね」田代に頼んで、密《ひそ》かに話を流してもらったのだ。こういう場でわざわざ説明すると話が長くなるし、真島と朱音の判断に反発する人間も出てくるかもしれない。そういうことなく、スムーズに父の運命を決めたかった。

引退するのか、否か。

「二戦先勝の三本勝負にします。これから、紅白のチーム分けを発表します。まず、紅《あか》チーム」

ファーストプラーから一人ずつ名前を読み上げ、最後にアンカーとして父を指名した。アンカーの直前で引くセブンスプラーには、長年のチームメートで気心が知れた田代。抜群のコンビネーションを誇る矢野兄弟がセカンド、サードに入る。白チームには柿田、富田に、三池加入でチーム二番目の若手になった崎谷らが入った。そしてアンカーは三池だ。

「それでは、準備をお願いします。今日は、公平を期すために、審判はＯＢの西河《さいかわ》さんにお願いします」

朱音が声をかけると、体育館の出入り口から西河が入って来た。がっしりした体型に、現役時代の気配が残っているが、腹は丸く出ている。

「皆さん、よろしくお願いします」西河はまだ四十一歳だが、転勤などがあって、三十二歳でチームを離れたという。四年後に蒲田に帰ってきたのだが、「体力の限界」という理由でチームには戻らなかった。その時、父たちは散々文句を言ったそうだが、そもそもチームが休業状態だったので、本気で怒ったわけではなかったようだ。

「何だよ、西河」父が早々に因縁をつけた。「お前も、この田舎芝居に一役買ってるのか」

「何言ってるんですか、真島さん」西河が肩をすくめた。「この紅白戦、提案したのは真島さんだと聞いてますよ。田舎芝居と仰るなら、その脚本家は真島さん——」

「ほざけ！」冗談を言っているのかと思ったら、父は相当カリカリしている。

「私、今日は極めて真面目に務めさせていただきます。そのために、マイホイッスルを買いました」ジャージの胸元にある紐を引っ張り、金色の真新しいホイッスルを出す。「公明正大にいきますよ」

「では、準備をお願いします。五分後にスタートします」

朱音はそう告げると、選手たちから離れて体育館の壁に背中を預けた。そこへ西河がやって来る。先ほどとは打って変わって、心配そうな表情を浮かべていた。

「これ、普通にホイッスルを吹いて構わないの？」

「もちろんです」

「しかし、真島さんが引退を賭けているって聞くとねえ……真島さんの方が負けたら、俺が恨まれるんじゃないかな」

「そういうことはないようにしますので、ご心配なく」言ってはみたものの、父が怒り狂った時にどう宥《なだ》めるか、上手い考えはなかった。昔から、父とは生の感情をぶつけ合った記憶がほとんどない。常に母が間に入ってくれていたと思う。こんなことで、しかもこんな年齢になって、父と直接衝突することになるとは。

「じゃあ、僕はやらせなしで、公平に審判をやるからね。本当に、何かシナリオを書いているわけじゃないよね？」

「ありません。公平にお願いします」

「真島さんに恨まれないといいけどねえ」

「紅白戦で負けたら引退」は仕込みとも言えるのだが、勝ち負けに関してはシナリオはない。チーム分けは先ほど初めて発表したのだし、試合開始まで五分しかない。その短い時間で、何か打ち合わせをするのは不可能だ。

朱音はチラリと腕時計を見て、さらに体育館の壁にかかった時計で時間を再確認し、壁から背中を引き剝がした。父は、三十年も続けてきた綱引きから、今日で離れるかもしれない。それは娘の私が仕組んだこと——いや、言い出したのは父だ。

「始めます」

それに合わせてホイッスルが鳴る。西河が何故か、得意満面の表情を浮かべていた。あのホイッスルが、本当にお気に入りになったのかもしれない。実生活でホイッスルを鳴らす機会などないから、今日はここぞとばかりに吹きまくる気ではないか。

「オーケー、それじゃ、両チーム準備して」西河が声を張り上げる。まだ戸惑っている様子の両チームが、定位置に着いた。父はいつになく真剣な表情で、ロープを確認している。そういえば……今日はヘッドバンドをしている。普段の練習でも試合でも、そんなものはつけていないのだが、古い写真で見た記憶があった。全国大会の試合。朱音は全体を見て回る振りをして、父の近くを通ってヘッドバンドを確認した。

あれは……白いヘッドバンドはかなりくたびれていて、長い年月、父の汗止めになっていたのは間違いない。そして、赤い星のマークが何十個も……細かな刺繍《ししゅう》だと分かった。

母だ。

朱音は一瞬で悟った。父が全国大会で勝つ度に、母が星印を縫いつけてきたのだろう。子どもじみた——中学生ぐらいの男子がガールフレンドに頼みこみそうな行為だが、朱音はそこに父母の愛情の深さを感じ取った。

そこから白チームの方へ向かう。三池と目が合った。詳しい事情を理解しているかどうか、不安げな表情を向けてくる。

「出し切って！」朱音は思わず大声を張り上げた。チーム全員に向けて言っているようで、実際は三池へのメッセージである。これからはあなたがチームの大黒柱。遠慮しないで、一気に勝負して。分かったのか分かっていないのか、三池は蒼《あお》い顔でうなずくだけだった。

「ピックアップ・ザ・ロープ！」西河の声が、体育館の中にこだまする。いい声——というかよく通る声で、本当に審判をやったらいいのに、と朱音は思った。

両チームがロープを持ち上げる。父はこうやってアンカーとして、何百試合も戦ってきたのだろうが、今日ほど真剣な日はなかっただろう。

「テイク・ザ・ストレイン！」

かけ声と同時に、喉の奥から絞り出すような呻《うめ》き声が上がり、ロープがピンと張る。しかし動きが安定せず、紅組——父がアンカーを務めるチームの方が、少し引きこんでしまった。

「紅、戻して！　五十センチ！」西河が指示する。紅組がじりじりと前に出る。このセンター合わせは結構面倒だ。目一杯ロープを張った状態で微妙に位置を調整するのは、かなり神経を使う。

西河がＯＫを出し、「ステディ」を指示した。引く前の静止状態。選手たちの緊張が頂点に達し、ロープがかすかにギリギリと音を立てる。朱音は、「この状態でロープが切れたら」といつも妄想していたのを思い出す。マニラ麻のロープは頑丈で、男性の場合で両チーム合わせて一・五トンを超える体重、それに引く力が加わっても、まず切れるようなことはないのだが……そもそも、運動会で大人数で行う場合には、もっと力がかかるのに平気なのだから、心配することはないにしても、「切れるかもしれない」と懸念してしまうほど力を入れているのは事実なのだ。

「プル！」

かけ声と同時に、一気に引く——引かない。完全に力が均衡して、両チームの選手は静止した。ぎりぎりの力を出し切っている。

これは意外だった。今の状態では、三池のパワーは他の選手を圧倒している。三池が入った方が圧倒的に有利と思っていたのだが……三池の顔を見ても、本気を出しているかどうかは分からない。元々、感情が顔に出にくいタイプなのだ。真剣な表情ではあるが。

「出し切って！」朱音は叫んだ。今は「監督」の立場ではないから、どちらかのチームに指示を与えるわけにはいかない。「フルパワーで！」

キープの状態が十秒ほど続いた。そこで白組がじりじりと引き始める。三池は確実に一歩後ろに下がった。しかしそこで動きが止まり、三池の顔に初めて焦りの表情が浮かぶ。これまでにないほど強い圧力を感じているに違いない。

「よし！」父が急に声を張り上げた。それをきっかけにしたように、紅組が引き返す。こういうことは滅多にない。綱引きでは、一度でも、少しでも引きこまれたら、そこから引き返して逆転するのは難しいのだ。そこは腕相撲に似ている。

しかし紅組は、確実に引いて行った。極めてゆっくり、小刻みに足を運び、それこそ五センチずつ引いている。三池がさらに体を低くして抵抗したが、こうなると一人の踏ん張りでどうなるものでもない。五秒……十秒が過ぎると、紅組は一気に勝負に出た。引きこむ歩幅が大きくなる。ほどなく西河がホイッスルを吹いた。

「ストップ！　紅組！」

ほう、という声が漏れる。父はすぐに紅組のメンバーを集め、小声で指示を飛ばした。ただし心配……父は明らかに腰を庇っている。今の一戦で無理して、限界を超えてしまったのかもしれない。ストップをかけようかと思ったが、迷っているうちに、両チームの選手が整列してしまった。

「二本目、行きますよ。呼吸を整えて」西河の表情は真剣だった。紅白戦とはいえ、両チームとも全力を出し切って真剣にやっていることを見抜いたのだろう。審判としても、ここは本気にならざるを得ない。

二本目――今度は白組が真価を発揮した。白組というか、三池が。一気にパワーを開放し、「プル！」のかけ声と同時にロープを引く。三池が大きく右足を後ろに運び、他の選手もそれにならった。右、そして左。二歩で紅組の歩調は完全に乱れ、一気に引きこまれてしまった。ホイッスル――秒殺どころか瞬殺だ。

三池が肩で大きく息をする。父は本気で悔しそうに、「クソ！」と叫んで腰に両手を当てた。しかしすぐに顔を上げると「ここからだぞ、ここから！」と仲間に気合いを入れる。「よし！」声が揃い、他の選手たちも気力を蘇らせたようだ。「まだタイだ！」「ここから、ここから！」。父の引退がかかっているせいもあるだろうが、大会と同じような雰囲気になっている。

父がちらりと朱音を見る。「俺はまだやれるだろう」とアピールしているようでもあり、「俺の死に様を見ておけ」と覚悟を決めたようでもあった。

「ラスト、三本目です」西河が宣言して「ピックアップ・ザ・ロープ！」と声を張り上げる。

ロープが張り、すぐにポジションも定まった。同じ対戦相手と三度も引き合ううちには、相手の力量が分かってくる。センターの調整をしていると無駄な体力を使うから「テイク・ザ・ストレイン」の時点でロープが動かないように、力を調整できるのだ。朱音は綱引きを始めた頃、先輩の選手から「ラグビーのスクラムと同じ」と教えられたことがある。スクラムは静止していないと、ボールを入れられない。綱引きと違って、フォワードの選手同士の総体重に明らかな差が出ることもあるし、力量も違う。組んだ瞬間に重く強いチームが押しこんでしまい、スクラムが崩れてやり直し、も珍しくはない。それが繰り返されると互いに消耗してしまうから、明らかにパワーが上回るチームは力を抜いてスクラムを安定させる。スクラムは押すこと、綱引きは引くことが大事で、その前に余計な力を使う必要はない。

なるほどと思ったが、スクラムの場合は、圧倒的な力の差を見せつけて相手の気持ちを折るために、組み直しを覚悟で一気に押すこともあるというから、スポーツの駆け引きは面白い。

「プル！」

今度は完全な均衡状態になった。苦しんでいるのは紅組の選手――それは顔を見れば分かる。顔が真っ赤になり、足がぷるぷる震え始める。腕も痙攣しそうなほど力を入れているはずだ。

十秒。白組にやや余裕があるようだ。三池は低い姿勢を保ったまま、平気な顔で様子を見守っている。

二十秒――紅組が勝負に出た。父が「プル！」と叫び、八人が同時に右足を引く。しかし引ききれない――足が浮いたタイミングを狙うように、三池が「プル！」と声を上げた。試合では監督が指示を出すが、練習だとアンカーが全体を見て動きを命じることがある。何かと控えめな三池が突然指示を出したので驚いたが、選手たちがごく自然にそれに従ったことにはもっと驚いた。白組の選手にとって、三池は既にそういう存在になっているわけだ。

白組が一気に引きこんだ。しかし父が「ステイ！」と叫ぶと、そこで一瞬動きが止まる。全員がぐっと身を沈みこませ、抵抗する。しかし三池は構わず、もう一度「プル！」と指示する。

白組の選手たちが、右足を一歩引く。抵抗する紅組の選手たちのシューズがマットに擦れる甲高い音が響き始めた。

「プル！」三池の三度目の号令。それで紅組は総崩れになった。一気に引きこまれ、勝負あった――ホイッスルが鋭く鳴る。

紅組の選手が、一斉に床に倒れこむ。最後尾の父は胡座《あぐら》をかいたまま、まったく動かない。今の最後の一戦で、腰をひどく痛めてしまったのでは――朱音は慌てて駆け寄ろうとしたが、父は再起動した。正座の姿勢を取ると、そのまま両手を床について深々とお辞儀をする。他の選手たちは固まり、動けなくなってしまった。

父がゆっくりと顔を上げる。選手たちの顔を見渡して「すまん」と大声で謝り、もう一度頭を下げた。立ちあがろうとしたが、やはり腰にダメージを負っているようで、よろけてしまう。近くにいた田代と水木が慌てて手を貸して立たせる。二人に両脇から体を支えられたまま、父はまた大声で叫んだ。

「すまん。俺はこれが限界だ。選手としては引退する。長い間、お世話になりました！」

それから三池に視線を留め、手招きした。三池が大きな体を縮めるようにしてやってくる。

「朝野岳、あんたは大したもんだ。素質もあるだろうが、一気に強く、上手くなったな。俺の後のアンカーはお前に任せる。皆、異存ないな？」

おう、と声が揃ったが、朱音は思わず割って入った。

「ポジションに関しては、監督の私が責任を持って決めます」

「朱音、そういうところだぞ」父が嫌そうに言った。「今、俺は感動的な継承の儀式を行っているところなんだ。余計な口出しするな」

「ルールを破られたら困るから。父さんはそうでなくても、ルール違反しがちだし」

「俺は試合で一度も反則を取られたことはない。交通違反で捕まったこともない！」

体育館の中に笑いが広がる。しかし父は真顔だった。

「皆、女性監督を押しつけられて、不満かもしれない。だがな、朱音は選手として日本一を経験している人間だ。トレーニング方法も、選手一人一人に合った形で出してくれている。チーム作りにも明確なビジョンがある——若い選手をもっと入れたいんだな」

選手たちの間に不穏な空気が流れるのが分かる。何しろ年齢のいった選手が多いので、自分たちは外されるのではないかと不安になっているのだろう。朱音は背筋を伸ばして声を張り上げた。

「チーム作りに関しては、基本的に、現メンバーの皆さんの奮起を期待します。同時に、常に新しい選手を探して、チームが長生きできるようにします。それも監督の役目だと思います。そして目標は一つ。来年の全国大会に出ること。近いうちに優勝して世界大会へ——そしてケリーのチームと戦うことです」

「そうだ」父が話を合わせた。「そのためにどうするか、何をやるべきか、それぞれ考えて欲しい。俺は裏から見守るけど、サボってる奴がいたらケツを蹴飛ばすからな。とにかく——お大事に！」

「お大事に！」

こういう展開になることは……自分は予想していたかもしれない。

だから朱音は、今夜は父の好物のハンバーグを用意していた。子どものような好みだが、好きなものは好きだからしょうがない。帰って解凍して――夕食は午後八時過ぎになるが、ハンバーグなら喜んでくれるだろう。

父は、早足で歩けない。まるで十歳、あるいは二十歳も年長の人のように、よたよたと歩くしかないので、帰宅するのに普段の倍の時間がかかりそうだ。そして父は、途中で「飯を食っていこう」と言い出した。

「え？　作るわよ」

「何か無駄になるか？」

「それは大丈夫だけど」ハンバーグのタネは冷凍してある。

「いいじゃないか。今日はカレーが食いたい気分なんだ」

「じゃあ、『インディーラ』？」家の近くにある本格的なインドカレーの店だ。ただしあまりにも本格的過ぎるせいか、朱音は食べると必ず胃もたれに襲われる。

「いや、普通のカレーがいい。『ビオラ』にしよう」

「ビオラ」は昔ながらの純喫茶――を模した喫茶店である。大学を出たての二十代前半の男の子が二人でやっていて、いつもそこそこ賑わっている。三栄通り商店会に暮らす、父とそれより上の世代の人間にとっては懐かしく、若い人には新鮮な感じがするらしい。純喫茶というと、薄暗い店内、漂う煙草の臭い、気難しい店主という印象で、若い人には敷居が高そうなのだが、二人の店主は照明を少し明るくし、店内を禁煙にしてクリーンな印象にした。そして二人の接待は軽く、愛想がいい。食べ物は典型的な喫茶店メニュー。人気が出るのも分かる。

八時近くになっても、店内はまだ賑わっていた。空いていたテーブル席に落ち着き、二人ともカレーを頼む。家で作るカレーの上等バージョンという感じで美味いのは、朱音も知っていた。

「これからは、飯の心配はいらないな」

「確かに、今までずっと気を遣ってたもんね。面倒よね」基本は体を作るためのタンパク質中心。朱音はサプリをあまり信用していないので、メンバーにも必要な栄養素は食事で摂《と》るようにと指示していた。練習の前の昼食、試合前日の夕食と当日の朝食は、すぐにエネルギーになる炭水化物中心。本当はそれぞれの体重や体質を考慮して一週間分のメニューを渡したいぐらいだが、朱音にはそこまでの知識はない。専属の栄養士がいれば……などと考え始めていた。

「別に肉は嫌いじゃないし、魚も好きだ。ただ、毎日それ中心で、飯は軽く茶碗《ちゃわん》に一杯ってのは、何とも満足しないんだよな。漬物と味噌汁だけで、丼飯をお代わりするのが、このところの俺の夢だった」

「小さい夢だねえ」

「まあな」

「……大丈夫？　今日は変な感じになっちゃったけど」

「どうかね」父が首を捻る。「まあ、正直言って、やばいのは自分でも分かっていた」

「腰？」

「騙し騙しやってきて、そろそろ限界だろうとは思っていた。この辺で一線から引いて、徹底して治すよ。仕事までできなくなったら困るからな」

「本当に治す気があるなら、心療内科へも行ってみて。心因性の腰痛の場合、その原因になっているストレスを取り除かないと、抜本的な解決にはならないでしょう」

「まずはしばらく休ませてくれ。それで治らなければ、心療内科だろうがどこだろうが行くさ。社員に迷惑はかけられないからな」

「そうよ」朱音はうなずいた。「父さん、会社に責任があるんだから。父さんが工場に出られなくなったら、皆困るのよ」

「まだそういう立場にあるなら、それはそれでありがたいね」

「とにかく――お疲れ様でした。怒ったでしょう？　私が引退に追いこんだみたいなものだから」

「ちゃんと理屈で押してくれれば、俺だって話を聞いたよ」

「それは無理でしょう」朱音は肩をすくめた。「父さんの性格から言って、私がちゃんと話しても、言うことなんか聞かないでしょう」

「そんなことないぞ」父が反論した。「俺は論理的な人間だ。論理的な説得には、論理的に対応する」

「そうかなあ」朱音は首を捻った。こっちがいくら論理的に説得しても「うるさい」の一言で払いのけそうだ。「まあ、でもいいわ。父さん、自分で自分を追いこんだわよね？　負けてやめる――それなら格好がつくっていうか、皆も納得するし、花道になるし――今日の最後は、格好つけ過ぎだと思うけど」

「三十年以上やってきて、やめるんだ。最後ぐらい格好つけてもいいだろう」

「はいはい。まあ……」

「見事な切腹だったと思わないか？」

「格好よかったっていうことにしておくわ」

「父親に向かってその言い方はないぞ」父が抗議したが、目は笑っている。「しかしお前、これで俺に、完全にプルスターズから手を引けとは言わないだろうな？　裏方で手を貸すのは問題ないだろう」

「コーチ？」

「トレーナーでも何でも。三池は鍛えがいがあるからな。俺が専属で、アンカーの心得とテクニックを叩きこんでやるよ」

父は、カレーをじっくり味わうように、嬉しそうに食べ始めた。家でもカレーは作るのだが、やはり深みが違うのだろう。

「カレーは、作る人によって味が全然違うのはどうしてだろうな。同じ材料で、同じカレールーを使っても別の味になる」

「カレーは、誰でも一手間かけたくなるからじゃない？」

「綱引きも同じだよな。全員が同じトレーニングをやって、綺麗に体型を揃えて、筋力のバランスを合わせても、チームの特徴はそれぞれだ」

「父さん、それ無理に話を合わせ過ぎ」

「そうか？」

「何でも綱引きに喩えるの、もうやめた方がいいよ。これから、新しい趣味を見つけた方がいいんじゃない？」

「馬鹿言え」父が真顔になった。「俺は選手を引退しただけだ。チームには関わる。今までは自分のことだけ考えていればよかったが、今後は他の連中のために力を尽くす。今までより忙しくなるんじゃないかな」

「うるさがられる口出しは駄目だよ」朱音は唇のまえで人差し指を立てた。

「分かってる。お前はどうだ？」

「私？」

「監督として、上手くやれてると思うか？　まだお互いに遠慮がある感じだが」

「そうかもね」朱音は認めた。「私、この街に出戻りだし、女だし……男子のチームに女性の監督は、やっぱり馴染むのが大変よね。でも、勝てば一枚岩になれる。これから秋の都大会に向けて、試合をたくさん組むわ。実戦練習が一番だから」

「その通り」父がうなずく。「それで俺にはもう一つ、やることがある」

「何？」

「スカウトだ。お前、俺の腰がどうこう言ってるけど、本当はもっと冷酷なことを考えてるだろう」

「私は、別に……」

「若い連中をたくさん入れて年寄りを引退させて、チームを若返らせる。チームを長続きさせるためとか言ってたけど、実際には若返りさせたいんだろう？　手っ取り早く強くするには、若くてパワーのある奴がたくさんいればいい。経験は、試合をたくさんこなせば積めるからな」

「イエスともノーとも言わないけど」父には見透かされているわけだ。これは、作戦失敗だったかもしれない。最初から自分の本心を皆に明かしておいた方がよかったのではないだろうか。反発は食うかもしれないが、本音で語り合えば、チームの結束は固まったかもしれない。

「まあ、いい。俺は暇になるから、本気で新戦力探しを始める。現実的に言えば、チーム力を底上げするのには、若い選手を入れるのが一番いい方法だよな。正直、一部メンバーはそろそろかな、とも言ってるんだ」

「田代さんとか？」

「あいつも五十代だ。膝を痛めてから、昔通りにはいかなくなってる。それに仕事も忙しい……仕事の総仕上げにかかる年齢だから、そっちに集中したいのが本音だろうな」

「そういうこと、話してるの？」

「話してるさ。あいつとはずっと一緒にやってきたんだから。まあ、そうやって徐々に入れ替わるのが、長く続くチームってものだよな。本当は、一軍と二軍……二軍っていうか、シニアチームを作って、年寄りもできるようにすればいいんだろうけど、そこまで人数が増やせるとは思えない」

「シニアチームとして大会に出るのも無理じゃない？」

「そうだな。ジイさんばっかり集まっても、怪我人続出で大変なことになりそうだ」

「じゃあ……スカウト、よろしくお願いします」朱音は頭を下げた。

「任せとけ」父が満面の笑みを浮かべた。「何だな、この年になると、お願いしますって言われるのが嬉しいもんだな。人に頼られることで、老化防止になる感じだ」

「まだ五十代なんだから、老けこむのは禁止よ。まずはちゃんと腰痛を治して」

「はいはい」

父がスピードを上げてカレーを食べ終えた。すぐにメニューを取り上げ、「プリンアラモード、食べるか？」と聞いてきた。

「何で？」

「俺が食いたいからだ」

「父さん、甘いものなんて、好きじゃないでしょう。お酒ばかりで」

「いや、嫌いじゃないんだよ。体重を増やさないために、敬遠してただけだ」

「父さん、そういうところで変にストイックだよね……でも、いいよ。たまには自分を甘やかすのも必要だから。でも、今日だけね。調子に乗って甘いもの食べてると、太ってまた腰にダメージがくるから」

「まったく、年は取りたくないな。やっぱり老化ってことじゃねえか？」

人は誰でも歳を取る。それが人によって、様々な場所に現れるのだろう。父の場合は腰だった、というだけの話かもしれない。だとすると、今後回復させるのは難しいかもしれないが。病気は治る。しかし年齢は巻き戻せない。

7

朱音は目の前の青年を見て、一瞬声を失った。三池よりも背が高く、体の太さもさほど変わらない。首が太く、筋肉の塊という感じだった。

「永村英人《ながむらえいと》です」青年が丁寧に頭を下げた。いや、青年というか……三十代後半ぐらいだろうか。

「な？　俺はちゃんとスカウトするって言っただろう？」父が自慢げに言った。

「永村さん、この辺の人ですか？」

「元々は——三小で」

「あ、そうなんですね」プルスターズの選手の八割は、地元の三小の卒業生である。

「お前の四学年上だ」父が補足した。「元ラグビー選手だよ。っていうか、この前までバリバリの現役だった」

聞くと、地元の中学を卒業して、高校・大学はラグビーの強豪校に進み、トップリーグからリーグワンへと、国内最高レベルの環境でプレーを続けてきたという。日本代表になるまでじゃなかったですよ、と本人は謙遜したが、大きな体から発せられる雰囲気は、まさにトップ選手のそれだ。

朱音はタブレット端末を取り出し、「身長、体重を教えて下さい」と訊ねた。

「百八十三センチ、体重は今……ちょっと前に測った時には八十五キロだったかな。現役時代は九十キロをキープしてたんだけど」

そのデータを打ちこみながら、朱音は訊ねた。

「体重管理はどうですか？　減量、増量に苦労したことは？」

「太る方が面倒でしたね。食べて筋トレして……体重が増えにくい体質なので」

「分かりました。綱引き用のためには、体重を上手くコントロールしないといけません。チームの総体重は決まっているので、トータルで管理するんです」

「放っておけば、半年で五キロぐらい、自然に痩せますよ。膝をやった時は、そんな感じだった」

「膝？　怪我ですか？」

「十年ぐらい前ね。ワンシーズン、棒に振っちまった」

「今は大丈夫なんですか？　怪我はどっちの膝ですか」

「右――でも、今は完治してるから」

右膝負傷（十年前）、と書きこみながら、朱音はうなずいた。そんなに昔の怪我だったら問題ないだろう。

「他に怪我は？」

「いや――特にないですけど、ずいぶん気にするんですね」

「それはそうです」朱音がうなずいた。「選手の状態を把握しておくのは、監督の仕事ですから」

「女子日本一になった選手だからな」父がどこか自慢げに言った。「敬意を払うように」

「それはすげえや……全国大会ですか？」

「ええ。ラグビーほどメジャーじゃないかもしれませんけど、全国大会の盛り上がりはすごいですよ」朱音は説明した。

「ラグビーだって、散々マイナーって言われてきましたけどね」永村が笑った。

「とにかくありがとうございます。でも、よく引き受けてくれましたね」朱音は頭を下げた。

「あー、それはね……真島さんに強引に」永村が父をちらりと見た。

「父さん、無理言ったの？」

「まさか。俺は理知的にお誘いしただけだよ。トップレベルのラグビー選手なら、最高の戦力になるだろう」

「まあ、色々と……選手を引退して、そのままチームの親会社で働く方法もあったんだけど、親がね」

「ご実家も、この辺ですよね？」

「そうそう。父親の体調がよくなくて、母親が一人で面倒見るのが大変そうだったから」

「お父様、おいくつですか？」

「六十七。まだ老けこむ年齢じゃないんだけどねえ。兄貴がいるんですけど、今は家族でフランスに住んでて」

「お仕事ですか？」

「そうなんですよ。親の介護と言っても、簡単には帰ってこられないみたいだし、ここは俺がやるしかないでしょって感じで。幸い、こっちで仕事も見つかったし」

「お勤めは……」

「大学時代の先輩が、アスリートのセカンドライフ支援の会社を立ち上げたんですよ。引退後をどうするかっていう話」

「ああ――結構、深刻な問題ですよね」

「俺も相談に行ったら、うちで働けばいいって言われて。今、業務拡大中で、人手が足りないんです。会社は品川だから、実家からの通勤も楽だし」

「うちは、週二回、水曜と金曜が練習です。土日には試合が入ることも多いです。仕事やご家族のことは、大丈夫ですか？」

「親父も、二十四時間ついてないといけないわけじゃないから。会社は超ホワイトの九時五時勤務だし、休みもしっかり取れます」

「それでだな……」父が声をひそめた。「その会社は、引退するアスリートを登録して、第二の人生を送るための会社なんかを紹介してる。その名簿をひっくり返してもらって、うちに入りそうな選手をピックアップして――」

「父さん」朱音はすぐに釘を刺した。「人の会社のリストを使うのって、ある意味違法行為よ」

「いやいや、ちょっとした提案ってことで」父が誤魔化して笑った。本気で考えていたとしか思えない。

「駄目だから。ＯＫ？　永村さんも真面目に取らないで下さいね」

「了解――しかし、綱引き、できますかね」

「大丈夫です。他のスポーツを体験してから来る人がほとんどですから。ポイントは、チームワークです。個人の技術を磨いて力をつけるのはもちろん大事ですけど、何より八人が力を合わせることが一番です。綱引きは究極のチームスポーツですから」

「それはよく分かってますよ」永村が爽やかに笑った。「俺はずっとフランカー――フォワードでした。これまでどれぐらいスクラムを組んだか覚えてないけど、全員が力を合わせることの大切さはよく分かってます」

「ありがとうございます」朱音は素直に頭を下げた。「今日から練習、参加できますか？」

「そのつもりで、ジャージで来ましたよ」

「基礎的な動きを、父が――真島トレーナーがレクチャーします。可能ならば、実際に八対八で引き合う実戦形式を経験してもらいます。その後、体力測定をしますから、ちょっと時間を下さい」

「ありゃりゃ、結構本格的なんだね」永村が手を広げる。「何だか強化合宿みたいだな。そういう時って、スタート初日と最終日に体力測定をやるんですよ」

「うちは、常に強化合宿みたいなものです。個人の筋力に応じて、個別のトレーニングメニューも出します。それをこなしていただいた上で、週二回の練習と試合、になりますから」

「そいつは大変そうだ」永村がジャージの腕を捲《まく》り上げたが、「大変」と言う割に嬉しそうだった。

「何だか……気持ち、上がります？」

「ラグビーはやめても、体を動かすのはまだ好きなんですよ。だから、こんな形で新しいチャレンジができるのは、嬉しいですねえ。地元も久しぶりだし、これをきっかけに馴染めるといいけど」

「永村さん、大学を出た後はどこにいたんですか？」

「ずっと静岡」

「ああ……」朱音は苦笑しながら、微妙に胸が痛くなるのを感じた。「私もしばらく浜松にいました。ラグビーの試合を観に行ったことはないけど」

「蒲田出身者が、同時期に二人も静岡県にいたのも、すごい偶然ですね。静岡には何で——」

「永村君、そこは聞かないでやってくれ。武士の情けで」父が真剣な口調で割って入った。

「あ、そうなんですね」何かを察したのか、永村があっさり引いた。

「私は別に――」

「皆、結構気を遣ってるんだぞ」父が真顔で言った。

「じゃあ……そういうことで。よろしくお願いします」

そんなことで気を遣ってもらっても、とは思うのだが。

綱引きに――父には感謝している。実家に戻って仕事を始め、プルスターズの監督を引き受けたことで忙しくなり、結婚生活の嫌な記憶が蘇る暇もない。自分にとっては、完璧なリハビリだ。


永村はすぐにロープを引くコツを覚えたようで、八対八も無難にこなした。盛んに「きつい」とこぼしはしたが、顔を見る限り、そんなにきつい様子ではない。

そして全体練習が終わって体力測定を始めようとした時に、父が「三池と一対一でやってみるか」と言い出した。三池が恐る恐る――まだ色々と遠慮があるのだ――前に出る。父が永村に紹介した。

「こちら、三池君。うちのアンカーで、元力士だ。朝野岳」

「朝野岳？　マジで？」永村がいきなり興奮して、握手を求める。三池は恐る恐るそれに応えた。

「俺、相撲ファンで。地元から角界入りした人がいるってニュースを聞いた時、嬉しかったなあ。生で観るチャンスはなかったけど」

「どうも、三池です」三池が真顔で頭を下げる。

「今は、実家の蕎麦屋をちゃんこ屋にして、そこで美味い飯を作ってるよ。今度、皆で行こう」父が言った。

「ぜひ、ぜひ」永村の興奮は簡単には収まらないようだった。

「じゃあ、一対一で引いてみて下さい」朱音は指示した。「三池君、取り敢えず永村さんの力を見たいだけだから、全力で引かないように」

「いやあ、元力士とタイマン勝負ってのは緊張するな」永村が両手を組み合わせて、指をポキポキと鳴らした。

「永村さんも、無理はしないで下さい。今日初めて、ちゃんとロープを握ったんですから」

「素人として、精一杯やらせてもらいますよ」皮肉っぽく言って、永村がロープを置いたところへ走って行った。

父が二人のポジションを定め、かけ声を説明した。

「──というわけで、『プル』の合図で引くように。腕で手繰り寄せないで、姿勢を低くして、体重をかけて体全体で引っ張るのが基本だ」

「了解、了解。やってみます」永村が両手を揉み合わせ、ロープの傍でしゃがみこんだ。

父が朱音を見た。俺が審判役でいいか？　朱音はうなずいた。自分は二人の動きをしっかり見ることに専念したい。

「よし、いいか？　じゃあ、ピックアップ・ザ・ロープ！」

二人がロープを手にした。永村の表情がにわかに真剣になり、殺気さえ漂い始める。三池も同じ──三池に関しては冗談が通じないというか、常に真剣、全力勝負という感じなのだが。二人が体重をかけると、ロープがキシキシと音を立てる。

「おお……」と永村が呻き声を漏らした。予想よりも強烈な引きを感じているのだろう。しかしロープは動かない。今日初めて本格的にロープを握ったのに、永村の姿勢は低く安定していた。もしかしたら、長年スクラムを組み続けたことで、こういう感じにも慣れているのだろうか。

「いくぞ――プル！」

父のかけ声に、永村の「おし！」という声が被《かぶ》さる。三池はいつもと同じ――何も言わない。三池が一方的に引っ張りこむのではないかと思ったが、ロープはまったく動かなかった。永村は苦しそうだが、それでも何とか踏ん張っている。三池はいつも通り無表情――いや、違う、目が真剣だ。自分はベストの姿勢で体重をかけているのに、相手がまったく動かないので、焦っているのだろう。そして、太腿《ふともも》――大腿四頭筋《だいたいしとうきん》が痙攣するように細かく震え始める。明らかに、普段より力が入っていた。

朱音は思わず声をかけた。「三池君、プル！　プルだ！」

三池の腕にさらに力が入り、二の腕の筋肉がぐっと盛り上がった。一歩だけ引く――しかしすぐに永村が引き返した。三池に対抗できるとは、と朱音は驚いた。三池ではなく永村にアンカーを任せてもいいのではないだろうか。

「プル！」朱音はもう一度声をかけた。珍しく、三池が「うう」と声を漏らす。一歩……二歩……永村のシューズがずるずると滑り始める。さらに姿勢を低くして抵抗しようとしたが、結局動きは止められず、バランスを崩して尻餅をついてしまった。

「はい。ストップ、ストップ」父が声をかけると、三池が力を抜く。肩が激しく上下し、呼吸が乱れていた。永村はしゃがみこんだまま、両手を見ている。本格的な綱引きを、手で感じたのだろう。

父が手を貸し、永村を立たせた。永村はまさに試合終了という感じで、笑顔を浮かべて三池へ歩み寄り、また握手を求めた。

「いやあ、朝野岳、やっぱりすごい！　さすがだね」

「いえ……」三池はまだ呼吸が整わず、顔も真っ赤だった。辛うじて腕を伸ばして永村の手を握る。

「このチーム、強いんでしょうねえ。朝野岳がいれば、万全だ」

「いや、あの——強かったです」三池が絞り出すように言った。「久しぶりにきつかったです」

「そう……いや、俺は本気は出してないけどね」永村がさらりと言った。「手が痛くてさ。このロープ、手にダメージがきますよね」父に確認した。

「練習を繰り返して掌の皮膚を厚くするしかないんだ。バッターのマメみたいなものでさ」

「よし、了解です。できる」自分に言い聞かせるように永村が言った。「俺にはできる！　さて、体力測定、いきましょうか」


「永村さんのパワーはすごいわ」朱音は認めた。体力測定の結果、ベンチプレスが百四十キロ、背筋力に至っては三池を上回る二百三十五キロを叩き出したのだ。「久々に体を動かしたから明日は筋肉痛」と笑って帰っていったが、久々であの数字は驚異的だ。「父さん、永村さんにアンカーをやらせようとしてる？」

「それは監督さんが決めることだよ」

「うーん……」朱音は鍋をかき混ぜた。昼のうちに作っておいたカレーがそろそろ温まる。今日はプチトマトをいくつか入れてみた。すっかり溶けて姿は見えないが、酸味と甘みが加わると期待している。

カレーを用意し、親子二人の食卓に向かう。一口食べて、父が嬉しそうに目を見開いた。

「今日のカレー、美味いな」

「プチトマトの手柄ね」

「爽やかだ」

朱音も食べてみる。期待通り、微かな酸味と甘みが加わっていた。よし、このレシピは自分のものにしよう。食べさせる相手が父親というのは、何だか侘しい気もするが……とはいえ今は、新しい相手を見つけて再婚、とは考えられない。短い結婚生活で得たのは、自分は結婚に向いていないのではないかという疑念である。非社交的なわけではないし、誰かの世話をするのは嫌いではないし、料理もそこそこ作れる——いや、今どき料理ができることは結婚の条件にはならないだろうが、とにかく誰かと新しい生活を始めることが想像もできないのだった。世話を焼くなら、プルスターズのオッサンたち相手で十分、という感じだ。

だから、家庭に向いていない——向いているのはスポーツチームのマネジメントかもしれない。

「三池君、やっと馴染んできた感じじゃない？　今までずっと固かったけど、最近は普通に話せてるし」

「そうだな」

「永村さんは、どっちかって言うとぐいぐいくるタイプよね。三池君とは正反対。二人を競わせようとしてる？　それとも三池君を発奮させるための材料が永村さん？」

「さあね」父が首を傾げる。「お前、そんなに難しいこと考えてたのか？　俺は、いい素材を見つけたからスカウトしてきただけで、それ以上のことは考えてないぞ。だいたい、人と人との関係とか、それによって周囲の人間がどう変わるかとかは、予想もできないじゃないか。化学反応ってよく言うけど、実際には化学反応じゃないんだから」

「父さんが言ってると、そのまま素直に信じる気になれないのよね……本当は何考えてるの？」

「永村が戦力になるといいなってことだけだよ。お前がどう使うか、お手並み拝見だな」

「でも永村さんについては、しばらく直接指導してあげてね。ゼロからのスタートなんだから」

「俺も、忙しいんだけどなあ」

「そんなに？」

「まあ、いろいろ。綱引きをやめたら、急に仕事が増えた感じもしてるし」

「そう？」朱音の感覚では、そんなに忙しくはない。巡航速度での運転という感じで、社員に残業を強いることもなかった。しかし父は、毎日遅くまで工場に残っている……。「あまり無理しないでね。社員に任せることも大事でしょう」

「俺じゃないとできないこともあるんだよ。それより、オーナーの治療の話、聞いたか？」

「うん」朱音はうなずいた。つい表情が厳しくなる。病院で偶然出会ってから、麻里香とは連絡先を交換した。彼女は既に就職して島根県へ行ってしまったが、今でも連絡を取り合っている。アナウンサー修業はなかなか大変なようだが、周囲に愚痴をこぼせる人もいないようだ。大学の仲間たちもそれぞれ就職して自分のことで精一杯、気楽に話せる相手は、ほぼ十歳歳上の朱音ぐらい——ということらしい。

しかし一週間ほど前にかかってきた電話では、ひどく落ちこんでいた。

長池が大腸がんだということは、既に聞いていた。その件を打ち明けた時の麻里香の口調は暗くはなかった。大腸がんは進行が遅いし、無理に治療しなくても、がんで死ぬ前に寿命が尽きるかもしれない——死ぬ話をしているのに声が明るかったのは、がんで苦しむことはないかもしれないと前向きに考えていたからだろう。

この数ヶ月で急激に容態が悪化したものの、年齢のせいもあって手術は回避、抗がん剤による治療が始まっていた。それが間もなく——長池が三栄通り商店会の名誉相談役を降りる、ともアナウンスされている。理由は「後進に道を譲る」——病気のことは、既に多くの人が知っているようだった。商店会の総会が開かれ、本人不在のまま、名誉相談役退任の議題は可決された。

実は今日の夕方——練習前に麻里香から電話がかかってきていた。涙ぐんでいたが、それは安堵のためだとすぐに分かった。抗がん剤の治療がひとまず終了し、容態は安定している、と。

「そもそもあの年齢だったら、手術しないのが普通なんだろうな。手術に耐える体力もないだろう」父が暗い声で言った。

「そうよね。でも、治る可能性もあるでしょう」

「そうだといいんだけどな」父はあくまで悲観的だった。「正直、家族に容態を聞くのも遠慮しちまうんだよ。お前、麻里香ちゃんとは連絡取り合ってるんだろう?」

「実は今日、電話あった」

「何だって?」

「抗がん剤の治療が無事に終わったって安心して泣いてたけど、詳しい話は聞けなかった」

「そうだよなあ」うなずいて、父が水を一口飲んだ。「いくらこういう下町だからって、何でもかんでも聞けるもんじゃないよな。病気の話はデリケートだし」

「失礼な話、していい？」

「何だ」

「もしもオーナーが亡くなったら、プルスターズはどうなるかな」

「それは、お前……」父が言い淀《よど》む。

「一番多くお金を出してくれてるのがオーナーでしょう？　影響力もまだあるから、商店会も嫌々ながらつき合って、お金を出してくれてる」結局、新年度からも商店会の援助は続くことになった。年間十万円とはいえ、商店会が援助しているとなれば、他の人にも応援を頼みやすくなる。朱音としては、これからスポンサー探しもしなくてはいけないと思っていた。それが監督の仕事かどうかはともかく——真島工作所で仕事をしていく以上、ご近所との関係を濃くしておいて悪いことはない。ただし、「お金下さい」と頭を下げて回っていたら、むしろ関係は悪化しそうだが。

「何とも言えねえな。もしかしたら、部費を増やさないといけないかもしれない」

「そうねえ……マネージャー、欲しいわ。父さん、お金の計算とか全部やってくれない？　父さんが一番分かってるでしょう？」

「俺はトレーナーだ」話はこれで打ち切りという調子で言って、父がカレーをがつがつと食べ始めた。「しかし、このカレーは美味いな」

　それはそうでしょう。私が作ったんだから……しかし面倒な会話の後で食べるのを再開したカレーは、最初の一口ほどは美味くなかった。

永村はあっさりチームに馴染んだ。元々社交的、しかも長年一流のラグビーチームで活躍してきたせいか、全体をまとめ上げる能力にも長《た》けている。彼が参加してから、練習も試合も明るい雰囲気になった。

一方三池は、永村に対してなかなか心を開こうとしなかった。一度じっくり話してみたのだが、自分のポジションを取られるのでは、と心配している様子である。ただし朱音としては「アンカーは君で決まりだから」とは言えなかった。監督として、特定の選手にポジションを保証したり、贔屓したりは絶対駄目だ。全ての選手に公平に接すること——しかし、迷い、困っている選手のフォローをするのも大事である。男性監督だったらどう対処するだろうと考えたが、それを聞く相手もいない。

朱音は何度か書店に足を運び、リーダー向けの本を何冊も買いこんできた。スポーツ関係では、様々な競技の監督やコーチの回顧録、指導法を記した本。ビジネス書も。金儲けとスポーツでは根本が違うが、人をどう動かすかという点においては同じではないか……しかし読めば読むほど分からなくなり、ビジネス書というのはインチキ商売ではないかと思い始めた。ビジネス書を読んで成功したら、この世は成功者だらけになる。しかし実際は——朱音は、浜松時代にチームの監督だった兵藤葵《ひょうどうあおい》に連絡して指導を仰ごうかと思ったが、電話で話せるようなことでもない。リモートでもいいのだが、あれも何となく苦手だったし、離婚した元夫がいる浜松に足を踏み入れるのは絶対に嫌だった。

そんなある日——練習終わりに何人かで呑みに行った時に、意外な出会いがあった。最近は上寿茶屋で打ち上げをすることが多いのだが、この日も……永村は「最近練習がハード過ぎて体重が落ちてきた」と、やたらと品数を頼んでテーブルを賑やかにし始めた。いかにもラグビー選手らしいというか、よく食べ、よく呑み——そしてよく喋る。どこにいても場の空気を支配してしまうタイプだが、監督やキャプテンという感じではなく、宴会部長だ。

その永村が、この日はいきなり凍りついた。店のドアが開き、何気なく出入り口の方を見た瞬間、顔面が凍りつく。しばしフリーズした後、いきなり立ち上がり、小上がりを出て行く。靴を履くのも忘れ、ダッシュで出入り口まで——店に入って来た小柄な初老の男性に向かって、深々とお辞儀をした。ほぼ体が九十度に折れるほど深いお辞儀で、朱音は一体何事かと身を乗り出してしまった。

客は二人連れ。小柄な男性の方が歳上で、連れは四十歳ぐらいの大柄な男性だった。そちらは、いかにもスポーツ経験者という感じの体格。もしかしたら、高校か大学のラグビー部の先輩に偶然会ったのではないかと朱音は想像した。

永村は厨房に声をかけると、二人を小上がりに案内してきた。朱音たちが使っていたテーブルの隣に案内する。そういうことは店の人の仕事なのだが……二人を座らせると「飲み物、何にしますか」とまさに店員のように注文を確認した。

二人とも生ビール。永村は厨房へ行って「生二丁！」と叫んで注文を通すと、朱音たちのテーブルに戻って来た。顔が強張り、異常に緊張している。

「永村さん、どなた？」朱音は思わず訊ねた。

「いや、あの、高校時代の監督で」

「え？　じゃあ、良志《りょうし》高校の木野《きの》さん？」ラグビーファンの田代はすぐに分かったのか、身を乗り出した。

「そうなんですよ」永村が緊張した面持ちで認める。

「そりゃすごいな。ぜひ、挨拶させてもらわないと。でも、何でこんなところに？」

「こっちで試合があったか……一緒にいらっしゃるのが、今の監督の峯村《みねむら》さんです。木野先生は今、総監督で、普段の練習や試合は峯村さんに任せてるんです」

「田代さん、そんなにすごい人なんですか」高校ラグビーには詳しくない朱音は思わず訊ねた。

「そりゃあ、花園《はなぞの》出場二十九回？　それで優勝三回だから」田代が永村の顔を見ながら確かめた。

「高校ラグビー界の名将だ。いやあ、まさか蒲田でお会いするとは。紹介してよ、永村君」

「はい、あの……」

「何でビビってるの？」田代が不思議そうな表情を浮かべる。

確かに変な話だ。永村が木野の下でプレーしていたのは、二十年以上前だろう。その後永村は強豪大学、そして国内トップレベルのチームでプレーし続けて、一流の選手になったのだから、いくらかつての監督とはいえ、そんなに恐れることはないはずだが。

「それはまあ、いろいろと」永村が言葉を濁した。「ご紹介します」

永村が、田代を連れて隣のテーブルに行った。朱音も少し気になって二人についていった。

「監督、私、地元の綱引きのチームに入りました。そちらのチームメートの田代さんです」

「田代です」田代が如才なく名刺を渡す。「蒲田で三十年ほど、綱引きをやっています」

「ああ、そうですか」木野が丁寧に名刺を押しいただいた。

「永村君が入ってくれて、今は全国大会を狙えそうな位置にきています。これも、元々は木野監督のご指導の賜物《たまもの》かと」

「さすが、一流の商社の部長さんともなると口がお上手だ」

「いえいえ」慌てて否定する田代の耳は真っ赤になっていた。「私、昔からラグビーファンでして。自分ではやらなかったんですけど、試合はよく観にいきました」

「そうですか。ありがとうございます。これからもラグビーを盛り上げて下さい」

何だかラグビー界の代表のような物言いだが、朱音は自然に納得してしまった。木野は小柄だが、相手に有無を言わせぬ迫力を感じさせる。そして、ほんの少し話しただけなのに、ラグビーへの深い愛を感じた。

「田代さん」木野が名刺に視線を落とした。「永村はご迷惑をかけてませんか？」

「いえ、貴重な戦力です」

「綱引き以外のところでですよ。お調子者が、皆さんを不快にさせてないといいんですが」

「監督――」

永村が抗議しかけたが、木野に一睨みされて黙ってしまった。

「永村は、ラグビーの実力は抜きん出てましたけど、一言多くてねえ。ラグビーは紳士のスポーツなのに、同期や後輩への悪ふざけも多かった。罰で試合に出さないこともありましたよ。ああいうことがなければ、お前は絶対に日本代表に選ばれてたと思うぞ」

永村の顔がさらに赤くなった。未だに木野に頭が上がらない理由が分かった。とはいえ、木野は許していないわけではないだろう。これまで何百人、何千人もの選手を育ててきて、中にはラグビー選手として、人としてどうしようもない人間もいたはずだ。そういう人間が卒業した後に会っても、こんな風にずけずけとは言えないだろう。何だかんだ言って可愛がっていて、貴重な戦力と認めてもいたのではないだろうか。

「監督、今日はどうしてまた蒲田まで？　試合か何かですか？」田代が訊ねる。

「ああ」木野が薄い笑みを浮かべた。「極秘行動……監督の仕事は、練習スケジュールを組んで、試合前に選手たちに檄を飛ばすことだけじゃないですからね。何しろラグビー人口は少ないから、有望な選手は奪い合いだ」

「スカウトですか？」

「他の競技からも引き抜いてやろうと思ってましてね。ラグビーは、どんな人でもできるんだけど、身体能力が高いに越したことはない。東奔西走——は大袈裟かもしれないけど、まあ、私もあちこち行きますよ」

「監督——ご挨拶させていただいてよろしいですか」名刺を持っていてよかったと思いながら、朱音は話に割って入った。

「こちらの方も？　綱引き関係者？」

「監督です」

「女性が監督？　男のチームで？」

「綱引きでは、そんなに珍しいことではないです。トレーニングの組み立ては専門家に聞けばいいですし、試合中の指示は男子も女子も同じですから」

「それにしても、永村みたいなやんちゃな野郎を手なずけるのは大変でしょう」

「いえいえ」

朱音は名刺を差し出した。木野はこれも丁寧に受け取る。

「工作所……この辺の町工場を経営なさってる？」

「社長は父です」

「女性で、こういう工場をお継ぎになるのかな？　いや、そもそも女性が女性がと言ってる時点で、私は令和の時代にアップデートできていないね」木野が笑った。永村が合わせて追従しようとしたが、微妙にずれて変な笑いになってしまう。

「まだ分かりません。父も元気なので」皮肉なもので、綱引きの選手として引退してから、父は腰痛を訴えることはほとんどなくなって、普通に仕事をこなしている。「それより監督、お聞きしていいでしょうか」

「どうぞ」木野は鷹揚《おうよう》だった。

「ラグビーも、選手はたくさんいますよね。ポジションによって役割も違いますし、個性も様々だと思います。どうやってチームをまとめ上げるんですか」

「目標を一つに決めること」木野が即座に言った。「そしてそれを変えないこと。毎年同じことを言い続けていれば、物事は単純に、明確になるんですよ。私は監督に就任した三十五年前から、ずっと『日本一』と言い続けてきた。そして三回、それを達成した。最近はご無沙汰ですがね……そうやって言い続けていれば、『良志のラグビー部はいつも日本一を目指している』と内外にアピールできる。そうすると、不思議といい選手が集まってくるものでね。スポーツの目標は単純なほどいいんです。そうじゃないと、永村みたいな単細胞には理解できない。お前、物理であれだけ赤点取りまくって、よく無事に留年しないで卒業できたよな」

「すみません！」

永村が、畳に頭突きしそうな勢いで頭を下げた。木野は喉の奥から絞り出すように笑った。

「ま、古い話だよ。無事に卒業できたんだから、よしとしよう」

「監督……そのうち、練習を見に行かせていただいていいですか？」朱音は頼みこんだ。

「それは構わないけど、どうして？」

「監督としては、私は一年生なんです。だから、どこからでも学びたいと思ってます」

「そう……あなたの目標は？」

「全国大会で優勝して、世界大会に出ることです。そこで戦いたい相手がいます」

「結構、結構。叶うまで言い続けるといいよ。叶ったら、次の新しい目標を掲げればいい」

「参考になります――でも、練習も見させて下さい。図々しいですか？」

「とんでもない。見学は大歓迎ですよ」木野の笑顔は柔らかかった。「やる気のある若い指導者を育てるのも、我々年寄りの役目だからねえ。それはどんなスポーツでも同じです」

「ありがとうございます」

「ありがとうございます！」合わせて永村も大声で礼を言い、また頭を下げた。

「お前、そういうところだぞ」木野が苦笑した。「調子だけで人生を渡っていこうとすると失敗する。もう少し深く物事を考えろ」

「勉強になります！」

一瞬の沈黙の後、木野が大声で笑い出した。追従して、朱音も思わず笑ってしまう。永村は照れたように頭を掻いていたが、そのアクションは違う……いや、これはこれでいいのかもしれない。永村がプルスターズの雰囲気を明るくしてくれたのは間違いないのだから。

8

三池と永村、二人の加入は大きかった。チームが少し若返ったこともそうだが、トータルのパワーが圧倒的にアップした。二人とも綱引きの経験は浅いものの、現役アスリートに近いそのパワーが、チームに新たな活力を植えつけた。

夏場は毎週のように練習試合を行い、勝ち星を重ねた。昨年苦杯を舐めた秋の都大会でも順調に勝ち上がり、全国大会への出場権を得た。実に十年ぶりの全国大会出場で、選手たちは浮き足だっていたが、朱音は祝勝会で釘を刺した。

「目標半ばです。まだ梯子《はしご》の途中ですからね。ここで気を抜くと、踏み外して転落しますよ」

その一言で、祝勝会は一気に重苦しい雰囲気になってしまったが、まあ、仕方ない……朱音はたった一つの目標を、しばしば口にするようにしていた。

全国大会出場が決まった翌日、朱音は報告のために長池薬局を訪れた。長池は抗がん剤の治療にも耐え、一時退院して自宅へ戻っていたのだ。大勢で行くと体に障るので、朱音と父、それに三池と永村だけ。大男二人に会わせて、長池を元気づける作戦だった。

長池の顔を見た瞬間、朱音は胸が潰れそうになった。自室に介護用のベッドを置き、少し上体を起こしているのだが、はっきり分かるぐらい痩せていた。骨と皮……とまでは言わないが、パジャマの袖から覗く手首は細く、何かあったら折れてしまいそうだった。

「いや、おめでとう」しかし声には張りがあり、目はらんらんと輝いている。「新戦力二人が頑張ったんだな……しかし、朱音ちゃんを挟んで二人がいると、水戸黄門《みとこうもん》みたいだな。頼り甲斐《がい》のある助《すけ》さん格《かく》さんだ」

よく喋るのでほっとする。全員が畳の上に腰を下ろし、長池から見下ろされる格好になった。

「すまんな。大事な試合なのに応援にも行けなくて」長池が謝った。

「オーナーがいないと、観客席が寂しい限りでしたよ」父が言った。

「まったく……大事な試合には応援に行くように、竹沢にも言っておいたのに。応援がないと、綱引きは頑張れない。そうだろう?」

「仰る通りです」父がうなずく。「でも、全国大会には来てくれるでしょう」

「そうじゃないと困る。だいたい――」

ドアをノックする音が聞こえた。

「はいよ」長池が声を張り上げる。「入って」

「失礼します」おどおどした声で挨拶して入って来たのは、今話題になっていた竹沢だった。

「おお、よく来た。入って、入って」

竹沢が部屋に入ったが、腰が引けた感じだった。この場に呼び出されて、叱責されるとでも思っているのだろう。部屋の隅に、遠慮がちに腰を下ろす。

「竹沢会長、全国大会では頼むよ。何しろ十年ぶりの出場なんだ。また商店会を一つにする、絶好のチャンスだ」

「はい、それはもちろん」

「東京でやるんだから、旅費もかからんだろう。一日を応援に費やすぐらい、たいした手間じゃないはずだ。よろしく頼むよ。俺が見た限り、この二人がいればいいところへ行ける——優勝を狙うのも夢じゃない」

「商店会の連中に声をかけて、連れていきますよ」

「頼むぞ。それと、金もな。大変なご時世なのは分かってるけど、こういう時に頑張れば、一体感が生まれるんだ。よろしくな」

「ええ、もちろん」そう言いながら、竹沢はまだ腰が引けた感じだった。

「俺はプルスターズの応援に半生を捧《ささ》げた。後悔していない。その気持ちを、ずっと商店会で共有し続けて欲しいんだ。金額の多寡はともかく、金銭的な援助もやめないでくれ。俺はその件、遺書に書いたからな。もう公証役場に預けてある」

「長池さん——」竹沢の声には戸惑いがあった。振り向いて顔を見ると、はっきり困惑の表情が浮かんでいる。「それはどういう……」

「今言った通りだ。遺書に、三栄通り商店会として、プルスターズに援助を続けるようにときっちり書いた。もちろん、それはあくまでお願いで強制力はない。ただし、俺の遺産の一部をプルスターズのために使うように、とも書いた。死んだ人間がそういうことをするんだから、生きている人間は——な？」

「もちろんです」竹沢ががくがくとうなずいた。「長池さんのご意志は、商店会の意志ですから！」

長池は、あっさり竹沢を丸めこんでしまった。実際に長池が亡くなった後に、竹沢がこの約束を守るかどうかは分からないが、朱音たちが証人になっている。

長池の思い——それを無にするわけにはいかない。麻里香も心配しているし、自分たちが全国大会で勝てば、長池も元気になるかもしれない。自分たちが、誰かの役に立つ——それを考えただけで、朱音は気合いが入ってくるのを感じた。

気合いだけでは勝てない。

久しぶりの全国大会で、プルスターズは良いスタートを切った。五チームで戦う予選のリーグ戦で、初戦をあっさり勝利。あれこれ考えた末に、朱音は永村にファーストプラーを任せたのだが、これが功を奏したのかもしれない。永村は試合になると猛烈な形相を浮かべるのだ。それが相手チームにプレッシャーをかけたに違いない。

初戦の後、朱音は体育館裏の集合場所で短い作戦会議を開いた。

「今の試合は、早く勝負を決めようという気持ちが強過ぎました。キープを意識して下さい。じっくりやって、体力を温存しましょう。今日は先が長い——決勝トーナメントまで大変ですよ」

「でも、引けるんだよねえ」永村が両手をぶらぶら揺らした。「テイク・ザ・ストレインの段階で、もう行けると分かった。それでもキープにしないといけない？　早く勝負すれば、それはそれで体力温存になるけど」永村が三池に視線を投げた。「そうだよな、朝野岳？」

三池が無言でうなずく。この二人の関係は微妙……永村がいじりにいっても、三池はそれに乗らず、ただ黙ってうなずくだけ――それでも永村はいじりをやめない。何とか自分のフィールドに引きこもうとしているようだが、今のところ成功していなかった。ただし、三池は嫌がっているわけではないようだ。

「今の綱引きは、キープの我慢合戦が主流です。世界レベルではさらに――私たちは世界を目指しているんですから、それを常に意識して下さい」朱音は指示した。

「了解」永村が引いた。

「すぐに次の試合ですけど、体を冷やさないようにして下さいね」

選手たちがウィンドブレーカーを着こんだ。控室は体育館の外で、もろに風が当たる。三月とはいえまだ空気は冷たく、じっとしていたら体が冷えるどころか、あっという間に風邪を引いてしまいそうだ。

父が近づいて来た。表情は険しい。

「あまりいい勝ち方じゃなかった」

「でしょう?」

「とはいえ、キープだけが作戦じゃないぞ。状況に応じて、速攻で勝負をかける時はかける、それでもいいんだ。常に同じ試合展開ができるわけじゃないから。選手の勘を信じてやれ」

「信じてないわけじゃないけど……」いや、信じてはいない。特にチームの中核として期待される三池と永村は、まだルーキーと言ってもいいぐらい経験が乏しい。

「次の試合も、好きにさせればいいんじゃないか?　一試合ぐらい遊んでみてもいい」

「でも、愛綱会との試合が最後にあるのよ。決勝トーナメント進出のためには、そこまでもう落とせない」

「愛綱会に負ける前提で話すなよ」

「四連覇確実って言われてるチームよ？」

「だからって、一敗を計算に入れるのもどうかね」

「現実的になって、父さん」

父は肩をすくめるだけだった。まあ……朱音の分析では、次の対戦相手はそれほど強くない。平均年齢も高めなので、スタミナ勝負の長期戦を避けて、一気に引いてくる可能性が高い。向こうが引きに来た時どうするか。いわばどうやって防御するかという問題になってくるが、綱引きでは攻守は一体である。「守る」ために引けば、結果的に「攻め」になる。

次の試合、対戦相手は予想通り一気に引きにきた。一瞬だけ引きこまれたものの、プルスターズは踏ん張って、すぐにキープの状態に持ちこむ。

「焦らないで！　キープ！」朱音は叫んだ。「そのまま、ステイ！」

両チームともぎりぎりまで低く体を沈めている。相手チームに至っては、理想と言われる四十一度よりもさらに深く角度がついている。永村が、ちらりと朱音を見た。彼の表情には余裕がある——全力で引いているわけではないとすぐに分かった。

だったらいこう。

「プル！　ワン、ツー！」

喉の奥から絞り出すような選手たちの声が、和音になった。低い声の重なりが推進力につながったように、三池がさらに体を低くする。そして右足、左足とほんの五センチずつ後退する。それが数秒続いて、勝負あった。一気に引きこみ、相手は総崩れになって、プルスターズが勝った。

これで二勝。あと一勝すれば、愛綱会に負けても——それは計算のうちだった——決勝トーナメント進出が決まる。

ところが、三試合目が落とし穴になった。

相手は滋賀県の「大津ＴＯＷ愛好会」、全国大会の常連だ。さすがに試合慣れしており、互いに慎重に入ってキープの状態になる。しかし三十秒近くになったところで、プルスターズのロープが揺れ始めた。ファーストプラーの永村の両手が異常に緊張し、踏ん張る足元でシューズがたわんでいる。ぎりぎり——あと少し力が加わったら引かれる。

そう思った瞬間、大津の監督が「プル！」と叫んだ。無言で、ＴＯＷが引きこみ始める。

「キープ！」朱音は必死で指示を飛ばした——いや、指示ではない。これはお願いだ。「キープ！」

しかし一度引かれたのを引き戻すのは困難だ。ＴＯＷは、綺麗に足並みを揃えて引いている。永村が顔を真っ赤にして踏ん張り、三池も今にも倒れこみそうなほど深く体を沈めて踏ん張ったが、相手の勢いは殺せなかった。

ホイッスル。

まずい、追いこまれた。これで、四連覇を目指し、予選リーグでここまで全勝の愛綱会との対戦になる。勝ち目は——勝つ方法を考えるのは自分だ。

次の試合までの短いインターバルで、朱音は相手を錯乱させる作戦を考えた。いや、錯乱までいかなくても、混乱させればいい。愛綱会はあらゆる状況に対応できる万能型のチームだが、予想外のことが起きればその戦術に乱れが生じるかもしれない。そして綱引きでは、一センチの乱れが敗北につながる。

「一気に引いて下さい」朱音は指示した。「愛綱会は、どんな状況にも対応してくるけど、基本的にはキープで相手を疲れさせてから引く王道パターンが、最大の得意技です。だから最初に少しでも引きこんで、バランスを崩す」

「さっきと指示が違うけど」永村がわずかに不満気な表情を浮かべた。

「相手によって作戦は変わります」少しむっとして朱音は答えた。「この試合が予選最後——勝たなければ、プルスターズの全国大会は終わりです。ここで終わるわけにはいかないでしょう。愛綱会に勝ってこそ、優勝できるんです」

「そう、ここは大勝負だから」田代が同調する。父が引退した今、チーム最年長選手になってしまったが、今回はコンディションがいいので、初戦からラインナップに入ってもらっている。

「それに、そろそろ体力の限界だぞ」

「田代さん、代わりますか？」朱音は訊ねた。

「いや、大丈夫」田代が、永村の方を見もしないで答えた。しゃがみこんで、シューズの紐を慎重に締め直す。

他の選手たちは給水やトイレ——リーグ戦最終戦に備えて散っていった。朱音は少し気になって田代に訊ねた。

「田代さん、だいぶへばってますよ。本当に代わりませんか？」ここが難しいところだ。本当は、選手の入れ替えは監督の専権事項である。一々選手に確認する必要はないが、三池以外は全員年上なので気を遣う。

「代わらない。これが最後だから」

「え？」

「俺、今回で引退するよ」田代がぐるぐると肩を回した。

「え？」

「若い連中が入ってきたし、新陳代謝だな。それに、ぼちぼちきつくなってきた。ついでに言えば、これから会社に残れるかどうか、ぎりぎりのところにきてる。仕事が踏ん張りどころなんだよ。久しぶりに全国大会に出られたし、結果はどうなっても、引退の舞台として最高だと思う」

「田代さん……田代さんがいなくなると、私にはもう頼れる人はいませんよ」

「何言ってる。話が逆だ。みんな朱音ちゃんを頼ってるんだよ。俺はこれからは、外から応援させてもらうけど、このチームはまだまだ強くなる。君も踏ん張りどころだ」

「ほれ、ちょっとマッサージしておこうぜ」父が急に割って入った。今の話を聞いていたのかどうか……いや、父はとうに知っていただろう。つき合いが長い二人の間に、隠し事はないはずだ。

「マッサージは大丈夫ですけど、テーピングをお願いできませんか？」

「膝か？」父が眉間に皺を寄せる。古傷を心配しているのだとすぐに分かった。

「いや。足首。今の試合でちょっと捻りました。でも、テーピングしておけば大丈夫ですから」

「よし、足首が一ミリも動かないほどがっちりテーピングしてやる」

「それも困りますけどねえ」

オッサン二人のじゃれあいを見ながら、朱音はかすかな罪の意識を感じていた。長くスポーツチームを続けていくためには、選手の入れ替えは絶対に必要だ。何もしないと選手はどんどん年齢を重ね、そのうちプレーできなくなる。若い選手を入れ、衰えた選手には引退してもらい……しかしこの二人にとって、プルスターズは単なる「地元の綱引きチーム」以上の意味を持っているのではないだろうか。二人とも、三十年以上もこのチームで活動してきた。ほとんど生活の一部のようなものだろう。長いブランクを経てチームが完全復活しつつある中での、ベテラン二人の引退。

若返りは確実に進んでいるが、寂しい思いをさせてしまっているのではないだろうか。

愛綱会にはまったく歯が立たなかった。

作戦――審判の「プル！」に合わせて、朱音も「プル！」と声を張り上げて指示したのだが、びくともしない。愛綱会は余裕で低い姿勢を保って、微動だにしない作戦に出た。一方、プルスターズはかなり苦しそう……セブンスプラーに入った田代も必死で両足を踏ん張っていたが、痛めたという左足に力が入っていない。その分、アンカーの三池に負担がかかる。珍しく、三池が焦った表情を浮かべていた。全員の高さが微妙に揃っていないのも心配だ。

「サード、ファイブ、落として！」朱音は指示を飛ばした。それで何とか高さが揃う。

ファーストプラーの永村は、顔を真っ赤にして何とか引こうとしているが、一ミリも動かない。この状態で足を後ろに運ぶと、かえってバランスが崩れ、引きこまれてしまう。

「キープ！　我慢して！」

朱音は声をかけたが、その直後、ロープが微妙に左右に揺れ始めた。揺さぶり――愛綱会の八人が揃って、わずかに体を揺らしている。あまり大きくやると自分達が転んでしまうが、これぐらいならそういうことにはならず、逆に相手がバランスを崩す。実際、揺れを抑えようとするプルスターズの側は、急に動きがバタバタしてきた。

「キープ!」朱音が再度声をかけたのがきっかけになったように、愛綱会が一気にロープを引く。それでプルスターズは総崩れになり、四メートル、引きこまれた。

ホイッスル。プルスターズの面々は肩で呼吸をしている。しかし愛綱会のメンバーは余裕の表情だった。まだまだレベルが違う——。

二勝二敗で、決勝トーナメント進出はならなかった。

朱音は愛綱会の監督、古屋に挨拶した。

「ありがとうございます。やっぱり強かったです」

「いやいや、ひやりとしましたよ」これは社交辞令だろう。愛綱会が危ないと感じられる場面など、ほとんどなかった。

古屋は初老の冴《さ》えない男だが、どこか余裕が感じられる。父も近づいて来て挨拶した。

「いやあ、愛綱会さんを目標にしてきましたけど、まだまだですね」父は悔しそうだった。「またお手合わせ願います。今度は東京でどうですか?」

「もちろん、喜んで。連絡して下さいよ」

「ええ」

「そちらも、いい選手が揃ってきたようだから、楽しみ——おい、やめろ!」

古屋が年齢に似合わぬスピードで駆け出す。何事かと急いで視線を転じると、永村が向こうの選手と揉み合っていた。

「ありゃ、ヤバいぞ」父も駆け出す。二人は今にも殴り合いを始めそうな雰囲気で、気づいた審判がホイッスルを鳴らした。試合でもないので、そんなホイッスルで喧嘩が止まるわけでもないのだが。

朱音は「三池君！」と叫んだ。それで状況に気づいた三池が、慌てて割って入る。永村は長身だし、相手の選手は全身筋肉の塊だが、さすが三池は元力士である。独特の迫力で二人を分けると、すぐに永村の前に立ちはだかった。

「永村さん、駄目だ」

「いや、お前、ちょっとどけよ。こいつら、スポーツマンの基本的な礼儀を知らねえ。敗者への敬意がねえんだよ！」

「そっちこそ、何がスポーツマンだ」愛綱会の選手が吐き捨てる。「散々ガン飛ばしやがって。喧嘩じゃねえんだよ。それで負けてりゃ、ざまあねえな」

「何だと、この野郎！」

永村が前に出ようとして、三池が押し留める。両手で鉄砲を繰り出して——はしない。引退したとはいえ、力士の鉄砲は凶器になりかねないのだ。代わりに胸を突き出して、永村と合わせる。二人は、手を使わない押し相撲のような格好になった。その間、愛綱会の選手は白けた表情でその場を離れる。すぐに古屋が選手の腕を取り、さらに頭を平手で叩いた。

「野澤！　みっともないことするんじゃねえ！」

野澤と呼ばれた選手は、何か反論していたようだが、古屋は聞く耳持たず、もう一度平手で野澤の頭を叩いた。年齢差はたぶん三十歳ぐらい、身長で十五センチ、体重は二十キロぐらい野澤の方が上回っていそうだが、それでも古屋にはコントロールされているようだった。猛獣使い――自分はまだ、チームの猛者たちを把握し切れていない。何かあったら、頭ぐらい引っ叩《ぱた》いてやるべきだろうか。

「お前ら、いい加減にしろ！」父が唸るように言った。二人の間に割って入り、胸に手を当てて思い切り両手を広げ、距離を取らせる。

「三池！　邪魔するな！」

「駄目ですよ」珍しく、三池がむきになって反論する。「乱暴は駄目です」

「舐められたままでいいのかよ？　そんなことで、あいつらに勝てると思うか？」

「いい加減にしろ。出場停止になるぞ」父が永村に釘を刺した。

「もう、試合はないでしょうが。あの野郎、一発ぶん殴ってやる」

「永村さん」朱音は割って入った。

「何だよ？」

「騒ぎを起こしたら罰が必要です。今から腕立て、腹筋それぞれ三百回。終わったら罰走で体育館の周りを五周」

「ああ？　学生じゃあるまいし、そんなの昭和のやり方だぜ」

「永村さんの反応の方がよほど昭和ですよ。こんなところで騒ぎを起こさないで下さい」

「ほれ、行くぞ」父が永村の腕を摑んだ。

「真島さん……勘弁して下さいよ」

「監督の言うことは絶対だ。ちょうどいいトレーニングにもなるだろうが。お前、まだ体力が有り余ってるみたいだし」

「踏んだり蹴ったりだな」

「お、難しい言葉を知ってるじゃねえか」

「勘弁して下さい」

永村が繰り返すと、その場の緊張感が微妙に解れた。父は永村の腕を摑んだまま、試合会場から出ていく。途中、一度振り返って、不細工にウィンクした。ここは任せておけ、か。

私には別の仕事がある。

「撤収します。この後、午後のトーナメントを見学しますから、着替えて下さい」

指示したものの、何となく自分を見る目が冷たい。

失敗か？　監督として、今の指示は失敗だったのか？

第三部　燃え尽きない

1

「まだ行けるだろう」真島がニヤニヤ笑いながら言った。

「いや、これぐらいが……はい」三池は両手を擦り合わせた。真っ赤になっていて、ひりひりする。

「二百キロだぜ？　あんたなら三百はいけると思って準備してたのに」

「そのうち引けるようになります」

二百キロは、三池の背筋力の最大記録よりも低い。もっとも、測定時の単純に引き上げるような動きの方が、力を出しやすいのかもしれない。体重をかけて引く——全身の力を上手く統一できないと、思ったよりもパワーが出ないようだ。

それにしても、このマシンは便利だ。自分の「引く力」を数字で確認できる。

真島の自家製というこの綱引きマシンは、ジムのトレーニング器具にも似ている。台座部分にはウエイトがあり、二十キロ刻みで重さを増減できる。ロープは、滑車を経由してウエイトにつながっており、重さを変えながら引けるようになっているのだ。滑車部分は高さを調整できるので、自分の体格、姿勢に応じて自在に変えられるようになっている。さほど複雑なマシンではないが、真島がこれを手作りしたとは驚きだ。いや、彼の本業は機械製造業だから、こういうのはお手のものかもしれない。

「前から、こういうのを作りたかったんだ」真島がスポーツドリンクを手渡してくれた。三池はキャップを捻り取って、ボトルの半分ほどを一気に飲んだ。

外は雨……いや、ここも一応外なのだが、庇《ひさし》が大きく張り出している下なので、よほど風が強くならない限り、濡れる心配はいらない。この綱引きマシンは、事務所の壁にしっかりくっつけられていた。マシンを作るよりも、ここに設置してきちんと安定させる方が大変だっただろう。もしかしたら、軽い工事をしたかもしれない。

「どうだい？　これなら一人でも練習できるだろう。実際に引く感覚に近いんじゃないか？」

「そうっすね……」

「最初はこいつを作ったんだよ。富田の工場からバネをもらってきてね」真島が、足元に置いたものを取り上げた。巨大なエキスパンダーという感じで、太いバネ三本から成る本体に、ロープを引っかけるためのフックがついている。「どこかに引っかけて、姿勢をキープするだけなら、これぐらいで十分だ。ただ、実戦のように引き続ける練習ができない。それで、ウエイトで調整できるようにしたんだ」

「なるほど」

「まだ微調整したいから、使いこんで率直に感想を聞かせてくれ」

「分かりました」

「悪いな、日曜に」

「いえ、今日は店も休みで暇でしたから」

全国大会が終わり、今はちょっとしたオフ、という感じだ。監督の朱音が立てたスケジュールでは、チーム練習の再開は四月。それまでは各自自主トレに専念すべしということで、練習メニユーを渡されていた。

「お茶にしない？」事務室のドアが開き、朱音が出てきた。「ケーキ、用意したわよ」

「お、ありがてえな」真島が嬉しそうな表情を浮かべる。

真島も変わった——プレーしていた頃は、綱引きに全てを賭けて、常に厳しい表情を浮かべていたのだが、今は顔が緩んでいることが多い。練習に来ても冗談ばかり飛ばし、チームの雰囲気もだいぶよくなった。ということは、真島が現役だった頃はもっとギスギスしていたわけで……

いやいや、そんなことは言えない。

「三池君、どうかした？」朱音が怪訝そうな声で訊ねる。

「いえ、何でもないです」

「コーヒー、冷めちゃうから飲んで」

「ありがとうございます」

日曜日なので工作所も休みだ。しかし朱音は作業着を着ている。

「今日、お仕事なんですか？」三池は訊ねた。

「うん、ちょっとね。年度末だから、いろいろあるのよ」

「何だかねえ」真島が呆れたように言った。「世の中が一斉に動くのもどうかと思うよ。毎年十二月と三月には必ずばたつく。上寿茶屋もそうだろう？」真島が急に話を振ってきた。

「うちは……金のことは両親がやってますから」

「何だ、まだ金を触らせてもらってないのか」

「やらない方が楽ですよ」三池は肩をすくめた。

「じゃあ、金銭感覚がしっかりしてて、金勘定ができる嫁さんを探さないとな」

「今時、ちゃんこ料理屋を手伝ってくれるような女性、いませんよ」

「部屋の後援会とかで、誰か世話してくれないのか？」真島がさらに突っこんできた。

「現役ならともかく、やめちゃってますからねえ」

「じゃあ、朱音をもらってやってくれねえか？」真島が唐突に言い出した。「こいつは金の計算もできるし、経営感覚もある。上寿茶屋をチェーン店化して大儲けってのはどうだい？」

「やめてよ、父さん」朱音が露骨に嫌そうな顔になった。「私を便利屋みたいに言わないで。今の撤回しないと、モンブラン、取り上げるわよ」

「すまん」真島が素直に頭を下げる。「モンブランだけは勘弁してくれ。今週はずっと、週末のモンブランを夢見て、頑張ってきたんだから」

朱音がコーヒーとケーキを用意してくれた。全員モンブラン。上寿茶屋のすぐ近くにある「アーモンド」本店のものだった。

「アーモンドって、大きな会社ですよね」コーヒーを一口飲んで、三池は言った。

「そうね。私が子どもの頃は小さなケーキ屋さんだったのに、いつの間にかチェーンになって」

「ちょっとした工夫とやる気で、そういうことが可能になるんだよな」真島が続けた。「だから、上寿茶屋も、チェーン展開は可能だと思うんだ。商売も、それぐらい山っ気を持ってやってもいいんじゃないか？」

「そうっすね……でも自分には、そういう商才はないですから」

「やってみねえと分からねえぞ……それより朱音、アーモンドさんが、新年度から百万出してくれることになった」

「本当に？」朱音が目を見開く。

「ああ。やっぱり全国大会に出るとこうなるんだよな。商店会の方も、少額だけど援助は続行だ。助かるだろう」

「そうね。遠征、増やせるのがありがたいわ。今はとにかく、試合経験を積むのが大事だから。ところで三池君、あれから永村さんとは普通につき合ってる？」

「そう言えば……会ってないですね。店にも来てないです」

「そうか。ちょっとやり過ぎたかな。私も話しにくくて……永村さんには、貴重な戦力として頑張ってもらわないといけないのに」

「練習が再開した時に、話せばいいじゃねえか」真島が口添えした。「今は冷却期間だよ。このタイミングで家庭訪問でもされたら、向こうも気まずいだろう」

「そんなことするつもりもないけどね。それに、お父さんの看病も大変じゃない？　本当は、週二回の練習もきついのかも」

「あ、それは平気です」三池は思わず言った。「ちょうどいい息抜きだって言ってました」

「そうなの？」

「病院へ連れて行ったり、リハビリとかもあって、会社の仕事も調整しながらやってるそうです。綱引きの練習の時だけ、何も考えなくていいからって」

「そうなんだ……三池君、永村さんとはよく話すんだ？」

「いえ、そんなには……でも店に来ると、よく愚痴をこぼしてるから、聞き役みたいな感じで」

「三池君、頼り甲斐があると思われてるんだよ。これからもよろしく頼むね」

「ええ」

「それで、練習の方だけど……自主トレ、上手くいってる?」

「いやあ、なかなか」三池は首を捻った。朱音から指示されたのは「八十五キロの体重をキープしながら体脂肪率を減らす」こと。要するに、筋肉量アップだ。そのために、下半身中心のトレーニングメニューを朱音が作ってくれたが、なかなか効果が出ない。体重、体脂肪率を毎日のように測っているのだが、大きな変化は見られないのだ。

それを正直に打ち明けると、朱音が渋い表情を浮かべる。

「そうか……私のメニューがイマイチなのかな」

「そんなことはないと思いますけど」

「私も、筋トレに関しては素人だから。どうなんですか、トレーナー」朱音が真島に話を振った。

「専門的かと言われると、俺も胸を張っては言えないんだよな。羽崎先生は相談に乗ってくれるけど、やっぱり愛知は遠い。リモートであれこれ話すのにも限界があるだろう? 本当は実際に体を見てもらって、面談して、トレーニング内容を決めたいところだけどなあ……ちょっと待った」

デスクに置いた真島のスマートフォンが鳴っている。表示を見て「知らない番号だな」と言いながら電話を受ける。

「はい――ええ、そうですよ。プルスターズの番号です。ええ、はい? ああ、それはもちろん、大歓迎です。全体練習は、今はちょっと休止中で、四月から再開なんですが。ええ……え? そうですか。だったら今からいかがですか？　お見せできるものもありますよ。では、住所を申し上げますから」

工作所の住所を告げて、真島が電話を切った。にんまりと笑って、ＯＫサインを作る。

「参加希望者だ」

「本当に？」朱音が目を見開いた。「希望者が来るのって、初めてじゃない。どんな人？」

「分からん」

「もう……」朱音が溜息をつく。「どういう人かぐらい、聞いてくれればいいじゃない。五十歳の人だったらどうするの」

「年齢ハラスメントはやめろ――声は若かった。とにかく、すぐにこっちへ来るから、待ってろ。三池君、君も面接してくれ」

「いや、自分は……」そんな大役を押しつけられても困る。

「いいから、いいから。経験者の目で見れば、やれるかどうかは分かるんだよ。俺が君をスカウトしたように。そうだ、ちょうどマシンが完成したばかりだから、使ってもらおうか」

「いきなりあのマシンは無理よ。フォームができてないと……」朱音が反対する。

「それぐらい教えるさ。誰でもすぐできるのが、綱引きのいいところだ」

問題の男は、三人がケーキを食べ終え、コーヒーカップを空にしたタイミングを見計らったようにやって来た。

「お邪魔します……こちら、真島工作所さんですね？」

一見して頼りない感じだ、と三池はがっかりした。身長百七十五センチぐらいで体重も軽そうだ。この人が入ったら、総体重をキープするために、自分が太らなければならないかもしれない。体重を増やす恐怖が蘇ってきた。押しこむように丼飯を食べても体重が増えてこない時の絶望感。稽古して吐いて、また食べて――体重計に乗らずに済むなら廃業してもいい、と何度思ったことか。

今はまた、毎日体重計に乗っている。ただし、増やすためではなく体重をキープするためだ。増やさないでいいので気は楽だが、少しでも減っていると焦ってしまう。

そしてこの男は、とても綱引きに向いているようには見えない。

「どうも、真島です。連絡してくれてありがとう」真島が立ち上がり、挨拶する。「こっちが監督の真島朱音――うちの娘。それとこっちは、うちのエースの三池選手」

「ご丁寧に恐縮です。私、立川幸樹《たちかわこうき》と申します。区役所で張り紙を見まして、こちらの活動のことを知りました。ぜひ参加させていただきたいと」

馬鹿丁寧な挨拶。二十代前半だろうか？　学生かもしれない。三池は立ち上がり「三池と申します」と言って頭を下げた。

「わ、でかい」立川が漏らした。そう言われることには慣れている。力士時代は、身長は同じでも今より二十キロ以上太っていたから、一般の人から見たら相当な威圧感があっただろう。時々、街で子どもがぽかんと口を開けて見ていたものだ。あれはまるで、珍獣を目の前にしたような感じだった……。

「三池君は、元力士だからね」真島が紹介した。

「力士ですか？　すげえな」

「君は？　綱引きの経験はあるんですか」

「いえ、小学生の時に運動会でやったぐらいです。大会とか、あるんですよね？」

「都大会から全国大会、世界大会もあるよ」

「それはすごい」立川がうなずき、眼鏡を人差し指で押し上げた。「やりがいがありますね」

「うちは今年、全国大会に出たけど、決勝トーナメントにまでは進めなかった。もう一枚二枚、強いカードが欲しい。若い人が入ってくれるのはありがたい限りだよ」

「外にロープがありましたけど、もしかしたら練習用ですか？」

「ああ。俺の手製なんだ。ちょっとやってみる？　人と引き合うのとは違うけど、感覚は分かるよ」

「よろしいですか？」

「もちろん」

何だか変な感じになってしまった。立川が嬉しそうに外へ出て行き、真島がストレッチを指示し始める。三池は窓からそれを見ながら、首を傾げた。

「使えないと思ってる？」朱音が訊ねる。

「細い……ですよね。力はなさそうだ」三池は正直に答えた。

「うーん、そうでもないかも」朱音が指摘する。「広背筋、見て」

窓越しに、立川の姿をしっかり観察する。三月、寒さがまだ残っているのに、ダウンジャケット、その下のフリースのトレーナーも脱いで、Tシャツ一枚になっている。その格好だと、異様に発達した広背筋が確認できた。

「素人じゃないですね」三池はつぶやいた。

「あんなに広背筋が発達するのって、何をやってる人かしら」

「――スポーツクライミングとか？」三池はテレビの中継でしか観たことがないが、垂直の壁を登り切るクライミングに必要なのは、まず自分の体重を支える力だろう。そのために広背筋がとんでもなく発達している――しかし、クライミングの選手だったら、もう少し小柄かもしれない。あの競技では、体重が少なければ少ないほど有利ではないだろうか。支える体重が少なくて済むのだから。

三池は朱音と視線を交わして、外に出た。真島がロープの握り方、足の揃え方などを教えている。立川はすぐに呑みこんだようで、突っ立った姿勢のまま――ピックアップ・ザ・ロープの時の体勢になった。

「引いていいですか？」

「大丈夫か？　百キロだぞ」

「では、失礼します」立川が腕を引いた。それだけで、ウエイトが持ち上がる。

「何、あれ」朱音が目を見開く。

「相当なもんですよ」三池も驚いていた。広背筋は確かに発達しているが、どちらかというと細身の体型である。どこにあんな力があるのか……。

「ちょっと待て。ちょっと待って」真島が慌てて止めた。「ウエイトをやってるんじゃないんだから、腕だけで引かないで」

「すみません、いつもこんな感じでウエイトトレーニングをやってたんで」

「もう少し重くするから、綱を引く姿勢が取れるかどうか、試してみてくれ」

「分かりました」

真島がウエイトを百二十キロまでアップする。「足を思い切って前に出して、体が地面に対して四十五度の角度になるぐらいを意識してくれ」

「やってみます」

「その姿勢ができたら、しばらくそのままキープで」

言われるまま、立川がロープを握る。足を前に出すと、自然に姿勢が低くなり、地面に対して五十度ぐらいの角度になる。これではまだ、本格的に引ける状態にはならないが、顔を見た限り、まだまだ余裕がありそうだ。慣れれば、理想の四十一度にアジャストできるだろう。綱引きに関しては素人かもしれないが、何か他の競技に真剣に打ちこんできたのは間違いない。ただし、体型を見ただけでは何の競技かまったく分からない。

「よし、そのまま引いて」真島が指示した。「腕で引きながら、足を後ろへ運ぶ。重い荷物を引っ張るイメージだ」

「行きます」軽い口調で言って、立川が足を運び始めた。慎重に――三十センチぐらいずつ後退していく。顔色は変わらず、苦しそうな表情とは無縁だった。

やがてウエイトが限界まで上がり、立川は止まった。

「ここまでです」

「ゆっくり前に出て、ウエイトを戻してくれ」

ところが立川は、前に出始めた瞬間にバランスを崩してしまった。やはり筋肉を限界まで使っていたのか、タタラを踏むようになって、綱を離しそうになった。慌てて綱を掴み直した瞬間、「イテ」と甲高い声の悲鳴が上がる。結局綱は離してしまい、ウエイトが落ちて重い金属の音を立てた。真島がマシンを見て、それから立川に視線を移す。立川は左手首を右手で握り、左の掌を凝視していた。

三池と朱音は、立川に近づいた。

「大丈夫？」朱音が声をかけると、立川が左手を彼女に向けて見せた。指のつけ根あたりに、大きな擦り傷ができている。掌が固くなっていないとやりがちな怪我だ。

「やっちゃいました。タコもすっかりなくなりましたので」

「手当てしましょう。中へ」

「すみません、だらしないですねえ」立川が残念そうに言った。

三池は真島に近づいた。立川の手当てを朱音に任せてしまい、真島はマシンを調べている。せっかく作ったばかりのマシンが壊れていないかと心配しているようだった。

「大丈夫ですか」

「ああ。リリースした時に、ゆっくり戻るような仕組みを追加した方がいいかもしれない。今はこれぐらいのウエイトだからいいけど、二百キロになったら、かなりの衝撃だからな——今の子、どう思う？」

「いけます」三池は即座に答えた。

「何かスポーツをやってたな。ちょっと事情聴取しようか……何をやってたと思う？」

「スポーツクライミングとか」

「なるほどね。最近はそういうのもあるか。取り敢えず脱がしてみるか？　生で体を見れば、何かヒントになるかもしれない」

「真島さん、クイズじゃないんですから」

「おお、そうだな」

肩をすくめた真島は嬉しそうだった。有望な選手を見つけた時にだけ浮かべる笑顔――自分に話をしにきた時もそうだった、と思い出す。

事務室で、朱音は立川の掌の傷を消毒し、大きな絆創膏《ばんそうこう》を貼りつけていた。

「ちゃんとした救急箱なんですね」立川が軽い調子で言った。痛みにはさほど悩まされていない様子である。

「うちは、どうしても仕事で怪我する人がいるんです。軽い切り傷ぐらいだけど……簡単な手当てはできるようにしてあるんですよ」

「テーピングは俺がやろう」真島が役目を買って出た。絆創膏を固定するテーピング……トレーナーになってから、真島はテーピング技術も独自に勉強し、今では手早く、確実にテーピングを施すことができるようになっている。真島は真島で、しっかりチームにかかわり、強くしようとしているのだ。

「ちょっと経歴を聞かせてもらえませんか？」朱音がタブレット端末を構えた。

「はい。愛徳大経済学部四年――もうすぐ卒業です。大田《おおた》区役所に就職が決まりました」

「地元の人ですか？」

「いえ、出身は四国――愛媛県ですけど、せっかく東京へ出てきたので、こっちで就職することにしました」

「何かスポーツはやってたんですか？」

「ボートです。大学の四年間だけですけど、愛徳大のボート部にいました。四年生の時は主将をやっていました。そんなに強くはなかったですけどね」

「ああ……なるほどね」朱音が納得してうなずいた。

「ボートというと、こういう動きですよね」三池は思わず口を挟み、両腕を後ろへ引く動きを見せた。背筋を鍛える「ローイングマシン」の動きと同じ。ウエイトを両手で真後ろへ引く動作が基本になる。

「そうです。腕で引く力が基本です。でも、全身運動ですよ。綱引きもそうじゃないですか？」

「綱引きは全身運動です」三池は認めた。

「どうですか？　僕、いけますか？」立川が遠慮がちに訊ねる。

「うちは、来るものは拒まずだよ」テーピングを終えた真島が言った。「本格的な競技綱引きのチームだけど、メンバーは地元の商店会の人間だ。この辺に勤めているか、住んでいる人が集まってるだけだから。純粋アマチュアチームだし、そんなに厳しい入団の決まりがあるわけじゃない」

「今、こっちに住んでいます。就職してからも同じところにいるつもりなので」

「じゃあ、近くていいね」

真島が言った。大田区役所は確かに、ＪＲ蒲田駅のすぐ近くにある。住んでいる場所にもよるが、歩いて通えるかもしれない。「通勤」をしたことのない三池にも、その便利さは分かる。

「はい。それで、まだ働き始める前でどうかなと思ったんですけど、忙しそうではないんですよ」

「まあ、区役所の人が忙しいっていうのは、あまりいい状況じゃないかもしれんな」真島が声を上げて笑う。

「ええ……とにかく体を動かしたいんです。ボート部の方は、卒業すると縁が切れてしまうし、野球やサッカーは……球技は苦手なんですよ」

「それで、残り物が綱引き？」

「前から、メンバー募集のポスターには気がついていて、ずっと気になっていたんです。この前、大会の様子を動画で見て、これってボートと同じだなって思って」

「水の上なのに？」

「僕がやっていたのはエイト、漕《こ》ぎ手が八人の種目です。コックス——舵手《だしゅ》の指示に従って、全員が動きを合わせないと、スピードが出ないんですよ。だからボートは、究極のチームスポーツって言われてます」

「それは綱引きも同じだ」真島が言った。

「はい。ボートと似てるのか、違うのか、実際に体験してみたいです」

「よし、いいな？」真島が朱音に視線を投げた。

「もちろん」朱音がうなずく。「今は、全国大会が終わってオフなんですけど、四月から全体練習を再開します。練習は週二回、水曜と金曜の午後七時から、この近くにある三小の体育館で行います。土日は試合が入ることが多いですけど、遠征は行けますか？」

「仕事の内容によると思いますけど、基本土日は休みと聞いています。平日の練習も、残業がなければ大丈夫です」

「分かりました。全体練習の他に、個人のトレーニングメニューも出しますから、そこも頑張ってもらわないといけません」

「毎日やることがあるのは嬉しいです」立川が微笑んで、眼鏡をかけ直した。

「じゃあ、基本は了解ということで——最初の練習の後に、体力測定を行います。現在の身長と体重は？」

「百七十五センチ、七十キロ」

「それじゃ、もう少し体重を増やしても大丈夫ね」

「増やしていいなら楽勝ですよ」立川がうなずいた。「いつも体重を抑えておくのが大変でしたから」

「ボートも体重制限があるの？」

「そういうわけじゃないですけど、推力と重さの関係で——自分の体重を運べなくなったらまずいですから」

「了解。じゃあ、あとは住所と連絡先をお願いします」

こうやって、新しい選手の加入がすぐに決まってしまった。

立川と帰る方向が同じだというので、三池は一緒に工場を出た。

「いやあ、楽しみですね」立川はスキップしそうなぐらい喜んでいた。「全国大会に出たんでしょう？　それを聞いて、ここは本格的なチーム——日本一を狙えるチームなんだって分かって、入る気になったんですよ」

「全国大会は、なかなか大変ですよ」三池は忠告した。「どこも鍛えてきてるし、全然敵《かな》わないチームもいました。優勝は、口で言うのは簡単だけど、そう上手くはいかないですよ」

「でも、最高の趣味になるかもしれませんね」

「趣味？」

「長くやれそうじゃないですか。単純そうに見えて、奥が深そうだし。ボートもそうなんですけど、結果が単純に出る競技ほど、目に見えない戦術や駆け引きが深いんですよね……三池さんは、相撲は……この辺、アマ相撲とか盛んなんですか？　もしかしたら名門・東体大《とうたい》の相撲部とか？」

「いや」この話が盛り上がると面倒なのだがと思いながら三池は言った。「部屋にいて」

「大相撲？　すごいじゃないですか！　四股名は——ごめんなさい、僕、大相撲は詳しくないんですけど」

「朝野岳。十両で終わったから、名前も知らないでしょう」

「すみません」歩きながら、立川が頭を下げた。「無知で申し訳ないです」

「いや、俺もボートのこととか何も分からないし。綱引きも、真島さんに誘われて何となく始めたんですよ」

「今はどうですか？　楽しいですか？」

「勝てば楽しいけど、練習はきついです。自主トレのメニューもハードだし。相撲がきつくて、怪我でやめたのに、何でまたこんなきついことをやってるのかって思いますよ」

「いやあ、でも、皆でやるのって楽しいじゃないですか。相撲は一対一だけど、綱引きは究極のチームスポーツです。絶対面白いですよね」

俺はまだ、綱引きの本当の面白さを分かっていないのかもしれない、と三池は思った。

2

「はい、立川幸樹です。大田区役所広聴広報課勤務、二十二歳です。あ、来月四日に二十三歳になります。愛徳大経済学部卒、大学時代はボート競技をやっていました。ボートのエイトは究極のチーム競技だと思いますが、綱引きも同じだと考えて、興味を惹《ひ》かれました。実際に経験して、綱引きの真髄を知りたいと思います。目標は全国大会優勝——ということでよろしいですか？」

「よし！」大声を上げて同調したのは、永村だった。そして勢いよく拍手を始め、他のメンバーも合わせる。

少し様子が変わった、と三池は心配になった。全体に元気がないというか……もしかしたら田代が引退したせいかもしれない。田代は物静かな人だが、間違いなくチームの要だった。数字で人を動かせるというか……論理的な説明で、練習や試合で指示を飛ばせた。ああいう人がいたら、会社も上手く回るのではないかと三池はいつも想像していた。実際、会社での役割もさらに重くなっているようだ。「体力の限界」が引退の理由だったが、実際は会社の業務に専念するためかもしれない。何しろ、役員の可能性も出てきているのだ。

「では、新年度の目標を発表します」朱音が前に歩み出た。「目標は当然、全国大会優勝です。私たち先月、全国大会に出て、強豪チームと戦ったことで、肌感覚で強さが分かったと思います。私たちは、それを超えていかなくてはいけません。そして世界大会で、ケリーのチームと対戦します。その目標は、実現するまで動きません。それと、ケリーからメッセージがきています」

おお、という声が漏れる。朱音がスマートフォンを取り出した。

「日本を離れて結構時間が経ってしまっているので、ケリーの日本語も怪しくなっていますけど、意味は分かります。では――『プルスターズの皆さん、新しいシーズンです。全国大会で勝つために、厳しいトレーニングに耐えて下さい。私は何とか、松葉杖《まつばづえ》なしで歩けるようになりました。すっかり太ってしまいましたが、皆さんに会う時にはスマートな姿をお見せできるように頑張ります』――以上です。体型は関係ないと思うけどな」

「まあ、ケリーも回復してるんだよな。再起不能なんてことはないだろう」水木がしみじみとした表情でうなずいた。「皆、ケリーに会いに行こう！　いや、俺たちでケリーを招待してやるか。試合で対決する前に、全国大会を見学させてやろうぜ。奴に応援してもらえば百人力だ。何しろ奴の顔は怖いからな！」

そこで笑いが弾け、練習がスタートした。

まずはいつものようにストレッチ。三池は立川と組んで始めた。立川は体はあまり柔らかくないようで、開脚前屈では難儀している。逆に三池の体の柔らかさには驚いたようだった。

「さすが元力士ですね」

「最初は泣きながらやってたけど」

「ちなみに、ケリーって誰ですか？　このチームに外国人選手がいたんですか？」

「アイルランドから愛徳大に留学していた人ですよ。アイルランドで、兄弟中心で作ったチームで綱引きをしていて、プルスターズを見つけて門を叩いた——彼がプルスターズを再生してくれたと言っていいんです。海外の戦術を教えてくれて」

「歴史を感じる話ですねえ」

「お母さんが病気で、留学を早めに切り上げて帰国したんですけど、その時に『世界大会で対決しよう』と言い残して……でも、向こうで交通事故に遭ってしまって、今は綱引きはできないみたいです」

「ああ、それでさっき、松葉杖って——そんなドラマチックな話、あるんですね？」

「ええ」

「すげえなあ……」立川がいきなり立ち上がり、声を張り上げる。「皆さん、ケリーさんのために頑張りましょう！　私もきついストレッチに耐えます」

返事はない。微妙に引いた雰囲気が流れた。しかし立川は気にする様子もなく、自分を納得させるように何度もうなずいている。

この人、大丈夫か？


週二回の練習を二週間続けると、何となく体が元に戻ってきた感じがした。

あらゆるスポーツには決まったローテーションがある。相撲の場合は二ヶ月に一度の本場所を中心に体調を整えて稽古を重ね、その合間に巡業もあった。ほとんど休みはなく、だから一度怪我をすると回復するまで時間がかかったのだが……プルスターズの練習も、休みなしの感じだ。週二回の練習、そして週末には練習試合をしたり大会に出たりと、予定がほぼ決まっている。その総仕上げが全国大会で、それが終わってから少し休むのは理に適《かな》っていると思う。プロ野球で、日本シリーズが終わってオフに入るようなものだ。

オフの一ヶ月の間も自主トレは続けていたのだが、やはり体は鈍っていたと意識する。最初は全身筋肉痛に悩まされたが、今はすっかり慣れた。

しかし、綱引きだけに専念するわけにはいかない。

ある日、中休みで仕込みをしている時に、急に父に「綱引きはいつまでやるんだ」と言われた。

「それは――できなくなるまでかな」

「そうか……無理してないか？」

「全然。体の調子もいいし」

「週二回の練習も、ずっと続けるのか？」

「その予定」何だか嫌な予感がしてきた。自分がプルスターズに入って以来、選手たちがこの店をよく利用してくれるようになって、父もチームの面々とは仲良くしているのだが。

「週二回、夜に抜けられると結構厳しいんだよな」父が嫌そうに言った。「俺もだんだん、夜の仕事がきつくなってきた。お前に完全に任せたいんだけど、綱引きとの両立は厳しいんじゃないか」

「いや、そこは何とかするよ。夜がきついんだったら、人を増やしてもいいじゃない」ランチ時は家族三人で、夜にはフロア担当のバイトが一人入っている。店はそれほど広いわけではないので、それで十分回っていた。

「問題は厨房なんだ。皆、お前のちゃんこが食べたくて来るんだから、お前にはずっと厨房に入っていて欲しい」

「父さん、俺に綱引きをやめろっていうのか」三池は頭に血が昇るのを感じた。

「やめろって言ってるわけじゃない。もう少し調整して、店に出られるようにできないか？」

「それは無理だよ。チームスポーツなんだから」

「うーん……綱引き、そんなに面白いか？　相撲であんなに苦しんだのに、まだやるのか？」

「相撲と綱引きじゃ、全然違うよ。俺は……綱引きの方が好きかもしれない」

「そうなのか？」父が目を見開く。

「相撲って、結局責任が全部自分にかかってくる。個人の格闘技なんだから。でも綱引きはチームスポーツだ。頼ったり頼られたりが、新鮮で面白い」

「しかし、あれだけ相撲をやって、まだやり足りないのか？」

「相撲は、どうしてもやりたいことじゃなかった。誘ってもらったから申し訳ないと思ってやっただけで、苦しいことの方が多かった。中途半端にしたくないから頑張って……結局、中途半端になってしまった。正直、やりきってやめたわけじゃないから、燻《くすぶ》ってたんだと思う。綱引きが、そういう気持ちを解消してくれるかもしれない――このまま続ければ」

「要するに、自分のためか……」父が溜息をついた。

「いずれは店に専念するよ。調理師免許も取る。でももう少しだけ……親父も、まだ老けこむ年じゃないんだから」

「だけどお前、蕎麦屋の仕事を三十年も続けてれば、あちこちにガタがくる。俺の親父――お前のジイさんは、六十になる前に引退したんだぞ」

「父さんが六十になるまでには、まだ間があるじゃない。すぐに仕事を辞めたら、かえって老けこむよ」

「急に辞めるわけじゃない。少し仕事を減らしたい、その分、お前にちゃんと仕事をやって欲しいということなんだ」

父の弱気が気になる……確かに蕎麦打ちには、体力も必要だ。子どもの頃は、真っ白な蕎麦粉がほんのわずかなお湯で綺麗な塊になっていく様を驚異の目で見ていたのだが、自分でも修業として蕎麦を打つようになって、それが大変な肉体労働だと知ることになった。父は今でも、一日に二回、三回と蕎麦を打って、客に打ち立ての蕎麦を提供するようにしている。そして確かに、疲れているようだ。午後二時に昼営業が終わると夜の準備に入るのだが、その時間は三池に完全に任せて、二階の自宅で休んでいることも多い。申し訳なく思うし、ちゃんと金を稼ぐためにも、自分がフルタイムでこの店の仕事を引き継ぐ方がいいに決まっている。しかし——。

「ごめん」三池は頭を下げた。「もう少しだけ勝手させて欲しい。俺は成仏したいんだ」

「成仏って、お前……」父が顔をしかめる。

「俺はまだ、終わってないんだ。やりきっていない。やりきった人間だけが、成仏して次へ進めるんだ」


「スピード」金曜の練習終了後のミーティングで、朱音が言った。「今年はこれをスローガンにします。全国大会に出て、私もいろいろ考えました。今は、とにかくお互いに均衡状態を保つようにして、相手の疲れを待つ戦術が主流ですが、これだと一日に何回も試合をする大きな大会では、後半には疲れて不利になります。実際、愛綱会でさえ、今回はスタミナ切れで負けました」

全国大会準決勝――目の前で見ていた三池は鮮烈に覚えている。愛綱会は、優勝争いのライバルとみなされていた福岡の消防署チームと対戦し、最初のセットで二回続けて「ノープル」の珍しい展開になった。試合開始から三十秒経っても、センターマークが中央からまったく動かない、すなわち完全な膠着《こうちゃく》状態が続いていると審判が判断した場合に「ノープル」でやり直しになる。相撲で言えば水入りのようなものだ。それが二回繰り返されれば、当然スタミナを奪われる。若くスタミナに溢《あふ》れた消防団員で作る福岡のチームが有利かと思われたが、愛綱会は第一セットを落としたものの、第二セット、第三セットを持久戦で何とか勝った――両セットとも、試合時間は三分を超えていた。愛綱会の選手はこれで明らかにスタミナを使い果たしてしまったのか、決勝ではストレートで負けた。連覇を続けてきたチームらしからぬ負け方だったが、朱音は「準決勝で愛綱会は終わっていた」とあっさり分析した。あれ以来、戦術についてあれこれ考えている様子ではあったが……。

「パワーをつけて一気に勝負できれば、スタミナを消耗することはありません。今のプルスターズには、力自慢が何人もいますから、この戦術でもいけると思います――私は去年監督に就任して、一年間はずっと、チームの様子を見てきました。それで色々分析して、どうやったら勝てるか、考えてきました。その結論がこれです。正直、この一年間は遠慮してきましたけど、これからははっきり言います。うるさいと思うこともあるかと思いますが、勝ちたいという気持ちからですから、ご了承下さい。これから、新しい個人メニューを渡します。これまでよりきつくなっていますが、頑張って下さい。内容について疑問がある方は――トレーナーにお願いします」

「俺かい？」真島が自分の鼻を指さして、驚いたような表情を浮かべる。「そういうのは監督の仕事じゃないか」

「トレーニングの詳細は、トレーナーに任せます。では、まず水木さんから」

「はいよ」

紙を受け取った水木が、すぐに「ゲゲ」と声を上げる。

「何だよ、これ。毎日五キロジョギングって……死んじまうぞ」

「水木さんは、スタミナに難があります。スピードがチームのテーマになっても、やっぱり綱引き選手にはスタミナも必要です。それと水木さん、去年から体重が増えてますよね？　私が監督になった時から、一・五キロ。医者が注意するような増加じゃないですけど、ここで一回、一年前の体重に落として下さい」

「そりゃあ、俺はビールの呑み過ぎだけど」水木がいじけたように言った。「チームが再起動したのが嬉しかったし、体を動かした後のビールは最高なんだ」

「気持ちは分かりますけど、自粛して下さい」朱音が冷たく言った。「ビールは呑んでもいいですけど、その分きちんと体を動かして、体重をコントロールして下さい」

「へいへい」くたびれた声で水木が言ったが、笑いは起こらない。ひょうきん者の水木はムードメーカーでしばしば笑いの中心になるのだが、選手全員が「これは本気だ」と朱音のやり方を意識したようで、笑う雰囲気ではなくなっている。

三池に渡されたメニューも、今まで以上のハードさだった。水木と同じように、毎日五キロのジョギングが入っている。同時に筋トレの強度のアップ、さらにプロテインの摂取も命じられた。

「私はプロテイン、好きじゃないんだけど」朱音が言い訳するように言った。「体重を落とさず、体脂肪率十五パーセントを目指して下さい。それでパワーアップするはずです」

「やります」三池はうなずいたが、ジョギングが心配だった。力士時代は散々きつい稽古に耐えてきたが、その中に「走る」は入っていなかった。今も、軽快に走れる体重ではない。

全員にメニューが行き渡ると、チーム全体がどんよりした雰囲気に覆われた。これでは拷問……とうんざりする人がいてもおかしくない。トレーニングは、徐々にでも負荷を増やしていかないとやる意味がないのだが、既にぎりぎりの強度でやっている人もいるだろう。例えばこれまでの限界、八十キロの負荷でやっている大胸筋のトレーニングを、八十五キロにアップするのは大変なのだ。上手くやらないと怪我をする。

「あ、皆さん、よろしいですか」立川が声を張り上げる。注目が集まると、立川がいきなり提案した。「取材させて下さい」

「ああ？」真島が声を上げる。「何だ、それ。知り合いの新聞記者にでも頼まれたのか」

「いえ、区の広報です。私、広報の担当になりましたので、早速提案させていただきました。区内で頑張るスポーツチームを取り上げる企画が通りまして、その第一回にプルスターズを——全国大会に出場したので、上司もあっさりＯＫしてくれました。できたら、来週水曜日の練習の時に取材をお願いしたいんですけど、監督、よろしいですか？」

「それは——はい、もう」朱音が即断した。「うちの活動をＰＲしてもらえれば、三栄通り商店会の援助も増えると思います」

「はい、それじゃ、来週水曜日に広報が取材に入ります。できたら全員集合でいきたいので、今日練習に来られていない方にも、連絡よろしくお願いします。立川からは以上でした！」

それでようやく笑い声が走り、解散になったが、立川が心配そうな表情を浮かべて近づいて来た。

「三池さん、走れますか？」

「いや……ちょっと心配で」

「ですよね。体のでかい人は、ジョギングでも膝に負担がかかって大変だと思いますよ——一緒にやりませんか？」

「え？」

「練習がある日は無理ですけど、そうじゃない日は夜とか……お店、何時まででしたっけ？」

「十時」

「あー……それからだとちょっときついですね」

「朝、走ろうかと思ってた」

「じゃ、そうしましょう」立川があっさり受け入れた。「呑川沿いなら、朝は車も少ないし、俺、コースを設定しておきますから」

「ところで、君も走るメニューは入ってる？」

「いいえ」

「じゃあ、何も俺につき合わなくても」

「走るの、嫌いじゃないんですよ。でも、仕事を始めてから、何だかんだ言い訳をつけて走らなくなって。いいきっかけなんで、一緒にやってくれませんか？」

「そういうことなら……うん」

「六時半とか、どうですか？　あ、もしかしたら朝は市場とか？」

「それは大丈夫」

「じゃあ、六時半でお願いします。俺、その後役所にいかないといけないんで、五キロ走ると考えると、それぐらいが限界です」

「分かった」

お節介というか何というか……しかしこれで、一つ不安が飛んだ。誰かが一緒なら、万が一膝が痛んでも何とかなるだろう。


膝は何ともなかった。ただ……走るのがこんなにきついとは思わなかった。五キロと言えば、普通に歩いても一時間強。それぐらい連続で体を動かす——稽古を続けることはよくあったから、スタミナ的には問題はないと思っていた。そもそもジョギングなら、三十分ぐらいで済むはず——呼吸が整わず、スマートフォンのストップウォッチを止めるのを忘れていた。膝に手をついて、鼓動が元に戻るのをひたすら待つ……ようやくスマートフォンを確認すると、スタートしてから四十七分が経っていた。

「これじゃ……歩いてるのと変わらない」三池はとうとう、道路に座りこんでしまった。上寿茶屋の前——この辺の細い道路は、朝方は車も通らないから、大の字になっていても平気なぐらいだ。

「いやいや、最初はこんなものでしょう。水、飲んだ方がいいですよ」

言われて、ペットボトルのキャップを捻り取る。ボトルを口に当てて一気に飲もうとしたが、かなり溢れてむせてしまった。

「あーあ、何だかおじいさんみたいですよ」

「しょうがないよ……慣れてないんだから」

三池はようやく立ち上がった。店の前にベンチが置いてあるので、そこに腰を下ろす。体重を受け止められるかどうか——ぎしぎしという嫌な音を聞きながら、今度はゆっくり水を飲んだ。

「こんなに走れないとは思わなかった」

「相撲の稽古では走らないんですか？」

「無理無理。二百キロ近くある奴もいるんだ。そんな人間が走ったら、最初の一歩で膝が壊れる」

「ですねえ」

「こんなに走ったのって、高校時代以来かな」

「その頃は……」

「体重は今と同じぐらいだけど、体はもう少し軽かった感覚かな」

「まあ、何とかなりますよ。こういうのって、毎日続けていけば、自然に身につきますから。フォームは悪くなかったですよ」

「ランニングのこと、そんなに分かる？」

「ハーフマラソン、出たことあります。走るの、好きなんですよ」

「何だ……じゃあ、別にトレーニングじゃなくて……」

「走るのは、あらゆる運動の基本の基本ですよ。三池さんが膝や腰を痛めたら大変だから、慣れるまでつき合いますよ」

「それじゃ、申し訳ない」

「いやいや、同じチームの仲間なんで」立川が爽やかな笑みを浮かべた。

何だか……生まれて初めての感覚だった。

三池は子どもの頃から、地元で相撲をやってきた。小学生の時からわんぱく相撲で活躍し、高校でも相撲部で頑張ってきた。もちろん、一緒に稽古し、試合に出る仲間はいたが、基本的に相撲は個人競技である。それが今、初めて、「仲間と一緒に何かやる」経験を重ねていた。

「でも、慣れるまでですよ。俺も、毎日こんなに早起きしてたら死んじゃうんで」

「ああ――でも、何とかなるかも」明日も走るかと思うとげんなりしたが、少なくとも膝は痛くないし、腰にダメージもこなかった。息が苦しいのは仕方がない。それこそ、慣れれば、普通に走れるようになるだろう。

「じゃあ、そのうち上寿茶屋で一回奢りでお願いします。彼女を連れてくるんで」

「ああ――おお」話の展開が早くてついていけない。「彼女、いるんだ」

「いますよ。仕事が落ち着いたら結婚しようと思ってます。三池さんは彼女、いないんですか？」

「そういうチャンス、なかったなあ」

「何だったら、誰か紹介しましょうか？　俺、大学では顔が広かったから。卒業したばかりの子とか、三年生、四年生の子なら……そんなに年齢も離れてないでしょう？」

「ああ――おう」うなずくしかなかった。酸素が行き届いていない頭で、女性のことを考えるのは難しい。

「はい、じゃあ、最後に全員で集合写真、お願いします」

水曜日、取材も終わった……三池は「元力士」ということでやはり詳しく話を聞かれて戸惑ってしまったのだが、取り敢えず最後の写真撮影までこぎつけて、ほっとした。どうも、こういう話を真面目にするのは苦手だ。

全員を前後二列に並べて、立川がその場を離れた。カメラマンのところへ行き、両手でフレームを作って覗きこむ。

「うーん、バランスが悪いな。永村さん、前の真ん中に入ってくれませんか？」

「俺？」

「そうです、センターで。それで両脇を矢野さん兄弟で固めて……ええ、座って下さい。それで、腕組んで下さいね。そうです、全員同じでお願いします。腕組んで、胸を張って――そうすると、体がでかくて強く見えますから。敵に圧力かけましょう」

「ほら、あんたも」カメラマンに言われ、立川が慌てて戻る。ただし、右の端だ。屈託なく笑って、カメラマンに向かって「お願いします」と手を振る。

「はい、じゃあ、何枚か撮りますよ」

「睨んで下さい」立川が指示した。「できるだけ強そうに」

「いやいや、笑って。区の広報なんだから、にこやかにいきましょう」カメラマンが苦笑しながら言った。

「しかし――」

「はい、新人は口を出し過ぎないように！　笑って下さい」

笑ってと言われると笑えない。しかしカメラマンが何も言わなかったから、これでいいのだろう。ようやく取材が全部終わってほっとする。カメラマンのところへ行って写真を確認した立川が、嬉しそうに戻ってきた。

「永村さん、ばっちりですよ。やっぱり永村さんがセンターに入ると、写真が締まりますね」

「何だよ、それ」永村が呆れたように言った。

「いやいや、写真全体のバランスってあるでしょう。誰がセンターに入るかで、結構印象が変わりますからね。いい写真になりました。さすが、永村さんです」

「お……おう」永村が照れたような、困ったような、微妙な表情を浮かべる。

「じゃあ、皆さん、ありがとうございました！」

立川が声を張り上げる。自分で取材したわけではなく、取材される側だったのだが……立川というのは、常にエネルギーが有り余っているタイプで、練習の時もあちこち動き回って、他の選手たちと会話を交わしている。今日も朱音のところへ行って、練習とは関係ない話を始めた。

「プルスターズのSNS、ありますよね？」

「あるけど、開店休業状態。うちは、ああいうのに慣れてる人、いなくて」

「じゃあ、運営、俺に任せてもらっていいですか？　何でもアピールの時代ですから、自分たちの活動、どんどん出していった方がいいですよ」

「分かった。ちょっと心配になってたのよね。放置したままで、幽霊アカウントになってたから」

「ああ、それはまずいです」立川が真剣な表情でうなずいた。「やるか、やらないかです。幽霊アカウントは、印象悪いんですよ。更新できないぐらいなら、削除してしまった方がいい」

「立川君、そういうのも詳しいんだ」

「子どもの頃から普通にやってましたし、区の広報になったので、炎上しないための研修も受けてます」

「そうなんだ……じゃあ、お願いね。パスワードは、後で教えるから」

「はい！」

朱音は苦笑している——立川のやる気に押されていると分かった。

「立川さん、張り切ってますね」三池は思わず言った。

「こういうのが好きなんでしょうね」

「こういうのって……」

「皆で何かやること。クラブのノリっていうか、学生ノリっていうか。でも、これでいいんだけどね。アマチュアの、商店会のクラブ活動なんだから。強くならないといけないのは間違いないけど」

「ですね……でも、雰囲気、よくなりました」

「一番いいのは、永村さんを上手くコントロールしていること」

「ああ……」

永村が、なかなかチームに馴染めないのは三池も気づいていた。ずっとチームスポーツ、しかも日本トップレベルでやってきた人が、いきなり街の綱引きチームに入っても、苛立つことは多いだろう。何しろチームで一番パワーがあるし、現役を引退したばかりとあって、体を動かすことに関する「勘」も鈍っていない。間違いなく、今後チームの中心になる人だが、その分、他の選手の「できない」に対して厳しい感じがする。「そんなこともできないのか」とまでは言わないが、目を見れば……他の選手をみやる視線が険しい時がある。

チーム全体の力はアップしているだろう。しかし、チームワークは……チームスポーツの経験がない三池には何とも言えないが、プルスターズはまとまっているとは言い難いのではないだろうか。

3

週二回練習、週末は試合というローテーションが固まった。日曜日は、上寿庵は定休日だからいいのだが、土曜日に試合が入る時は困る――三池は、父親の愚痴を我慢し、何とか頭を下げて試合に出続けていた。

しかし、土日を二日潰しての遠征となると、やはり厳しい。散々文句を言われた末、三池はある土曜の朝、早くから家を抜け出した。羽田集合は午前十時で、まだ三時間以上もあるが、父親にまた文句を言われるのがきつい。我ながら情けない――まだ父親の支配下にあると思うとうんざりしたが、実家に住んで父親の店を手伝っているだけだから、どうしても強いことは言えない。

今回は、福岡遠征。福岡市の消防署のチーム――今年の全国大会準決勝で愛綱会を苦しめた

「博多ファイヤーボーイズ」に胸を貸してもらうことになっていた。さらに近隣のチームも参加して、ミニ大会の感じになる。

三池は空港で二時間も待ってしまった。そもそも蒲田から羽田空港まではすぐだから、こんなに早く出たら時間を持て余すのは当たり前なのだが……永村がぎりぎりで最後にやって来た。

「いやあ、監督、ビジネスは取れない？」と朱音に無理を言う。

「無理、無理。ビジネスに乗りたかったら、スポンサーを引っ張ってこないと」

「その営業も、自分でやらないと駄目かね？　体がでかい人間には、国内便のエコノミーはマジできついんだけど――なあ？」永村が三池に話を振ってきた。

「自分は何とか」

「しょうがねえな。朝野岳が我慢するなら、俺も我慢しましょうかね」永村が肩をすくめた。

「まったく……」朱音が小声で悪態をつく。「綱引きチームがビジネスクラスで移動なんて、聞いたことないわ」

その通り――それとも永村は現役時代、飛行機移動は常にビジネスクラスだったのだろうか？　新幹線はグリーン車とか？　一応、プロ契約選手だったのだし……。

しかし実際、三池や永村の体格でエコノミーは苦しい。飛行機内で動くのも大変なので、フライト前にきちんとトイレを済ませておくのは必須だ。

ところが、乗る前は不満たらたらだった永村は、離陸すると同時に寝てしまった。三池は飛行機に乗ると緊張して、だいたい眠れないのだが。隣に座る朱音は、タブレット端末にデータを入力している。眼鏡をかけている姿を初めて見たので、つい訊ねてしまった。

「監督、目が悪いんでしたっけ?」

「うん。普段はコンタクトなんだけど、ちょっと目が痛くて、今日は眼鏡にした……」ふっと息を吐き、肩を上下させる。「マネージャーが欲しいわね。こういうデータ分析とか雑務を専門にやってくれる人。でも、選手を集めるだけでも大変だから、そこまで贅沢言っていられないか」

「言ってくれれば手伝いますよ」

「三池君、数字、得意?」

「……いえ」

「じゃあ、綱引きに専念して」この話題はそれでおしまいとばかりに、朱音がタブレット端末に視線を戻した。

博多は、三池にとって馴染みの街だ。毎年九州場所で来ていて、その度に美味い飯を楽しんだものだ。ただし、今回はそんな余裕があるかどうか。

空港で昼飯を済ませ──人数が多いので、別々の店に入った──再度集合して、地下鉄で福岡の中心部へ向かう。かつてここへ遠征に来て、ファイヤーボーイズと試合をしたことがある真島が先導してくれた。

消防署でやるのかと思ったら、行き先はその近くの小学校だった。体育館には既にファイヤーボーイズ、それに近隣のチームが集まって、準備運動をしている。どのチームも鍛え上げて、体はできあがっているようだ。強豪揃いだな、と三池は自分に気合いを入れた。

準備運動を終えると、朱音が全員を集めた。

「今日と明日の二日間、練習試合を行います。四チーム集まっているので、二日とも総当たり。

今回は全て三セットマッチで行うので、そのつもりでいて下さい。テーマはスピードです。とにかく一気に引いて、勝負して下さい。では、最初の試合の先発メンバーです」

レギュラーメンバーが固まるのは、ずっと先になるだろう。今は全メンバーが均等に試合に出るようにして、徐々に調子を整えていく、というのが朱音の方針だった。

しかし三池は、最初にファイヤーボーイズと対戦するメンバーが「一軍」だと気づいた。アマチュアのチームに一軍も二軍もないのだが、現在のベストメンバーが集まっている。ファーストプラーが永村。セカンドとサードに矢野兄弟。その後は柿田幸太郎、富田健、久我真樹夫。セブンスが立川で、アンカーは三池。

「いやあ、緊張しますね」そう言いながら、立川は嬉しそうだった。「やっぱり、練習とは全然違いますよね」

「でも、練習で八対八で引く時と同じ感覚だから。そんなに心配しないでも」緊張を解そうと三池は言った。

「了解っす……あ、ビデオ、ビデオ」

立川が、このチームに入らない水木にスマートフォンを渡した。試合の記録用でもあるのだが、ここから動画を切り出してSNSにアップするのだという。

永村が、両腕を振り回しながら近づいてきた。

「いやあ。エコノミーはきついな。体が固まっちまった。あんた、本当に大丈夫？」

「オス」三池は低い声で答えた。

「そう言えばさ、九州場所とか、飛行機移動じゃない？」

「そういう時もあります。結構大変でした」

「あんな狭い席じゃなあ」

「いえ、航空会社が。重さが偏らないように、席を調整するのに時間がかかったりしました。だから部屋の方でも、乗る人間の体重を事前に申告したりして」

「へえ。さすがに俺らはそういうことはなかったけどね。重い奴でも百十キロぐらいだから、そこまで心配する必要なかったのかな」

「そうかもしれません」

「ま、頑張ろうぜ」永村が三池の肩を叩いた。「練習試合だけど、シーズン初戦だからさ。全国大会ベスト4のチームに勝って、気合いを入れようぜ」

「オス」

しかし、ファイヤーボーイズは強そうだ。極端に大きな選手はいないものの、半袖半ズボンのユニフォーム姿なので、全員がよく鍛えあげているのが見ただけで分かる。消防の仕事そのものが体力勝負で、体を鍛えていないと話にならないだろうから、綱引きは一石二鳥という感じのはずだ。

「では、始めます」地元の審判が声をかけた。「両チーム、整列！」

ロープの脇に全選手が揃う。ファーストプラーの永村が、盛んに両肩を上下させているのが見えた。セブンスプラーの立川も、両肩が盛り上がっている。三池はつい、彼の両肩を軽く叩いた。

驚いたように立川が振り返る。

「リラックス。練習試合だから」

「練習ね、練習。ＯＫ」立川が白い歯を見せて笑い、親指を立ててみせた。実際にはさほど緊張していなかったようだ。

「三セットマッチ、二戦先取で行います。では、ピックアップ・ザ・ロープ」審判が宣する。

三池はロープを体に回し、しっかりと握った。練習試合と自分で言ったものの、緊張感がにわかに体の中で膨らんでくる。気楽にやるわけにはいかない。一つ息を吐き、次のコールを待った。

「スピード！」

朱音が声をかける。そう、スピードだ、と三池は自分に言い聞かせた。一気に引いて勝負をかける。ロープを張った瞬間、三池は相手の強さをはっきり感じた。重さではなく、強さ。一気にパワーを全開にしてくる予感がする。

しかし予想に反して、ファイヤーボーイズは引かなかった。三池は「プル！」の合図で一気に引きにいったのだが、わずかに引きこめただけで、その後すぐに動きが止まる。

「プル！」

朱音が叫ぶ。三池は何とか足を運ぼうとしたが、びくとも動かない。壁を相手に引いているような感じだ。腕と足に強烈な緊張感が走り、腹筋も痛くなってくる。

もう一度「プル」の指示が来ると思ったが、朱音は何も言わない。姿勢を低くして、何かを注視している——突然「セブン、低く！」と指示した。

確かに、目の前にいる立川は腰の位置が高い。もっと低く、それこそ背中が床につくぐらいの意識を持たないと、理想の四十一度にはならないのだ。三池は少しだけ姿勢を落としてみた。これで、前後の選手の方が立川よりも低くなるわけで、そこに合わせなければいけなくなる——その瞬間、引かれた。

一気に引きこまれる。三池は倒れる覚悟で足を前に出して後ろに体重をかけた。止まった……余裕を持っていたぶっているのか、それとも引き切れなかったのか。

「セブン、低く！」再度朱音の指示が飛ぶ。朱音は忙《せわ》しなくメンバーの様子を見て「ファースト も低く！」と叫んだ。

その瞬間、二度目の強い引き。それで一気に持っていかれそうになったが、朱音の「キープ！」の指示で、何とか踏みとどまれた。一メートルほど引かれただろうか……ここまで引きこまれると逆転は難しいかもしれないが、まだ負けが決まったわけじゃない。

ふいに、立川がぐっと身を沈みこませた。足を少しだけ前に出し、体を綺麗に一本の棒にして突っ張る。すぐに三池は、引かれる力が少しだけ弱まるのを感じた。

「ファースト、低く！」朱音の指示が飛んだ瞬間、また引くのが楽になる。朱音は選手の状態を完全に把握しているのかどうか、また「プル」の指示を出した。

「ワン、ツー！」

唸り声が上がる。引き戻す——ほんの少し、十センチずつ左右の足を動かして後退した。ファイヤーボーイズの方に、止める力はない。三池は全身の力をこめて引き続けた。十センチずつ……それが永遠に続くようだった。もうかなり引いたはずだと思った瞬間、ファイヤーボーイズの力が抜ける。総崩れだ——一気に引いて、勝負あり。

きつかった。

三池は天を仰いだ。満足いく勝ち方だったかどうか。スピードは駄目だったが、勝ちは勝ち。

しかし朱音の表情は険しい。

「はい、二セット目」審判が次を急かす。「両チーム、急いで」

ファイヤーボーイズを見ると、真剣というか深刻な表情――戸惑いも見える。負けるとは思っていなかったのかもしれない。

「気合い入れていきましょう！」立川が声を張り上げる。「お大事に！」

唱和がない。立川は困った様子で、その場で固まった。三池は少し同情して「試合中はそれは言わないので」と説明した。振り返って立川が目を見開く。

「そうなんですか？」

「それは試合前です。試合中は、余計なことは言わない」

「失礼しました！」と怒鳴り返す声がまた大きく、余計な一言という感じだ。テンションが高いのは悪いことではないが、時と場所を間違えると浮いてしまう。

「ピックアップ・ザ・ロープ！」

二本目。ファイヤーボーイズのメンバーは、明らかに今までと表情が変わっている。全国ベスト4のチームが、復活したばかりのチームに負けてたまるか、と本気になったようである。

「予定通りで！」朱音が指示する。引け、か――引いた。引けた。五十センチほど一気に引きこんだが、そこでまた膠着状態に陥る。ファイヤーボーイズは、キープ力にも優れている。動かなくなり、十秒、二十秒……朱音が「プル！」と声をかけたが、まだ動けない。そして朱音の号令が、逆にファイヤーボーイズへの合図になったようだった。引かれる。五センチ、そして十センチ。まずい、と三池は踏ん張ったが、ソールが滑ってしまう。踏ん張って姿勢を低く保とうとして、さらに引きこまれ、バランスが崩れてしまった。腰から落ちるよりはと、何とか姿勢を立て直したものの、上体が突っ立ったせいか――多くの選手が同じようになっていた――一気に引きずりこまれてしまう。

二本目を取られ、一対一。勝負の行方は、三本目に持ちこされた。

朱音はサインを出さない。ということは、一本目、二本目と同じ速攻だ。とはいえ、ファイヤーボーイズには速攻が通用していない。ここはキープに作戦を変えてもいいのでは……三池は朱音を必死に見て「監督」と呼びかけた。キープでお願いします――朱音が真意を読んだのか、首を横に振った。最初に決めた通りにやる。

三池は朱音がどういう人間なのか、どういうタイプの監督なのか、まだ読めていなかった。極めて真面目で、きっちり予定を立て、選手を管理したがるとは思っていたが……今日初めて、もう一つの側面が見えた。

強情だ。融通が利かないとも言えるが、とにかく一度決めたことは最後まで押し通そうとする。

三本目、三池は全力で引きに入った。腕の力を全開し、一度腕だけで引いて体重をかける。ロープが張り詰め、硬い鉄の棒を持っているような感覚になる。

「低く……」三池はつぶやいた。セブンスに入った立川は、やはり腰が高い。三池の指示が聞こえないのか、聞こえていてもこれ以上低くできないのか、変化はなかった。

「プル!」朱音の指示。しかしロープは微動だにしない。じりじりと時間が過ぎ、間もなく三十秒――ノープルでやり直しになる直前、ファイヤーボーイズが一気に引きに入った。

「キープ!　ステイ!」朱音が叫ぶ。三池は両足を突っ張り、さらに背中をそらすようにして何とか踏み止まろうとした。背中を反らしているぐらいの感覚で、ようやく真っ直ぐ、一本の杭《くい》になるのだと今では分かっている。真っ直ぐだ、ぐらいの意識だと、実際は僅かに猫背になっており、力が分散されてしまうのだ。

三池は精一杯抵抗したものの、ずるずると引きこまれていく。

「キープ！」朱音の指示が、耳を通り過ぎていくようだった。そしてホイッスル——負けた。肩を上下させながら、何とか呼吸を整える。両手がひりひりと痛み、両足とも痙攣しそうなほどに疲れていた。いつの間にか、シューズの紐が解けている。このせいで踏ん張り切れなかったわけではないだろうが。

「すみません！」立川が直立不動のまま、一気に九十度上体を曲げて一礼した。顔を上げると、今にも泣きそうな表情である。

「いや、立川君？」三池は思わず声をかけた。

「自分の姿勢ができてなかったからです！　チームワークを乱してしまいました！」

本当に涙が溢れて、立川の体が震え出した。永村が舌打ちして、立川に近づく。

「あのさ、これは練習試合なの。上手くいかなかったら修正すればいいだけで、泣くほどのことじゃねえんだよ」

「申し訳なくて、情けないです」

「ああ、分かった、分かった」永村が面倒臭そうに言って、大股に去って行く。

「プルスターズ、場所を空けて。次の試合があるから」審判が指示した。

「はいはい、撤収」朱音が両手を叩き合わせる。表情は険しいが、声は既に落ち着いていた。

体育館の一角に戻り、先ほどの試合のビデオをすぐに観直す。立川がスマートフォンをノートパソコンにつないでいたので、そこそこ大きな画面で確認できた。

ちょっと自分はばたつき過ぎだな、と反省する。引かれた直後に、踏ん張るために最適の姿勢を取ろうとして、足が動いてしまう。これでは体重がかからず、さらに引かれてしまうだけだ。どんな足の位置でも踏ん張れるようにするか、常に最適な足の位置でいられるように微調整を続けるか。この辺は検討課題だ。アンカーはロープを安定させ、最終的に相手を引きこむパワーの源泉にもなる。考え、身につけねばならないことも多いのだ。

「——永村さんも姿勢、できてませんよ」立川が指摘する。

「ああ、俺？」永村が険しい表情を浮かべた。

パソコンの前に座りこんだ立川が、スマートフォンを操作して永村に動画を見せる。画面を指差しながら「ほら、ここのところ、ずっと腰が落ちちゃってるのに上体が高いです。体がくの字に折れてるんです。これじゃあ、引かれますよ」

「何だよ、自分が戦犯だって認めたじゃねえか」

「でも、全体にも……ファーストがこの状態だと、ロープ全体が高くなりがちですよね。そうでなければ、真っ直ぐにならない——がたがたになったら、力の伝わり方が弱くなります」

「そんなことは分かってるよ」

「じゃあ、次から気をつけて下さい」

「何だと？」永村の顔色が一気に変わる。「俺に説教するのか？」

「いや、指摘です」

「ここでは俺の方が先輩なんだけど」

「後輩だろうが年下だろうが、気づいたことは言っていいと思いますけど」

「何だよ、クソ生意気な」

「強くなりたいんじゃないんですか」立川が、後ろにいた永村の方を向いた。

「当たり前だ」

「だったら、人の意見も聞かないと。アマチュアなんだから、皆で知恵を出し合ってやっていかないと」

「俺はプロだ！」叫んで、永村がすぐに言い直した。「プロだったんだ。ちゃんとプロ契約を結んでいた」

「でも今は——このチームは、アマチュアじゃないですか」

「屁理屈《へりくつ》言うな！」

　永村が立ち上がり、さっさと体育館を出て行った。誰も後を追わない。監督の朱音さえも……ビデオに集中している。三池は溜息をついて、立川に「言い方」と一言言い残し、永村を追った。

　永村は、体育館の外に出て、壁に背中を預けて立っていた。煙草でも吸って、不貞腐《ふてくさ》れているのが似合う格好である。

「永村さん、怒らずに」三池は声をかけた。

「あの野郎は生意気なんだよ。公務員のくせに、口が過ぎる」

「公務員であることとは関係ないと思いますが……それに、チームが強くなることを第一に考えているのは間違いないですよ」

「提案するのは勝手だけど、言い方とかやり方があるんだよ。奴は、常識を知らねえんだ。綱引きだって、素人のくせに」

「それを言えば、我々も素人ですし、アマチュアとしてやっている限り、素人のままですよ」

「心がけ」永村が親指で激しく自分の胸を突いた。「プロの心がけでいることが大事なんだ。アマチュアのお遊び感覚でいたら、絶対強くなれない」

それも一理あるが……プロの心がけとはそもそも何なのだろう。三池もかつて「プロ」であったのだが、力士時代とは状況が違い過ぎる。

「おい」

声をかけられ、三池は慌てて振り返った。真島が蒼い顔で立っている。ただ事ではないと思い、慌てて彼に歩み寄った。

「オーナーが亡くなった」

「え」長池が……闘病生活が長くなっていることは知っていたし、年齢が年齢だという意識もあったのだが、何となく長池は死なないような気がしていた。ああいう人はしぶとく、病気の方で諦めて逃げてしまうような。

「どうするんですか？　お通夜は？」

「明日の午後六時。明日、予定通りに試合をしてから戻っても、十分間に合う。用事がない人間は、出ることにしよう」

「何か、申し訳ないっすね」永村が首を横に振った。「長池さん、試合を観るのを楽しみにしていたでしょう。観てもらいたかったなあ」

「それを目標に踏ん張ってたと思うんだけど、病気が病気だからな。オーナーも、スーパーマンじゃなかったということだ」

「あの……長池さんが亡くなると、うちへの援助はどうなるんでしょう」

「そこは心配するな。経済的に苦しくなったら、また誰かに頭を下げに行く。それこそ朱音が、君や永村君を引き連れていけば、水戸黄門の漫遊みたいで受けがいい」

「それが分かるのは、結構なお年寄りでしょう」永村が耳を引っ張った。「そもそも、水戸黄門は女性じゃないし」

「まあ、イメージだよ。とにかく、今すぐ戻らなくちゃいけないわけじゃないから、明日まできちんと試合をこなそう」

嫌な予感がする……三池は永村と顔を見合わせた。

4

長年、三栄通り商店会の中心にいた長池の葬儀には、多くの人が参加した。三栄通り商店会の会員だけでなく、蒲田の他の商店会の人たち、プルスターズOBまで。わざわざ青森から駆けつけた人もいると聞いて、三池は目を見張った。

自身は汗だく……遠征から戻ってすぐ喪服に着替え、通夜の会場で受付に立った。間もなく通夜が始まるという時、長池の孫娘の麻里香が、急ぎ足で駆けつけて来た。鼻をぐずぐず言わせながら、今にも泣き出しそうな様子である。朱音が麻里香を出迎える。麻里香は自分よりもだいぶ背が低い朱音の腕の中に飛びこみ、肩を震わせた。朱音は麻里香の背中を撫でて、「大丈夫だから」と慰めた。

そうか、島根でアナウンサーをしている麻里香は、家族が死んだからと言って、すぐに帰って来られなかったのだろう。厳しい商売だ、と思うと三池まで悲しくなってくる。相撲も厳しい世界だったが、三池は幸い、現役時代に身内の不幸を経験しなかった。

通夜が始まる午後六時を過ぎても、ひっきりなしに弔問客が訪れる。ほとんどの人が、受付に立つ三池と永村を見て、一瞬はギョッとした表情を浮かべるのだった。

「どうも、俺たちがここにいるのはまずいんじゃないかね」バツが悪そうに永村が言った。

「静かにお出迎え、にならないですね」三池が同調する。

「こういう時こそ、区役所の出番じゃねえか」永村はいつの間にか立川を「区役所」呼ばわりしている。「あいつ、冠婚葬祭顔って感じだ」

その時、真島と立川が連れ立って戻って来た。

「ご焼香が始まってるから、君らも行ってこい。ここは交代する」

真島に言われ、立川が神妙な顔つきで受付に立った。永村が言う通りで、確かにこういう場所にぴったりの沈痛な表情が、悲しみを周囲に振りまいている。

二人は揃って斎場に入り、焼香した。正面には、大量の花に囲まれた長池の写真。ずいぶん昔のもののようだが、にっこり笑ったいい顔である。それを見て、焼香を終えたところで、三池は急に申し訳ない気持ちで一杯になった。全国大会……もっと頑張っていれば、長池の気力も充実して、もう少し長生きできたのではないだろうか。

プルスターズの面々は、ほとんど通夜に参加しており、そのまま通夜振る舞いにも加わった。チームの面々で固まって、しみじみと酒を呑む。既に引退した田代も来ていて、その輪に加わった。

「いやあ、残念でした」田代がしみじみと言った。「お歳がお歳とはいえ、オーナーは不死身だって、勝手に思ってたんですよね」

「それは俺も同じだよ」真島が同調した。「元気で、いつまでも俺たちに文句を言ってる——それを、俺たちは楽しみにしてたかもしれねえな」

三池は、長池には数回しか会ったことがない。何だか怖い人、という印象だったが、ああいうタイプの人はよく知っている。相撲をやっていた頃、後援会の偉い人たちと会う機会がよくあったのだが、皆、長池のような感じだったのだ。威張っているわけではないが、無言で圧力をかけてくる。相手がどんなに歳取っていても、体が小さくても、負けてしまいそうな感じがあったのは、何故だろう。

「皆さん、ちょっといいですか」

朱音につき添われて、麻里香がやってきた。全員が一斉に頭を下げる。麻里香はその場で正座し、スマートフォンを取り出した。

「実は、亡くなる三日ほど前に、祖父からメールが来ました。父のスマートフォンを借りて送ってくれたんです。その中で、皆さんにもメッセージがあります。伝えて欲しいということだったので、こういう場ではありますが……こういう場だからこそ、お伝えしたいと思います。よろしいですか」

「もちろん」腰の悪い真島が真っ先に正座した。「教えて下さい」

「では……『プルスターズは復活の途上にある。全国大会を制する日も遠くはないだろう。新しく入ってきた諸君は、早くプルスターズのカラーに馴染め。古参の諸君は、若い連中を上手く導いてくれ。私は、プルスターズが再び日本一になり、世界へ羽ばたく日がくると信じている。それを見られないのは残念だが、プルスターズがこれからも活動を続けていくための手は打った。改めて言っておくが、プルスターズの結成当初のモットーは、商店会を一つにする、だった。それを忘れないでくれ。プルスターズは三栄通り商店会の結束の象徴なのだ。つまり――仲良くやってくれ』――以上です」

その場がしんと静まり返った。アナウンサーらしく、落ち着いて耳に心地好い麻里香の声が、すっと腹に落ち着いていく。

「ありがとう」真島が頭を下げた。「大変な時に気を遣ってくれて」

「いえ、祖父もプルスターズが生き甲斐でしたから」

「いや、麻里香ちゃんには感謝しかないよ。オーナーが俺たちにお小言を言うのはいつも通りというか、当たり前だ。もっと激烈な言葉で怒られなかったのが不思議だ」

「そうそう」田代も同調する。「しっかりしろ、だらしない試合をしてると化けて出るぞ、ぐらいは言いそうだ」

その場に軽く笑いが広がった。しかし、並木浩介が突然、涙ぐみながら過去のエピソードを明かしてくれた。

「十五年ぐらい前だったかな……その頃って、うちは全国大会の常連だったじゃない。でも俺は、出られない時があって——絶不調だったんだよ。実は腰を痛めてたのを、皆には黙っててさ。都大会が終わった後、オーナーがうちの店に来て、散々怒られたよ。腰を痛めているのを隠しているとは何事だってさ。メンバーにもバレてなかったのに、オーナーは見抜いてたんだよな。三十分ぐらい説教した後で、鍼灸院を紹介してくれた。初めて聞く名前だったけど、そこの先生がゴッドハンドでさ。何回か鍼に通ったら、腰痛が嘘みたいに消えた。何か……オーナーって、そういうところがあるよな」

「面倒臭いんだよ」真島が言った。「心配してるのに、まず文句を言う、みたいなさ。厄介な爺さんだったけど、やっぱりいなくなると寂しいな」

「皆さん、初心に戻りましょう」朱音が後を引き取った。「プルスターズは三栄通り商店会の結束の象徴です。自分たちだけでなく、他の人のためにも勝つことを意識しましょう」

「では、お大事に……俺が言っちゃ駄目だな」田代が照れたように言った。

「OBも含めて、気合い入れは誰がやってもいいんです」朱音が真顔で言った。「では、改めて——お大事に」

「お大事に！」

立川とは家が近いので、練習の帰りなどによく一緒になる。通夜の後もそうだった。足取りは弾まない——それは当たり前か。誰かを追悼した後、馬鹿話をしながら帰るのも失礼だ。

「ちょっとお茶でも飲んでいきませんか？」立川が誘った。まだ緊張していて、それを解す必要があるようだった。三池も同じだ。

「いいけど、店はあったかな」

「遠回りですけど、あすとの方なら何かありますよ」

「あすと」は、京急蒲田駅に近い商店街で、遠回りどころか、二人の家とは逆方向なのだが、三池もコーヒーで軽い酔いを醒ましたい気分だった。アーケード街のあすとをぶらぶら歩いて店を探し、結局チェーンのコーヒー店に入る。テーブルも椅子も小さいので窮屈でしょうがないが、お茶を飲むだけだからいいいだろう。

六月。今日は蒸し暑い一日だったので、二人ともアイスコーヒーを頼んだ。ブラックのまま一口飲んで、ほっと一息つく。

「ちょっと考えちゃいました」立川がいきなり打ち明ける。

「何を?」

「チームワークって何かなって。俺、ボートをやってたでしょう? ボートのチームワークって、ある意味簡単なんですよ。全員の力のバランスを取る——そうしないとスピードは出ないし、そもそも真っ直ぐ進まない。今はデータがしっかり出ますから、足りないところは筋トレなんかで補って、一番パワーのある選手に合わせるようにレベルを引き上げる。それができなければ、パワーのある選手が少し遠慮して、全体のバランスを優先する。でも綱引きの場合、そんなに簡単じゃないでしょう。相手がいるから、向こうの出方によって作戦は変わる。単純そうな作戦だけど、同じ『プル』の指示でも引き方が違うじゃないですか。『ステイ』の時も、余裕があるかないかで意味合いが全然違ってくる。自分たちが休むためなのか、相手にプレッシャーをかけるためなのか。奥深いですよね。俺、まだ何も分かってないかもしれません」

「分かってないのは俺も同じだけど、一つだけはっきりしてることがある」

「何ですか」立川が狭いテーブルの上に身を乗り出した。

「君の姿勢は高い」

「いやあ、はい……それは分かってます。映像見たら、一目瞭然でした。でも、怖いんですよね。自分だけ落ち過ぎて、尻餅ついたらどうしようって思って」

「俺の経験から言うと、案外大丈夫なんだけどね。心配だったら、そこは自主トレでいいんじゃないか？　真島さんが作ってくれたマシン、出来がいいから、実際に引くような感じになる。あれで姿勢を低くする自主トレをやっていけば、実際に引き合う時にも同じ感覚で行けると思うんだ」

「真島さんに相談してみます。勝手にやったら申し訳ないですから」

「そうだね」三池はうなずいた。

「それと……永村さんのことなんですけど」

「うん」昨日から、二人の間の空気が緊張しているのは三池にも分かっている。実際、ファイヤーボーイズとの対戦後に衝突してからは、まったく口をきいていないはずだ。

「永村さん、やる気あるんですかね」

「あると思うよ。練習はメニュー以上をこなしてるし」

「三池さん、永村さんとは上手くやってるんですか？」

「まあ……普通かな」そう言えば、とふと思い出す。チームは練習や試合の後に打ち上げをすることが多いのだが、永村は一度も来たことがない。個人的に、一緒に食事したり呑んだりしたこともなかった。「永村さん、忙しいんだと思うよ。他のメンバーは、商店会で自営の人が多いけど、永村さんはサラリーマンだから。それも、特殊な会社――アスリートのセカンドライフを支援する会社だから、面談なんかがしょっちゅうあるそうだ。相手の都合で、遠くへ出張したりすることもあるから、練習や試合のスケジュールを合わせるのが大変みたいだ。毎回練習に参加するために、他の日は残業したり、練習の後に仕事に戻ることもあるって」

「そんなに大変だから、僕のこと、区役所とか言って馬鹿にするんですかねえ」

「元々口は悪い人だから、気にしないで……俺も未だに四股名で呼ばれるし」

「朝野岳？」

「マジでやめて――あまり気にいってないんだ」

「そうなんですか？」立川がかすかに笑った。「四股名は大事なものかと思ってました」

「親方に、『お前はこれだ』って決められたら、断れない世界なんだ。何か、他人の名前みたいで――実際そうなんだけど――イマイチ格好良くないじゃないか。もっと強そうな四股名の方がよかったよ」それだったらもっと活躍できたかもしれない。いや、名前は実績についてくるものだろう。自分は怪我ばかりして弱かったから、あまり強くない四股名に聞こえるのではないか。

「三池さんって、どうして綱引きを始めたんですか？　真島さんに強引に誘われて？」

「それもあるけど、やってよかったとは思ってる。怪我で相撲はやめたけど、どうしても中途半端な感じがしてて。三十歳半ばぐらいまでやれてたら、心残りなく引退してたと思うけど、怪我ばかりしてたし……体を動かすことしかできないけど、野球やサッカーは無理で。何だか悶々《もんもん》としていた時に、真島さんに誘われた」

「僕もそれに近い感覚なんですよね」立川がうなずいた。「スポーツは続けたいけど、ボートは無理だし、球技は下手で楽しめそうにないし……でも、綱引きって誰でもできるし、頑張れば頑張るだけ結果が出るじゃないですか。筋力アップイコール、チームのパワーアップになるし」

「自分の力がイコールチームの力になる、か」

「僕は、燃え尽きない症候群、ですかね」

「燃え尽き、じゃなくて？」三池は首を傾げた。

「逆です。三池さんも同じでしょう。灰になるまでやったわけじゃないから、どうしても中途半端な気持ちのままで」

「そうだね。朱音さんも、同じようなことを言ってたよ。朱音さん、結婚して静岡に住んでたの、知ってる？」

「間接的に知ってます。本人には聞いてませんよ。話しちゃいけないことみたいな気がして。離婚して、戻って来たんですよね？」

「その前に、所属していた女子の綱引きチームが解散した。だから、全部中途半端になって宙に浮いてしまったみたいだって言ってたよ。綱引きを続ける気はあったけど、こっちには女子チームがないし、わざわざゼロから作るほどのエネルギーもない。そういう状態で、真島さんから監督をやるようにって誘われたんだ」

「なるほどねえ。朱音さんも燃え尽きない症候群ですか」納得したように立川がうなずいた。

「たぶん、永村さんもそうなんですよね。引退しても、まだパワーは余ってる。怪我もない。何かやりたいと思った時に、目の前に綱引きが現れたんじゃないですかねえ」

「そういう話、すればいいじゃないか。君はチームをまとめたいんだろう？　究極のチームスポーツとして」

「永村さんと話すのはきついですけど……頑張ります」立川が緊張した笑みを浮かべ、コーヒーを一気に飲み干した。「行きましょう。善は急げで、真島さんのところのマシン、試してみましょうよ」


マシンは使用中だった。

真島が、半袖短パンという練習用の格好でロープを引いている。姿勢はあくまで低く、全身に力がみなぎって、足がブルブルと震えている。五十代半ばの人間にしては下半身の筋肉が発達していて、まさに現役さながらだった。こういう時は声をかけてはいけないのが暗黙の了解なので、三池は真島がこのセットを終えるのを待った。

三池たちが気づいてから三十秒ほどして、真島はゆっくりと体を立てた。そのまま、じりじりと前進……最後は勢いがついてしまって小走りになり、ウエイトがちゃんと金属音を立てて落ちた。

「おっと」何か失敗したかのように慌てて言って、真島がマシン本体の方へ走っていく。懐中電灯を取り出してマシンを調べ始めたが、ほどなく立ち上がって両手を叩き合わせ「よし」と言った。

「真島さん」三池は声をかけた。

「あ、おお。どうした？」真島が何故か慌てたように返事する。

「トレーニングですか？」

「いや、調整だ」真島が早口で言った。「戻す時に、ウエイトが一気に落ちないように改造したいんだよ。バネというか、ショックアブソーバー的なパーツをかましてね……改造のために、ちょっと動きを確認してたんだ——それより、どうした？」

「このマシン、立川君に使わせてもらえませんか？」

「いいけど、自主トレかい？」真島が立川に視線を向ける。

「はい」立川が一歩前に出て手を後ろに回し、「休め」の姿勢を取った。「低い姿勢を作るためには、このマシンが使い勝手がいいかと思いまして。夜、使わせていただければ……ご迷惑はかけないようにします」

「いや、使ってもらって全然構わないよ」真島はむしろ嬉しそうだった。「何だったら、家に運んでやろうか？　そうしたら、朝でも夜中でも練習ができる」

「うち、マンションですよ」立川が呆気《あっけ》に取られたように言った。

「壁に補強工事をして、廊下にロープを這《は》わせればできるぞ。五メートルもあれば、姿勢をキープするぐらいの練習はできる」

「賃貸マンションでそんなことしたら、即刻退去です」

「工事は難しくないんだけどなあ……」真島が残念そうに言った。「まあ、いい。ここはいつでも自由に使ってもらっていいから、ただし、念のために夜になるとカバーをかけて、鍵もかけてるから、使い終わったらそれだけは頼む。合鍵を渡すから、持っていってくれ」

一度事務室に引っこんだ真島が、小さな鍵を持って戻って来た。プラスティック製のカバーをマシン全体にかけて、鍵を閉めてみせる。

「な？　これを開けて、ロープを引き出して。ウエイトの調整は分かるな？　前に使ったことあるよな」

「はい、大丈夫です」

「しかし二人とも、何もオーナーの通夜の日にそんな……熱心なのは嬉しいけど、酒も入ってるんだから、今夜はやめておけよ」

「はい、今夜は遠慮します」立川が真顔でうなずいた。「フォームを低く固めたいんです。チームの中で、僕だけ腰高になってるのは分かってます。これじゃ、全体のバランスが崩れてしまいますから、先発メンバーに入れません」

「確かに姿勢は高い。ただ、それは慣れていないせいで、慣れれば必ず、皆と同じレベルでできるようになる。焦ることはないんだよ」真島が慰めるように言った。

「はい、でも、できるだけ早く、他の人に追いつきたいんです」立川が深刻な表情で言った。軽く呑んだ酒は、既に抜けている感じである。

「いい心がけだ」真島が立川の肩を叩いた。

立川は姿勢固めの練習に入った。真島が手取り足取りでつき添い、アドバイスを飛ばし、時には自分で手本を見せる。二人だけの世界という感じで、三池が割って入る余地がなくなった。

「すみません、自分はこれで失礼します」三池は遠慮がちに挨拶した。

「ああ、お疲れ」真島が手を振った。「明日の葬儀もよろしく頼むぞ。出棺の時は、君や永村がいた方がいい」

「務めさせていただきます」

一礼してその場を離れる。立川はかなり低い視線を保ってロープを引いているが、それでもまだ高い。どうして落とせないのかな、と不思議に思った。角度四十度ぐらいは、まだまだ人間の限界ではないはずだ。ただし慣れない人間にすれば、後頭部が地面に着くぐらいの感覚だろう。

まだまだ。そしてこの奥深さが、綱引きの魅力なのだ。

まだ経験の浅い立川には、これから綱引きの深い世界を探検していく権利がある。

そう考えて、気楽にいて欲しかった――いや、ワクワクして欲しかった。

自分はワクワクしている。相撲と違うパワーの出し方、相撲では経験できないチームワーク。自分もまだ新人のようなものだが、立川よりは経験が長い分、綱引きの沼にハマっていると言っていい。

この沼を徹底して調べていくつもりだった。そして勝つ――長池のためにも。はるか遠くでリハビリに励むケリーのためにも。

5

最初に異変に気づいたのがいつかは覚えていない。夏場、練習試合が集中していた頃だっただろうか――腰に重さを感じるようになった。痛み、ではない。重いのだ。ずっしりと重いウエイトが、常に腰に載っている感じ。そのせいか、毎朝のジョギングがきつくなっていた。

腰が重いと、どうしても走る時に神経質になってしまう。腰を気にしながら走ってタイムは次第に落ち、走り始めた時と同じぐらいのレベルになってしまった。これではあまり運動にならず、体重をキープしながら体脂肪率を減らす作戦は、途中で止まっている。

思い余って医者にかかろうと思ったのは、九月になってからだった。十月には、全国大会の予選でもある都大会が行われるので、その前に不安を取り除いておきたかった。

取り敢えず、自宅近くの整骨院で診てもらったが、「筋肉の疲労」と診断されただけだった。休めば治る——しかし休んでいる暇はないし、あまりにも簡単に言われたのでかえって不安になり、品川駅の近くにある総合病院に足を運んだ。

そこでレントゲンやＭＲＩなどの総合的な検査を受けたのだが、結果はやはり「筋肉の疲労」。診察してくれた医師の本郷《ほんごう》は、三池がかつて力士だったことに着目して、次々に質問をぶつけてきた。

「現役時代に腰を痛めたことは？」

「あります。しばらく稽古を休んだら治りましたけど」

「その時と、痛みは違う？」

「違います。今は重い感じで……昔は刺すような痛みでした。でも、ヘルニアなどではなかったです」

「となると——今、綱引きをやってるんですね？」本郷がパソコンの画面を見たまま訊ねた。

「はい。競技綱引きです。週二回練習して、週末はだいたい試合があります」

「結構ハードじゃない？」

「ハード……ではないですけど、休んでいる暇はないですね」

「練習メニューを見直すことはできますかね」

「それは――」難しい。朱音に相談すれば自主トレのメニューを軽減してもらうことはできるだろうが、腰を痛めていることがバレてしまう。そうしたら、メンバーから外されるかもしれない。試合に出られないのは悔しいし、自分がアンカーとしてチームを引き締めているという自負もあったから、絶対に抜けるわけにはいかない。

「あのね、明確に背骨や筋肉の損傷がない場合、医学的な治療はできないから、対症療法として、休めるしかないんです。痛み止めも良くない。ドーピングの問題もあるしね……あなたは体も大きいんだから、その分、体の各部にかかる負担も大きい。早いうちに解決しておかないと、他の部分に負担がかかって別の痛みが生じる可能性もあるよ。この先一生、腰痛を抱えて生きていくのは辛いでしょう」

「治らないんですか」にわかに不安になった。いきなり「一生」などと言われても……。

「腰痛は、現代人の最大の病なんて言われてるし、現代医学の最後の謎と言う人もいる。それは無責任だと思うけどね……結果的に、休んだことで治る、という人が多いんですよ。ちなみにお仕事は？」

「ちゃんこ屋です」

「じゃあ、立ち仕事？」

「ええ、だいたい」

「そうか……」本郷が腕組みをした。「取り敢えず湿布で痛みを軽減するとして、あとはコルセットを使って下さい。腰の動きをサポートする意味で」

「練習や試合は駄目ですか」三池は身を乗り出した。

「痛みが出るようなら、避けないと駄目だよ」本郷が真剣な表情でうなずく。

「十月に東京都の大会があります。それには絶対に出たいんです」

「保証はできませんね」本郷が首を捻る。「大会は——十月のいつですか」

「十月十八日、日曜日です」

「だったらね、その前の週に一度来て下さい。診察して様子を見ましょう。それとその前に、念のために内臓の検査もしておいた方がいいかな。内臓からくる腰痛というのもあるから。ただし、私が今診た限りでは、やはり筋肉の疲労による痛みだと思うけど」

「内臓の検査も受けます」痛みが取り除けるなら、何でもやるつもりだった。

「じゃあ、必要な検査を予約しておきましょう」本郷が受話器を取り上げ、予約を取り始めた。五分ほどかかって、ようやく終了……パソコンに向かってキーボードを叩くと、予約表をプリントアウトして三池に渡した。「こんな感じで……内臓の検査は九月十日の木曜日。注意事項をよく読んでおいてね。半日かかるから、そのつもりでいて下さい。結果が出るのは、その一週間後になります」

ということは、十日と十七日はランチ営業に参加できないわけだ。父にはまた嫌味を言われそうだが……仕方ない。この腰痛を解決しないと、何もできない。

「まあ、鍼《はり》治療とかもいいかもしれないよ。それで楽になる人も結構いるから」

「調べてみます」

鍼か……それなら当てがある。力士時代に世話になっていた鍼灸院があるのだ。そうだ、今日早速、部屋づきのトレーナー・新井《あらい》に連絡して、紹介してもらおう。三池個人も馴染みではあるが、部屋の紹介があった方が絶対にいい。

使えるものは何でも使う。今の三池は、どんなことにでも頼りたかった。

三池が所属していた桂木部屋は、近代的なトレーニングを導入していることで有名だった。力士といえば、食べて稽古して体を作るのが基本なのだが、最先端の筋トレを導入し、無理なく大きな体を作るやり方を、三十年も前から行っていた。そのせいか、「桂木部屋は早死にしない」という格言めいた言葉すらある。力士は無理な食事で体を作る結果、内臓を痛めつけてしまい、若いうちから糖尿病などに苦しめられ、心臓をやられて早逝する——そんなふうに言われているが、桂木部屋に限ってそれはない、ということらしい。

現在の部屋のトレーナー・新井は、相撲経験者ではない。東体大《とうたいだい》でトレーニング理論を学び、サッカーや野球のプロチームにも最新のトレーニング方法を導入してきた男で、親方がわざわざスカウトしてきたのだ。今は、九月場所に向けて最後の調整中だろう。忙しくて会ってもらえないかもしれないと思ったが、予想に反して、新井はわざわざ蒲田まで来てくれた。夕方からの営業に合わせて……店を見にくるついで、という理屈だった。

「わざわざすみません」

「いや、だいたいこの時間、俺は暇なんだよ」実際、筋トレは朝の稽古の最後に「仕上げ」のように行うのが常だった。新井はその時間に合わせて部屋に出勤し、その後は選手の健康管理の相談に乗ったり、新しいトレーニングメニューの開発に従事している。

新井はがっしりした体型で、髪を短く刈り上げている。この季節——夏になると、毎日のように白いポロシャツ姿だ。まるでそれが、ユニフォームであるかのように。

「先生、何をお呑みになりますか？」

「取り敢えずビールだけど、その前に話を聞くよ。ああ、楽にして。正座は腰にきついんじゃないか？」

「いえ、だらしなく座っている方が痛みがあります」

「そうかい」

三池は正座して、症状を説明し始めた。新井はメモを取りながら聞いていたが、三池が話し終えると、「疲労だろうな」と結論を出した。

「お前、現役時代に一回、腰をやってるだろう。あの時は肉離れだった。腰の肉離れってのは珍しいんだが、ないことはないからな。でも今聞いた限りでは、症状が違う。ＭＲＩでも検査したんだろう？」

「はい、異常なしです」

「あらゆるスポーツ選手に、腰痛はつきものだよ。大抵が疲労が原因で、休んでいれば治る。それじゃまずいのか？」

「大会が近いんです。トレーニングも練習試合も休めないんです」

「それがお前の弱点だよなあ」新井が目を細めて三池を見た。「やり過ぎなんだよ。若手の力士は、大抵稽古についていけなくて、体を壊す。だけどお前は、稽古では常にオーバーペースで、あちこち故障した。ちっとは手加減ってものを覚えないかね」新井が苦笑する。

「すみません、情けない限りで」三池は頭を掻いた。

「だいたい、綱引きだろう？　そこまでハードに自分を追いこむものか？」

「はい」三池は胸を張って答えた——体の全てを賭ける価値がある——賭けなければできないのが綱引きだ。「子どもの遊びかと思われるかもしれませんけど、そんなことはないです。大人が、真剣にやるスポーツなんです。俺は綱引きで、相撲とは違う体の使い方を覚えて、チームワークを知って——」

「ああ、分かった、分かった」新井が顔の前で手を振り、怪訝そうな表情を浮かべる。「だけどお前、どうした？　こんなキャラじゃなかっただろう？　寡黙に、ひたすら稽古に打ちこむタイプだと思ってたよ。そんなに喋って……変わったのか？」

「そう——かもしれません」

「個人競技からチームスポーツに変わったせいで？」

「俺は、成仏したいんです」

一瞬口を閉ざした新井が、ほどなく「分かった」と答えた。この人は、俺の感覚を理解してくれている……。

「だけどお前、贅沢だぞ。ほとんどの力士が、成仏しないで引退してる。成仏できるのは、横綱まで登りつめるか、怪我なく長い間相撲をとれた人間だけだ。力士の寿命は短い。怪我したり、限界を感じたりして、二十代の早いうちに別の道に行く人間がほとんどだ」

「はい」

「仕方なくやめたせいで、中途半端な気持ちになってる奴はたくさんいるよ。知ってるか？　高《たか》尾《お》、離婚したんだ」

「高尾さんが？」四股名は諏訪嵐《すわあらし》。三池より二年早く桂木部屋に入門した先輩力士で、最高位は前頭十枚目。しかし左の大腿筋断裂の大怪我を負い、それがきっかけで引退して故郷の長野県に戻った。その時既に結婚していて、子どもも生まれる予定になっていたはずだが……。

「長野に戻ってから仕事が上手くいかなかったようでな。酒の量が増えて、嫁さんに暴力を振るうようになって、結局離婚した。燃え尽きないで辞めた奴は、やっぱりどこかに不満を抱えたまなんだよな。だから、歪んだ不満が吹き出してしまうことがよくある。お前みたいに、新しくやれるスポーツがあるのはいいことだよ」

「でも、勝てないと、また燃え尽きない症候群になるかもしれません」

「じゃあ、休んで怪我を治せよ」

「今年、勝ちたいんです」

「しょうがねえなあ」

新井が苦笑して、折り畳んだメモを取り出した。三池に渡して「例の鍼灸院だ。俺の名前を出せば、予約が取りやすくなると思う。ただし、完治すると思うなよ。あくまで痛みを軽減するだけだ」と忠告する。

「並行して治療も受けます。整形外科の先生にも、鍼を勧められたんです」

「それなら結構。じゃあ、ビールをもらおうかな。それと味噌ちゃんこだ。部屋の味が再現できてるかどうか、試させてもらう」

新井は二人前の味噌ちゃんこ鍋を平らげ、締めの蕎麦もしっかり食べて引き上げていった。満足そうだったものの、簡単には合格サインを出したくなかったのか、「部屋のちゃんこと比べて少し甘いぞ」と言い残していった。

さて……これで手は打った。後は鍼治療を受けてどうなるか、様子を見るしかない。もしかしたら内臓の病気かもしれないという本郷の言葉は、呪文のように三池を苦しめたが……怪我なら治る。時間はかかっても元通りになるはずだと期待が持てる。しかし内臓の病気だと、完治までどれだけ時間がかかることか。

あれこれ考えても仕方がないのだが、悲観的になってしまうのは昔からの習性だ。

それは綱引きの展望にもつながっていく。プルスターズは、再起動してからまだ四年目のチームである。それでも全国大会に出た実績は残る。もしも今年出られなかったら、大きなマイナスだ。そうなったら、いかに長池の遺言と遺産——長池はプルスターズに五百万円を寄贈すると遺言書に書いていた——があっても、商店会からは見捨てられてしまうだろう。

心配し始めると止まらない。この悲観的な性格はどうにかならないかと、三池は本気で考えた。

全国大会の予選を兼ねる東京都大会は、今年は八チームが参加して行われた。東京にしては参加者が少ない感じもするのだが、年によって増減が激しいらしい。必ず出てくるのは、消防署の三チームぐらいなのだ。残りは商店会などが中心になって作ったチームなので、毎回必ず、必要な人数が集まるとは限らない。やはり、若者への訴求力がないのか、どのチームも選手集めに苦労しているという。プルスターズなど、マシな方だろう。下馬評では去年に続いて優勝候補と言われていることを、三池も聞いていた。

三池は、取り敢えず競技に集中することができた。鍼治療の効果はしっかり出ており、治療を受けた翌日は痛みがない。ハードな練習が続けばまた調子が悪くなるのだが、試合前日に治療を受ければ何とかなると分かっただけでも収穫だった。

「では、いよいよ全国への戦いが始まります」試合前のミーティングで、朱音が緊張した面持ちで語った。「先発メンバーを発表します。ファースト永村さん、セカンド立川さん。サード矢野兄、フォース矢野弟、フィフス柿田さん、シックスス富田さん、セブンスが水木さんで、アンカーは三池君。私たちの目標は、あくまで全国優勝、そして世界大会出場です。ただしそれは、ここで優勝してこそ、叶えられる目標です。ここで止まる訳にはいきません。必ず勝って、全国大会へ駒を進めましょう。スピード！」

「スピード！」

「お大事に！」

「お大事に！」

これまで試合前のかけ声は「お大事に」だけだったのだが、今は「スピード！」が加わっている。メンバーは、それにもすっかり慣れていた。しかし不安……主力選手の久我が、腰痛のせいでメンバーから外れている。ベストメンバーとは言いにくい。

ミーティングを終えると、三池はトイレに行った。試合前の緊張を解すため——ではなく、腰のコルセットを締め直さなくてはいけない。本郷にもらったこのコルセットはかなりの優れもので、体をしっかり支えてくれる。ただし、体幹を真っ直ぐ保つためのコルセットなので、曲げようとするとかえって邪魔になる。あくまで、いい姿勢を取るための補助具だと考えることにした。

　個室から出たところで、トイレに人が入って来る——永村。

「よ」永村は相変わらず立川とは冷戦状態が続いているが、三池とは普通に話す。三池は、和平交渉を仕切った方がいいかも、と思っているが、残念ながら外交能力がない。

「腰、どうかした？」

　どこかで見られたのか、と一瞬顔が蒼くなる。しかしすぐに「サポーターなんで」と答えた。

「サポーター？」

「あの、ウエイトとかやる時にウエストを締めるやつ——あれみたいなものです」

「あれって、力入るのか？　俺、現役時代も使ったことないんだよな。何か、本格的にボディビルとかやる人が使うみたいなイメージだし」

「なかなかいいですよ」

「あ、そう。俺もやってみるかな——普通に売ってる？」

「いや、知り合いに紹介してもらったもので……特注品です」

「そうなんだ」永村がうなずく。「今日はさっさと勝負を決めようぜ。スピード、な」

「オス」

　三池はさっさとトイレを出て、息を吐いた。永村は、今の話を信じてくれただろうか。そもそも単純な男だから、疑いは持たない可能性が高いが……とにかく、チームメートには知られたくない。何しろ「お大事に」が合言葉なのだ。本業第一、怪我しないで頑張りましょう——ということは、怪我がバレたらメンバーから外されるかもしれない。それだけは避けたかった。仲間を応援することにも意味はあるにしても、俺はここで、やり残したことを完遂するんだ。

都大会は、八チームを二つのブロックに分けて行われる。まず四チームが総当たりでそれぞれ三試合を行い、上位二チームがトーナメントに進出して優勝を競う。最初からトーナメント戦にしてもいいのだが、それだと三試合勝てば優勝が決まってしまう。綱引きの公式戦はそれほど多くないから、できるだけたくさん試合を経験させようという狙いもあるのだろう。

リーグ戦の初戦は、立川《たちかわ》の消防チームとの対戦になった。筋肉で武装した若手を前の七人に置き、アンカーには体が大きい、一番重い選手を配する。よくある並びだ。

三池はこのところ、少し体を立て気味にしている。朱音たちと相談して決めたことだが、前の七人と同じ角度で体を低くしてしまうと、一度引かれ始めた時に止めるのが難しい。やや上体を立てた姿勢を取り、しかもセブンスと少し距離を置いた方が、抵抗しやすい——根拠があるわけではなく、無数の試合ビデオの分析で朱音が導き出した結論だった。その話を聞きつけた田代が「力学的に合っているかどうか、調べてやる」と言い出した。部下に城南大《じょうなんだい》理工学部出身の人間がいるからやらせるという話だったが、まだ結論は聞いていない。噂では「僕の仕事じゃありません」とあっさり拒絶されたという。役員目前の部長さんも大変だ——いや、そもそもそんなことを頼んではいけないのだろうが。

「ハリーで」朱音が改めて、短く指示した。

速攻型のチームを作り上げる——朱音が今年度の初めに掲げた目標は変わっていない。それに即して、全員が肉体改造に取り組んできた。ただし、三池は上手くいったかどうか……腰痛のせいで走るのがきつくなってしまい、体脂肪率を減らす狙いは途中で挫折してしまった。朱音は何も言わなかったが、プロスポーツだったら罰金を取られるかもしれない、と情けなくなる。しかも走れなかった分、下半身の強化も計画通りにいかなかった気がする。実際、スクワットの記録は伸びていないのだ。

心配してもしょうがない。ロープを持つ前に、三池は会場の体育館の中をぐるりと見回した。三鷹《みたか》市の体育館はかなり立派で、デザイン的にも凝った建物である。天井が緩く弧を描いているためか、開放感もある。バスケットコート二面が楽に取れる広さだが、今日は綱引きのレーンが二本だけなので、ガランとしている。スタンドにも、応援の人がちらほらいるだけ……全国大会ともなると、大人数の応援団を引き連れて参加するチームもいるのだが、それに比べれば都大会は練習試合、という感じだった。

「ピックアップ・ザ・ロープ！」

試合開始だ、集中しろ——自分に言い聞かせて、両手にふっと息を吹きかける。炭マグが宙を舞う。両手を一度叩き合わせて、ロープを手にした。

姿勢を作る——それほど強さは感じない。最近三池は、「テイク・ザ・ストレイン」の合図でロープを引いた瞬間に、勝ち負けが分かるようになってきた。この時点で、相手の力を見切れる。三池が朱音に目配せした。行けます——「テイク・ザ・ストレイン」の時点で、三池は朱音に行けるか行けないか、サインを送るようになっている。アンカーだからこそ分かる感覚で、朱音もそれを信用していた。もしも「行けない」だったら、速攻を諦めてキープに入る。今回は——。

「プル！」

審判の合図で、一気に引きに入った。手応えあり。最初の一引きで相手のバランスを崩し、その後は小刻みに足を運んでずるずると引きずりこむ。十秒とかからず、あっさり勝負がついた。

リーグ戦の三試合は、全て速攻で勝敗が決まった。これはやはり、いい。朱音の立てた方針は正解だ。早く勝負がつけば、無駄にスタミナを消耗しない。全国大会ではさらに試合数が増えるから、長丁場に備えてスタミナを温存するに越したことはない。

決勝トーナメントの二試合は三セットマッチで行われ、プルスターズはどちらもストレート勝ちした。あまりにもあっけない——去年は都大会でも結構苦労して勝ち上がった記憶がある。去年に比べて、チームの地力がアップしたのだろうか。

「これですよ、これ！」優勝が決まった瞬間、立川が大きくジャンプして喜びを表現した。それを、永村が冷ややかな視線で眺める。喜びが爆発しないので、立川もすぐに静かになってしまった。

「これぐらいで喜ぶなよ」永村が脅すように立川に言った。「全国大会は、こんなレベルじゃない。簡単に勝てると思うなよ」

「これからさらに練習します。もっと強くなれますよ」

「お前みたいな楽観主義になれたら、俺ももっと楽に生きられるな」永村が皮肉を飛ばす。「ま、せいぜい喜んでろよ。これぐらいで喜びが爆発してるような奴は、志が低いんだ」

「どうして素直に喜べないんですか！」立川がむきになった。「チームなんですから！　チームで勝ち取った勝利ですよ」

「こんなのは当たり前の勝ちで、喜ぶタイミングが違うんだよ」

「二人とも、それぐらいで」朱音が冷たく割って入った。「いつまでもやってると、次の試合から二人とも外すわよ」

「はいはい」白けた調子で言って、永村が肩をすくめた。
このチームは強くなった――しかし決定的に足りないものがあると、三池は心配になった。一番大事なチームワークが欠けている。

6

三池は腰痛と戦いながら、全国大会へ向けて準備を続けた。よくも悪くもならない――鍼治療の翌日は軽快に動けるのだが、すぐにまた、重い腰痛が戻ってくる。最近は立ち仕事が続かないように、座って料理することも多い。父は蕎麦打ちを伝授したいようだが、それは無理だ……体重をかけて蕎麦をこねる作業は、腰に致命的なダメージを与えるだろう。

二月――いよいよ全国大会が近づいてきたある日、昼営業が終わる直前に、朱音が一人で店に飛びこんで来た。

「今日はずいぶん遅いですね」お茶を出しながら三池は言った。

「午前中の仕事が終わらなくて。一応、工場の仕事も真面目にやってるからね――きつね蕎麦、お願いします」

「お待ち下さい」

昼の最後の客になった朱音にきつね蕎麦を出して、暖簾《のれん》を下ろす。厨房の片づけを始めると、朱音が「ご馳走様」と声をかけてきた。早くないか？　そんなに忙しいのだろうか。

しかし会計を終えても、朱音はすぐには帰ろうとしなかった。

「体調、大丈夫？　風邪とか引かないでね」

「気をつけてます。心配事はありますけど」

「永村さんと立川君のこと？」

「分かります？」さすが、監督は鋭い。

「あの二人が毎回揉めて、いつもあなたが割って入ってるじゃない」

「心配なんですよ。永村さんはマイペースだし、立川さんはチームワークって言いながら浮いていて、むしろチームワークを乱している感じです」

「でも、勝ってるから」

「これでいいんですかねえ」三池は首を傾げた。「勝てばそれでいいのかな……プロじゃないし、もっと大事なこともあると思うんですけど」

「それはなに？」

「あるような気がするだけで、何だか分からないんです……朱音さんは、監督を引き受けて正解だったと思いますか？」

「どうかなあ」朱音の表情が少し硬くなった。「まだ結論出せないかな。永遠に出ないかもしれないけど」

「そうなんですか？」

「何かやり残したことがある――ずっとそんな感じで、監督をやることで穴を埋められるんじゃないかと思ってたけど、どうだろう。皆に信用されてるかどうかも分からないし」

「俺は信用してます。朱音さんの指導がなかったら、こんなに綱引きに馴染めなかったと思います」

「ありがとう」朱音が笑おうとしたが、顔は微妙に引き攣っていた。「でも、お礼は全国大会で勝ってからにして……やだ、そんな話してたら、緊張してきた」朱音が肩を上下させた。

様々な思いを載せて、全国大会が近づいてくる。ただ一つ「勝ちたい」という思いだけはチーム全員に共通しているはず——と三池は信じたかった。


今年の全国大会は、さいたま市の体育館で開催された。プルスターズにとってはアウェーと言っていい場所だが、会場によってそれほど試合環境が変わるわけではない。インドアでは、必ず試合用の正規のマットの上で試合をするのだから。後は暑いか寒いか……それに、敵チーム応援団の、猛烈な圧力が気になることはある。

今日は、三栄通り商店会から応援が来ていた。やはり二年連続で全国大会出場の実績はものを言う。嬉しいのは、子どもたちの顔もあることだ。いつも練習している三小の五十嵐孝子教頭がいつの間にか綱引きにはまり、子どもたちを引率して応援に来たのだ。基本的には援助を渋っている会長の竹沢さえ、姿を見せている。アーモンドの松葉社長も。試合前には、竹沢がチームを激励したほどだった。

「竹沢さんがいると、何だか調子がおかしくなりますね」三池は朱音にささやいた。

「竹沢さんは、勝てば官軍。勝ち馬に乗る——あと何か、そういう格言ってない？」

「出ませんねえ」

「じゃあ、黙って聞こう」

竹沢はどこか戸惑った様子だった。こういう形で喋る機会はあまりないのだろう。いや、商店会の集まりでは毎回挨拶をするのだが、ここは地元を離れたさいたま市の体育館である。三池よりもアウェー感を抱いているに違いない。

「皆さん、ご苦労様です。二年連続の全国大会出場、おめでとうございます。商店会でも、地元の象徴として応援してきて、この日を迎えることができたのを嬉しく思います。昨年、我々は長年三栄通り商店会の発展に尽力してくれた長池さんを亡くしました。長池さんは誰よりもプルスターズを愛しておられた。長池さんの思いに応えるためにも、今日は是非金メダルを持って帰っていただきたい！　私たちも精一杯応援させてもらいます！」

まともな――皮肉もなく、心がこもった挨拶じゃないかと三池は驚いた。普段の竹沢は、プルスターズを商店会のお荷物と考えている節があり、何かと皮肉を飛ばしながら、金を出し渋っているのに。

竹沢の挨拶が終わると、すぐに試合の準備に入る。三月、まだ寒いのでストレッチは入念に。練習用の短いロープを何本も持ってきているので、一対一、あるいは二対二で引き合い、試合前の感覚に慣れる。

ふと、嫌な視線を感じた。愛綱会の野澤……去年、永村とやり合った男が、ニヤニヤしながらこちらを見ている。永村もそれに気づき、鋭い視線を飛ばした。野澤が平然と近づいて来て、永村をからかう。

「相変わらず目つきが悪いな。綱引きは睨み合いじゃないいんだぜ」

「ビビってるのか？」永村が挑発する。

「いや、別に。そっちこそ、そんな風に人を睨んでないと、怖くてやれないのか？」

「何だと？」永村が一歩前に出る。野澤は全身を筋肉で武装しているが、永村も体格では負けていない。取っ組み合いの喧嘩にでもなったら——ここは、自分が止めるしかない。

しかし三池が動き出そうとした瞬間、立川が先に割って入った。

「うちのエースに因縁をつけるのはやめてもらえませんか」

「何だって？」野澤が嫌そうな表情を浮かべて訊ねる。

「揺さぶりをかけてるつもりかもしれませんけど、無駄ですよ。それとも、試合前に因縁をつけて揺さぶりをかけないと心配なぐらい、自信がないんですか？」

「阿呆か。相手にならないな」

「阿呆かどうかは、試合で証明します」

「そっちが決勝トーナメントに出てくればな」

「お互い様じゃないですか。そんなに挑発して、予選落ちだったら、みっともないですよ」

「ほざいてろ」

「ラップバトルじゃないので、これぐらいにしておきます。下らないことでエネルギーを使いたくないので」立川がさっと一礼した。

「へっ」吐き捨て、野澤が大股で去っていった。

「永村さん、喧嘩、下手ですねえ」呆れたように立川が言った。

「ああ？」

「喧嘩に慣れてないでしょう。実はおぼっちゃまで、子どもの頃から口喧嘩さえしたことなかったとか」

「ふざけるなよ」

「あんな奴の挑発に乗るのは、喧嘩慣れしてない証拠です。今後は、何か言ってきたら僕が壁になります。エースは守らないとね」

「エースって、お前……」永村の顔に戸惑いが広がる。

「怒りは、試合本番に取っておいて下さい。怒りのエネルギーを、愛綱会にぶつけるんです」

「決勝までいかないと、奴らとは当たらねえぞ」

「うちは決勝へ行きますよ。愛綱会が勝ち上がれば、当然当たるでしょう」

「勝ち上がってもらおうぜ。奴らが綱引きをやめたくなるぐらい、ボロボロに負かしてやる」

「やっぱり、そういう喧嘩の台詞、下手ですね」立川が首を傾げる。「ラグビーは試合中に、怒鳴り合いとかしないんですか？」

「怒鳴り合いしてるとすぐ乱闘になるから、余計なことは言わねえのが暗黙のルールだよ」

「なるほど。やっぱり慣れてないんだ」納得したように立川がうなずく。

「うるせえよ——おい、朝野岳！」

呼ばれて、三池はゆっくり永村に近づいた。表情は険しいが、目は笑っている。

「お前、どう思うよ？　立川は生意気じゃないか？」

「素晴らしいです。喧嘩にならないように、永村さんを守ってくれたんですよ。ちゃんとキャプテンの役目を果たしたじゃないですか」

「キャプテン？　うちのチームにはキャプテンはいないぜ」

「俺の中ではキャプテンなんです。チームをまとめるのは立川君だと思ってました」

「ま、そういうことにしておこうぜ」真島が割って入った。「さすが、愛徳大ボート部元主将だ。俺も、チームをまとめるのは立川だと信じてたよ。永村、あんたも変な意地を張らないで、立川の下で一つになろう」

「俺は別に、逆らってたわけじゃ……」

「いいから、いいから。立川、あれやっていいぞ」真島がニヤニヤしながら言った。

「あれって……」

「うちであれって言ったらあれだろうが」

「ああ、あれですね。はい」立川が咳払いした。「それではプルスターズの皆さん、お大事に！」

「お大事に！」


試合前に疲れてしまった……立川と永村は何となく和解した——和解と言っていいのだろうか。愛綱会との一件以来、ずっと一緒にいて一対一でロープを引く練習を行い、話し続けている。まあ、いいコンビが生まれたということだろう。

しかし、謎が残っている。今回、二人の交代メンバーのうち一人が真島になっているのだ。第一試合の直前、思わず朱音に訊ねた。何か事情があるのか？　それを自分だけが知らないのも困る。

「ああ、単に念の為。うち、公式戦ではほとんど選手交代しないで戦うでしょう？　怪我でもしない限り」

「ええ」それにはちゃんと理由がある。朱音が選手の体重を厳重に管理していて、試合に出るメンバーの総体重が、リミットぎりぎりになるようにいつも調整しているのだ。メンバー交代させると、総体重をオーバーしてしまったり、逆に軽くなって試合で不利になる。それに、レギュラーメンバーを固定した方がチームワークがよくなるし、レギュラーにならなかった他の選手はさらに精進する、という狙いだ。商店会のアマチュアチームとしてはなかなかハードな設定だが、それで切磋琢磨《せっさたくま》する雰囲気が生まれているのも事実である。

「それと……ごめん。私、ちょっと親子の絆に負けたわ。っていうか、泣き落としされた」

「頼まれたんですか？」

「正直、今年は勝てるチャンスがある。練習試合も含めてだけど、ここまで勝率九割だよ？　父としては、優勝が決まる瞬間には、選手としてその場にいたいっていうことなのね。わがままだけど、気持ちは分かる……とにかく、あなたたちは怪我しないように頑張って。お大事に」

「お大事に」

よほどのことがない限り、選手は交代しないから、真島が控え選手に入っていても問題はないだろう。優勝の瞬間を選手として味わいたいという気持ちも理解できた。

とはいえ、試合前にいろいろと変なことがあったので、集中力が削がれている感じはする。

集中、集中。

こんな風に自分に言い聞かせねばならない時は危ないんだけど、と三池は心配になった。

リーグ戦は、五チームが総当たりで行う。午前中で四試合をこなすのはかなりハードな日程だが、リーグ戦は一セットマッチなので、慌ただしいだけでスタミナはさほど消耗しないはずだ。

試合に向けて、朱音は選手の並び順を調整し、発表した。

「ファースト永村さん、セカンド立川さん。サード矢野兄、フォース矢野弟、フィフス柿田さん、シックスス富田さん、セブンスが水木さんで、アンカーは三池君にします」

「セブンは久しぶりだけど、あんたが真後ろにいると安心感、半端ないな」初戦の前、ロープ脇に並んだ時に、水木が振り返って笑って言った。

「オス」軽く答えたものの、三池は少し不安を感じていた。昨日も腰の鍼治療を受けてきたのだが、どうも今回は効果が薄い……今朝は、痛いというほどではないが、重い感覚が居座っていた。コルセットでがっちり固めているものの、いつものフォームを守れるかどうか。

ロープを肩にかける。粗く重い感触……ロープは規定に従って作られるので、全て同じはずだが、実際にはそれぞれ微妙に感じが違う。固く撚《よ》られたロープは少し摑みにくい。滑って手から逃げそうな感じがするのだ。しかし時に、撚りが緩く感じられる時があり、そういう時は握りやすくてラッキーだと思う。もっとも、そういうことは滅多にないのだが、
初戦の相手は、何と浜松市の「浜松シャイン」。朱音にとっては因縁のある相手だ。朱音は浜松シャインの女子チームとして活動し、男子の選手にも知り合いが多い。しかし朱音は、一切思い入れを見せず「叩き潰して」とあっさり言った。「うちの力なら、五秒で勝てる」と。

ロープを張った瞬間、朱音が「ハリー」と叫ぶ。行ける、と三池も確信した。「プル!」の合図と同時に、ぐっと後ろに体重をかけて引く——引けた。朱音が「プル!」と指示する。足を小刻みに運ぶ全員の動きが、ぴたりと合っている。楽な相手だと、こういう綺麗な引き方ができる

のだ。朱音がさらに「プル！」の指示を出したが、その直後にホイッスルが鳴った。秒殺──朱音の予想通りに、五秒で勝負がついた。ファーストの永村とセカンドの立川が、ハイタッチを交わす。長年コンビを組んでいる、気心の知れたチームメート同士、という感じだった。これまでの二人のいざこざは何だったのだろう。じゃれあい？　少し荒っぽく接することで距離を縮めようとした、立川の作戦？

それが当たったとすると、立川はやはりキャプテンだ。

次の試合まで少し間が空いた。体育館のロビーの片隅に指定された控え場所に戻り、少し体を休める。真島がやって来て「調子が悪い奴はいないか？」と確認する。全員、無事。好調──三池を除いては。

三池は依然として、腰に重苦しい感覚を抱いていた。今のうちにコルセットを巻き直しておくか、とトイレへ向かう。個室に入って上のユニフォームを脱ぎ、コルセットを締め直した。背筋がピンと伸びる感覚で、少し腰が楽になったが、それで完璧というわけではない。

個室から出ると、永村に出会《でくわ》した。手を洗っている永村が突然、「腰、やっちまったのか？」と切り出す。

「え、いや……」見抜かれ、三池はしどろもどろになってしまった。

「この前、コルセットしてただろう？　今日も。あれ、サポーターじゃなくてコルセットだよな？　腰痛の時にはめるやつ」

「分かります？」

「ラグビー選手ってのは、大抵どこかを怪我してる。そういうコルセットをしてる奴もたくさんいた」

「永村さん……黙っていてもらえませんか」三池は頼みこんだ。

「いいよ」

永村があっさり受け入れたので、三池は言葉を失ってしまった。てっきり叱責――文句を言われると思っていたのに。

「俺が現役時代は、怪我を隠して試合に出ると、滅茶苦茶怒られた。いつもの力が出せないと、チームのパフォーマンスも落ちるし、怪我が悪化する恐れもある。だから怪我したらすぐに申告して隠すなっていう原則は、どのチームでも徹底されてた。それでも言わない奴はいるんだよな。若手とか、レギュラーの当落線上にいる奴とか。俺はそういう奴を見つけると、徹底して説教して、それでも聞かなければ制裁した」

「じゃあ――」

「今はいいんだよ。やれるか？」

「やりたいです」

「じゃあ、やれよ。俺たちはプロじゃないから、金のためにやってるわけじゃない。純粋に勝ちたいからやってるだけだろう？」

「そうです」

「あと、自分探しだよな？」

三池はまた黙りこんだ。永村とは、それほど深く話したことがないが、すっかり内心を読まれてしまっている。

「あんた、怪我が多くて相撲をやめたんだろう？　でも、本当はやめたくなかった。怪我がなければ横綱になれたとか、思ってるんじゃねえか？」

「横綱になるなんて、口にするとバチが当たりますよ。でも……もっと元気でやりたかったのは確かです」

「綱引きが救ってくれたんじゃねえか？　考えてみれば、俺もあんたも一つのスポーツだけをずっとやってきた。そこで頂点を極めたわけじゃねえけど、ぎりぎりまで頑張ったよな？　でも実際にはどうだったか……離れてみたら、やり切れてない感覚になった。違うか？」

「——当たりです」

「俺も同じなんだよ」永村がニヤリと笑った。「怪我もあったし、年齢のこともあった。後輩にポジションを譲らないわけにもいかねえから、引退だ。でも正直、まだやめたくなかった。もやもやしている時に出会ったのが綱引きでさ。最初は馬鹿にしてた。こんなの、ただ力任せに引いてるだけじゃねえかって。でも、実は奥が深いよな。極めるのは難しい——永遠に極められないんじゃないか」

「そうかもしれません」

「でもそのおかげで、やり残した不満が少しだけ解消されたと思う。マジでスポーツをやるのは、人生で二回目だ。二回もあるってすごくねえか？　俺は綱引きと出会えてラッキーだったよ。だからあんたを止めない。納得するまでやればいい」

「ありがとうございます」三池は素直に頭を下げた。

「じゃあ、コルセット、巻き直そうぜ。俺がやってやるよ。それ、自分でちゃんと巻くのは難しいんじゃねえか？　無理にやろうとして、かえって腰を痛めたりしてさ」

「お願いします」

確かに、自分で巻くよりずっとよかった。腰がしっかりサポートされた感じになる。三池は改めて礼を言った。

「お互い様だよ。アンカーのあんたが駄目になったら、うちは勝てねえ。しっかり頼むぜ、朝野岳――おい、マジでチームっぽくなってきたじゃねえか」

「前からうちはチームでしたよ。永村さんが恥ずかしがって、輪の中に入ってこなかっただけじゃないですか」

「ほざけ」永村がニヤリと笑った。「お大事に――それは本当に腰のことだけどな」

「お大事に」まだまだやれる――本番はこれからだと、三池は自分に気合いを入れた。


リーグ戦二試合目、三試合目を、プルスターズは秒殺で勝った。ここまでは作戦通り。永村がしっかりコルセットを巻き直してくれたので、三池は特に痛みや重苦しさを感じることもなく、試合に専念できた。基本的に、ほとんどフルパワーは使わなかったと言ってもいい。最初の一引きで相手チームの戦意を喪失させた後は、他の七人に合わせて足を運べばよかった。気にするのは体を変な具合に曲げないこと。真っ直ぐをキープすることで、ロープと床に対して最も効率よくパワーを伝えることができるし、体が悲鳴を上げることもない。

予選が残り一試合となったところで、朱音がまた選手全員を集めた。

「リーグ戦最後の相手の福島ラビッツだけど、ここもうちと同じ速攻型のチーム。最初の引き合いで勝負が決まりそうだけど——今回はキープにして下さい」

「何で？」永村が不平をこぼして、両手をぶらぶらさせた。「さっさと勝負を決めて、休憩時間を長くしましょうや。さすがに少し休まないと、きつい」

「今まで上手く行ってるんだから、変える必要はないんじゃねえか？」水木も疑念を表明した。

「今のうちは、速攻型で完璧に完成してるぜ」

「決勝トーナメントではこうはいきません。一度ここでキープを試してみて、午後に向けて慣れておいた方がいいですよ」

「まさか、ラビッツを練習台にする？」永村が心配そうに言った。「向こうもここまで三戦全勝だぜ？　舐めてかかると痛い目に遭う。あと一勝、自分の得意なスタイルで勝ちに行こうぜ。そうですよね？」他の選手に同意を求める。

「俺も賛成だな」水木が同調する。「とにかく速攻でいって、それで引けなけりゃキープにすればいい。最初からキープにする必要はないんじゃねえかな」

「いえ、キープで」朱音が三池に視線を向けた。「三池君、どう？　うちは引けてる？」

「引けてます。ただし、三試合とも完璧じゃなかった。福井ＴＣの時、五秒ぐらい動けませんでした」

「五秒だったら、誤差の範囲みたいなもんだよ。秒殺に変わりはない。速攻で上手くいってる」

永村が早口で反論した。「あんたも、練習が必要だと思うのか」

「はい」三池はうなずいた。「必ず勝たないといけません。そのために、ここは慎重にいく必要があります――キープです」

「一位通過しないとまずいか……」

永村がつぶやく。彼が何を言いたいのか、三池にはすぐに分かった。リーグ戦の上位二チーム、計十六チームが決勝トーナメントに進出するのだが、組み合わせの山を見ると、このブロックで一位通過すれば、決勝まで愛綱会と当たらない可能性が高い。愛綱会が二位でトーナメントに進出したらまた別だが、リーグ戦では圧勝しており、一位通過の可能性が高い。

「じゃあ、今回は意図的にキープでいきましょうよ」立川が話をまとめにかかった。「自分たちで考えることも大事ですけど、作戦をどうするか、監督には最終的な権限があると思います。それが間違っていても、従うべきです。ボートでは、コックスの指示に従うのが絶対で、それを無視したらオールの動きが乱れますから」

「綱引きはボートじゃねえよ」永村がむっとした表情を浮かべたが、それも一瞬だった。「ま、いいや。アンカーの三池が言うなら、俺は従うよ」

「じゃあ、そうするか……」水木もようやく同意した。「アンカーが一番、全体の感覚が分かるから。色々やってみて、決勝では柔軟に対応できるようにしようや」

「僕の意見は――」立川が話に入ろうとする。

「監督の言う通りにやる。お前の意見はもういいんだよ、区役所」永村がぴしりと言った。

「区役所はやめて下さい」

「うるさい、区役所」悪口を言いながら、永村の目は笑っていた。チームの雰囲気がこれまでと違う。柔らかくなった――ではなく、温まっている。これがいいのか悪いのか、三池には分からなかった。

「福島ラビッツ」は、小柄だが体重のある選手を揃えたチームだった。試合前のストレッチを見ると、いかにも柔らかそう——そして全員がパワーの塊という感じだ。

綱引きでは、体が大きければいいわけではない。身長が高いと、体を倒して床との角度をなくすのに、かなり難儀する。そういうのは、小柄な選手の方が得意だ。だから、背が低い選手ばかりを揃えたチームが、こういう大会では一気に勝ち抜いたりする。

ロープの脇に並ぶ前、永村は立川に「気合い入れしろ」と指示した。

「キャプテンに命令しないで下さい」

「言われる前にやれよ。そうですよね？」永村が他の選手に同意を求めると、全員が一斉にうなずいた。

「じゃあ、いいですか？　お大事に、は言いませんよ」立川を中心に輪ができる。「勝って上に行きます。この大会では一本も落としません。プルスターズ、ゴー！」

「ゴー！」

「スピード！」

「スピード！」

声が揃うと、スタンドから声援が降ってきた。ちょうど他のチームの試合の合間なので、応援の声がよく聞こえる。三小の子どもたち、今回のメンバーに入っていない木村、近藤、並木……両親の顔も確認できた。「来る」と言っていたけど、本当に来たんだ……父は、綱引きは適当にしておいて、店に専念するようにいつも言っているのに。単に、商店会のつき合いかもしれない。他の会員が行くというから自分たちも……それでも両親には、特に父には、自分の試合をしっかり見て欲しかった。自分がやっているのが素晴らしい、面白いスポーツだということを知って欲しい。

「ピックアップ・ザ・ロープ」

よし、ここは勝って一位抜けだ——三池はロープを肩にかけ、用意を整えた。ラビッツの面々は闘志満々の表情。永村だったら「因縁つけてんじゃねえ」とでも言うかもしれないが……これでカッカしているとまずい。永村は、精神的に不安定になると、急にパワーが落ちるのだ。

「いつも通りで！」セカンドの立川が小さく指示する。それで、盛り上がっていた永村の肩がスッと落ちた。何だ、あの二人、結構いいコンビじゃないか。

「プル！」

引かれた——急に引きずりこまれたが、実際には靴一足分、三十センチぐらいだろう。朱音が「キープ！」と叫ぶ。三池はぐっと腰を落として、前の七人とロープの高さを揃えた。ひたすら姿勢を低くして現状維持を狙う。

「キープ！」朱音が繰り返したが、声に焦りがないので三池はほっとした。朱音は感情がもろに声に出るタイプで、本当に危ない時などは、悲鳴のように突き抜ける声を上げる。

三十センチ引かれたが、さほどの危機感は覚えない。「キープ」の意識が徹底し過ぎていて、引く感覚が弱かっただけだと思う。

十秒……朱音が後ろへ向かってきて、目で問いかけた。

どう？

三池は素早くうなずいた。こっちの顔を見れば、何が言いたいかは分かるはずだ。問題なし
――このまま十分でも、同じポジションをキープできる。

二十秒……朱音が前に出て、ラビッツの面々を観察した。顔色を窺っている――と思ったら、突然「プル！」を指示した。

「ワン、ツー！」

まだキープだと思っていた三池は、少し出遅れた。まずい。他の選手と動きを合わせないと。それで慌てて、必要以上に力を入れて引いてしまった。

タイミングがずれる。引いても手応えがない。しかし次の瞬間、手に感じる力が急に薄くなって、バランスを崩しかけた。急いで立て直した途端に、腰に鋭い痛みが走る。今までになかった痛みで、本能的に「やってしまった」と悟る。ぎっくり腰かもしれない。痛みはすぐに、刺されるような感覚に変わってきた。引けない――いや、他の七人が必死で引いている。三池は腰の痛みに何とか耐えながら、足を運んだ。いや、後退するのがきつく、腕頼りになってしまう。しかしこれでは、引き切れない。上半身よりも下半身の方がパワーがあるから、相手を引っ張りこむ時は、腕を使うのではなく、後退する足の力で大きな重量を動かすのが正当的な作戦だ。それができない今、自分は綱引き選手として失格ではないだろうか。

ホイッスル――早く鳴れ！　こんな時に限って鳴らない。苛々するが、どうしようもないことは分かっていた。苦痛と気合い、両方の意味が混じった呻き声が漏れる。

最後はラビッツが総崩れになり、三池はタタラを踏んでしまった。これがまた危ない。おかし

なステップで腰をさらに痛めるよりはと、三池はホイッスルが鳴ったタイミングで、自ら床に倒れこんだ。尻から落ちてしまい、腰に衝撃が——幸い、それはなかった。俺の腰はどうなってしまったんだろう。

そのまま、床に大の字になってしまう。他の選手たちがガッツポーズを作り、ハイタッチをかわしていることは分かっていたが、とても参加できない。呼吸を整えながら、とにかく腰の痛みが引くのを待つ。

目の前には天井——それが永村の顔で消えた。永村が伸ばした手を握る。強烈な力で引っ張り上げられたが、これはやめて欲しかった。腰に変な負荷がかかって、また鋭い痛みが走る。

「お前……」

「一位通過ですね」三池は何とか笑顔を作った。

「次、行けるのか?」

「昼休みに何とかしましょう」

何とかなるとは思えなかった。

7

昼食時には、何でもない振りをするために三池は脂汗をかいた。スタンドで応援団と一緒に食べたのだが、両親や三小の子どもたちに話しかけられても、つい生返事になってしまう。

「おい、トイレ行こうぜ」食べ終えたところで、永村が声をかけてきた。

「あ、それじゃ僕も」立川が立ち上がる。

「お前は後にしろよ」永村が軽く睨みつける。

「何でですか？」

「ここのトイレ、狭くて混むんだよ」

「そうでしたっけ？」

「いいから、ここで大人しくしてろ」

何か言いたそうだったが、結局立川はまた腰を下ろした。

細いベンチが並ぶスタンドを慎重に歩いて、トイレに向かう。永村は三池にくっつくように
――警護するように歩いていた。

「まともに歩けるか」永村が小声で訊ねる。

「大丈夫です」

「本当かね」

「まあ……よくはないですね。さっき、監督の『プル』の後で、タイミングが合わなくて。やっちゃいました」

「ぎっくり腰みたいな感じか？」

「近いですね。そこまでひどくないですけど」

「腰は面倒だよなあ」永村が舌打ちした。「医者でも原因が分からない場合もあるだろう」

「ずっと鍼治療を受けてたんですよ。鍼を打ってもらった直後と翌日は調子がよかったんで、ここまで誤魔化してきたんですけど」

「何だよ、だったらその鍼の先生にここまで来てもらおうぜ。鍼はドーピングにはならないんじゃねえか？」

「無理ですよ。その先生、目黒《めぐろ》にいるんです。それに、昨日鍼を打ったばかりで……二日続けては打たないって言われました」

「しょうがねえな。コルセットで誤魔化すしかねえか」

二人はトイレには入らず、その手前の廊下の端で対策を練った。永村が自分のバッグを下ろし、中から湿布とテーピングを取り出す。

「今、どんな動きをするときつい？」

三池はゆっくり慎重に、腰を前後左右に回してみた。前に突き出した時に、痛みが一際きつくなるようだ。痛む場所は、腰の真ん中というより左側。そして痛みは、かなり広範囲に広がっている。

「まだやる気あるか？」永村が確認した。

「やる気があるじゃなくて、やります」

「変な意地張るなよ。リザーブもいるし」

「真島さんですか？　無理ですよ。もうずっと試合には出ていないし」工場の前に設置したマシンを引いているのを見かけたが、あれは体を鈍らせないための軽いトレーニングだろう。ウエイトも、それほど重いわけではなかった。「試合勘、もうなくなってるでしょう。怪我しますよ」

「俺がアンカーに入ってもいい。練習ではやったことがある」

「試合だと全然違いますよ。ちょっと——難しいです」

「何だよ、俺にはできねえってのか」永村が凄んだ。

「ラグビーでも、急に別のポジションはできないでしょう？　永村さんは今は、ファーストでアジャストしてるんだし」

「そうだけどさ……やる――やれるんだな？」

「やります」

「じゃあ、素人としてできるだけのことをやっておこう。腰、出せよ」

三池はユニフォームをたくし上げて、永村に背中を向けた。「どの辺だ？」という永村の質問に答え、指先を腰に這わせて痛むポイントを確定する。

「その辺？　そこって、腰じゃなくて背中だぜ」

「背中ですか？」どこまでが背中でどこからが腰なのかは、自分では分かりにくい。腰はもっと下だと言われても……これより下だと、もう腰というより尻ではないか。

「背中だよ。ってことは、今までの腰痛とは違うかもしれない。背中の肉離れとかじゃねえか？だったら、医者へ行った方がいいけどな」

「試合中ですよ」

「無理すると、これから綱引きができなくなるかもしれねえぜ」

「今やめたら、来年できても――それは別物です」

「意地っ張り野郎が……だけど俺にも分かるから困るんだよ。俺が同じ立場でも、出るね。大袈裟に聞こえるかもしれないけど、命を賭けてもいい」

「分かってるなら、お願いします」

背中に大きな湿布が貼られる。思わずびくりとするような冷たさだが、その冷たさが痛みを一瞬忘れさせる。永村は、背中から腹にかけて、包帯代わりにぐるりとテーピングを施し、湿布がずれないようにした。

「背中だと、全面テーピングは難しいから、後はコルセットに頼ろうぜ」

「お願いします」

永村がコルセットをきちんとセットし、ぎゅっと締め上げた。自分ではできないきつさで、息をするのも苦しいぐらいになる。

「きついか？」

「いえ——これで大丈夫だと思います」

「決勝まで四試合あるぜ？」しかもトーナメントは三セットマッチだから、単純に考えて、全部ストレート勝ちでも、リーグ戦の二倍の試合をこなさなければならない計算だ。どこまで持つかは、やってみないと分からない。

決勝トーナメントは、午後一時から始まった。四レーンを使い、待ち時間なく試合が展開していく。休憩時間を十分に取った方が腰にはいいのか悪いのか……色々試しながら試合に臨んでいくしかない。

トーナメント一回戦のためにフロアに出て行くと、突然スタンドから「プルスターズ！」という声が飛んだ。やけに綺麗な、本場っぽい発音——そちらを見ると、スタンドの最前列、手すりから乗り出すようにした青年が、拳を突き上げていた。もう一度「プルスターズ！」と叫ぶ。

「ケリー！」水木が叫び返した。他のメンバーも驚いて、スタンドに向かって手を振っている。

あれがケリー・オキーフか……プルスターズの中興の祖と言ってもいい人。短く刈りこんだ金髪。長身だが、体は少し緩んでいる。そうか、交通事故に遭って綱引きができなくなったと聞いている。体を動かさなくなって、どうしても体型はだらしなくなってしまうのだろう。しかし興奮して、両手でスタンドの手すりを摑んで、今にも飛び降りかねない気配だ。周りを囲む木村や近藤も笑顔だ。

選手たちが、スタンドの方へ向かおうとしたので、朱音が慌てて両手を広げて止める。

「後で。今は集中して下さい」

「朱音ちゃん、ケリーが来るなんて知ってたのか？」水木が責めるように言った。秘密にしていたのが犯罪であるかのような言い方である。

「全然知らなかった」朱音も呆然としている。

「ええと」立川が遠慮がちに切り出した。「実は、僕が呼びました」

「あなたが？」朱音が目を見開く。「ケリーとは面識ないでしょう？」

「プルスターズにとって大事な人だということは分かってますから。皆さんに内緒で連絡を取って、来てもらうように頼みました。本当に来てくれたんですねえ」感慨深げに立川が言った。

「何だよ、お前、余計なことを」水木が非難する。「ケリーはまだリハビリ中だろうが。アイルランドから日本に来るだけでも大変だろう。まさか、金まで出したんじゃないだろうな？」

「そこは自腹でお願いしました」立川が真顔で言った。「いいですか、皆さん。ケリーの前でみっともない試合はできないでしょう？　彼はチームの恩人ですよね？　その人の前で優勝するのが、何よりの恩返しじゃないですか？」

「よし、よく言った、キャプテン」永村が褒める。「じゃあ、恩人にいいところを見せようぜ」

「よし」

水木も気を入れ直したようだった。スタンドに向かって手を振り、「ケリー、ちゃんと見てろよ！」と叫ぶ。ケリーが満面の笑みを浮かべて手を振り返し、それからチームの面々や商店会の人たちにもみくちゃにされた。あんなに愛されている人だったんだ……と三池は驚いた。海外からの留学生によってチームが生き返り、今、チームは恩返しのために優勝を狙っている。

何ともスケールの大きな話だ。綱引きは、世界につながっているということか。

「行きますよ」朱音の表情が変わっていた。「勝ちにいきます。速攻です」

「ゴー・プルスターズ！」立川が拳を突き上げる。

「ゴー！」


速攻だ。一気に引く——しかし三池は、思うように力が入らないことを意識していた。きついテーピングとコルセットのおかげで痛みは薄れているのだが、逆に体の自由——軸の自由が利かない。ひたすら腰を曲げないように意識するしかなかった。

プル、の合図を号令にして、腕のパワーで綱を引く。引けた——肘が曲がったので、その分後退する。もう一歩、さらにもう一歩。五十センチほどは引けたが、そこで動きが止まってしまう。相手チームの監督が「キープ！」と叫んだ。三池は、持久戦になりそうな予感を抱いた。今のところ、力は五分と五分。この段階で無理に引きこもうとしたら、バランスを崩して一気に逆襲されるかもしれない。

「キープ！」叫びながら朱音が近づいて来る。三池と目が合う。三池は小さく首を横に振った。完全な均衡。今のところ、打つ手なし。

引かれる——数センチ前に出たところで踏ん張って止まった。その動きを最後に、両チームの動きが完全に止まる。相手の体力の消耗を待つ作戦は、最近の綱引きでは主流で、試合時間は長くなりがちである。一度、紅白戦でどこまで引き続けられるか試したことがあって、その時の時間は五分を超えた。さすがに両手両足が痙攣しそうなほど疲れた。持久戦とはいっても、実質的に三分が限界ではないかと三池は思っている。

「六十。キープ！」朱音の声にはっとする。もう一分が過ぎてしまったか。セブンスの水木が苦しそうだ。前の二人は安定して引いているようだが、その後ろの選手たちは姿勢が高くなっている。ロープが、折れ線グラフのように途中で曲がっている——危険な兆候だ。ロープは常に真っ直ぐ、床と平行でないとパワーが伝わらない。

「プルスターズ！」体育館の天井を揺らすようなケリーの大声。木村や近藤が「ゴー！」と続けて声を合わせる。

「よし……行くぞ！」

にわかに水木の体に力が入り、呻くように気合いを入れた。同時に、ロープが綺麗に一本の線になる。

「プル、用意」朱音も覚悟を決めたようだ。「ワン、ツー！」

選手たちが一斉に声を上げる。引けた。十センチ、二十センチと引き、そこでまた止まる——

いや、まだ引ける。選手たちはほとんど背中から倒れそうになっていたが、三池は必死でロープを引いて仲間たちを支えた。

背中に電撃のような痛みが走る。コルセットの下で、テーピングが剝がれていくのが分かった。耐えろ、耐えろ……歯を食いしばり、呻き声を漏らしながら、三池は必死に足を運んだ。腰が自然に折れ曲がり、体が落ちそうになるのが分かる。これ以上落ちたらコントロールできなくなる──その時一気に、向こうの力が抜けるのが分かった。思い切って背中を伸ばし、激痛に耐えながら最後の一引き──ホイッスル。慌てて足を動かし、背中から倒れないように踏ん張る。背中や腰を床で強打したら、どうなるか分からない。急いで膝を畳んでしゃがみこみ、ほっと一息ついた。

「クソ、やっぱり決勝トーナメントまで来るチームは強いな」水木が吐き捨てた。振り向くと「やばかったな」と言って渋い表情を浮かべる。汗だくで息が上がった三池は、黙ってうなずくことしかできなかった。

「これで決めますよ」朱音が叫ぶ。その視線は少し長く、三池の顔を捉えていた。何かバレたか？　動きがおかしいと分かったとか？　三池は必死に起き上がり、二本目に備えた。刺されたような痛みは重苦しい痛みに置き換わっているが、きついことに変わりはない。

「もう一本だ、プルスターズ！」怒鳴りつけるようなケリーの応援。今や商店会の連中は、全員が手すりにしがみつき、身を乗り出して声援を送っている。その中でも、ケリーの声が一番よく通るのだった。

三池はケリーとは面識がない。いわば「現代の伝説」として知っているだけだが、彼の声援は身に沁《し》みた。「天性の応援団」と言われる人がいる。その声が、表情が、動きが人を勇気づけるのだ。実際、部屋にもそういう後輩力士がいた。本人は体が大きくならず、早く廃業してしまったのだが、稽古の時に声をかけられると、何故かもう少し頑張ろうという気になるのだった。

「行くぞ！」三池は精一杯の声を張り上げた。自分に気合いを入れるため——しかし仲間は、珍しく三池が声を出してチームを鼓舞したと思ったのか、「行くぞ！」と声を合わせる。

気合いは十分。しかし体は……ところが「テイク・ザ・ストレイン」で姿勢を作った時、一本目と重さが違うのを感じた。向こうの引く力が急に変わることはないので、プルスターズの前の方で、誰かが頑張ってくれている。

「立川……」永村の呻き声。

「オス！」

「キャプテン！　行くぞ！」

「オス！」

プルの合図に合わせて引いた瞬間、妙に軽い感覚があった。三池が引くまでもなく、他の七人が引いている——いや、主に永村と立川だろう。ファースト、セカンドの二人が、ここでフルパワーを発揮してきたのだ。だからアンカーの三池が引くまでもなく、相手チームを引き寄せてしまっている。審判がセンターを合わせるのに少し時間がかかった。三池は微妙に力を調整しながら、「プル」のタイミングを待った。

「プル！」の合図に、朱音の「一気！」が重なった。またロープを引く感触が弱くなり、慌ててすり足でバックする。腕は伸び切ったまま、足の動きだけでロープを引いた。三秒……五秒……

相手はまだ粘っている。急にロープが重くなったが、ここは踏ん張りどころだ。一瞬動きが止まったものの、三池は限界を超えるつもりで引いた。

「キャプテン！」

「オス！」

前の二人が呼びかけ合う声は、幻……幻聴かもしれない。しかし相手を引きこんでいる感触はある。

引け――引け！

「プル！」

朱音の声で我に返る。そう、引くんだ。もう少しのはず……引き抜け！　足が震え、掌の感覚は失われている。腕がだるい……柱に向かった鉄砲を延々と続けた後のような感覚になっていた。目が霞《かす》み、見えるところは色が抜けている。

そしてホイッスルが鳴り、世界に色が戻ってきた。

「ストップ！」朱音の指示で、力を抜く。勝ったか――三池は腰に両手を当て、天井を仰いだ。波のような拍手。歓声。いい勝負だったんだろうなと思う。震える両手を何度も握り合わせ、何とか感覚を取り戻そうとした。しかし足の震えは止まらず、立っているのがきつくなる。突然、ガツンと鈍い音が響き、膝から衝撃が伝わってくる。何だ？　誰かに蹴られた？　しかし視界が低くなっているため、膝から崩れ落ちたのだと気づく。

「三池！」

水木が気づいて声をかけ、肩を叩いてくれた。助け起こすために腕を摑もうとしたが、無理に振り払う。助けなんかいらない。自分一人で立ち上がれる。三池は膝を平手で叩いて気合いを入れると、何とか膝を伸ばした。足が震え、下半身に力が全く入らない。何とか立ち上がったものの、体がぐらついてまた倒れそうになる。しかし誰かが、右腕をがっちり摑んでくれた。永村――そして左腕を真島が支える。

悲鳴が聞こえた。俺が倒れたから？　分からない。そして拍手。拍手してもらうようなことはないんだ……。

「歩けるか」真島が訊ねる。「やれるか」ではなく「歩けるか」。自分がいかに弱って見えるかが分かる。

「歩けます。助けはいりません」

「そうはいかねえな」永村が言って、腕を摑む手に力を入れる。「本当はおぶっていきたいぐらいだけど、お前みたいに重い奴を背負ったら、俺が腰をやられちまう」

「三池と同じように、か」真島が皮肉っぽく言った。

「真島さん……」三池はつい、情けない声を出してしまった。「俺は平気ですから」

「いや、腰を痛めてることは、だいぶ前から分かってた。練習や試合を見れば一目瞭然だ。いつ言い出すかと思ったが、お前も強情だな――永村、お前はいつ気づいた？」

「今日ですよ。言う暇もなかった」永村が言い訳するように言った。

「とにかく、次の試合には出るな。休憩しろ」真島がぴしりと命じた。

「でも――」

「何のために俺が選手登録したと思ってる？　こんなこともあろうかと、毎日練習はしてたんだよ。試合勘は衰えてるかもしれないが、筋力は現役時代と変わらない。体重も、三池に合わせてきた。だからこのまま、スペアに入る。俺が二試合頑張るから、お前は決勝に出てこい」

「真島さん、それじゃ申し訳ない……」

「申し訳ないと思うなら、ちゃんと言わなかったことを申し訳なく思え！　怪我したら試合に出られないと思ったのかもしれないけどよ、その話を聞いたら、俺はお前が試合に出るためにはどうしたらいいか、ちゃんと考えた。とにかく今は休め。それに俺は――俺も燃え尽きない症候群なんだぞ」


三池はロビーの集合場所に戻った。辛うじて最後は一人で歩いたが、どう考えてもアウトである。この大会どころか、綱引きから引退かもしれない。真島の腰痛も、これぐらいひどかったのだろうか。しかし引退して少し時間が経ったら現役復帰……三池にできたなら、自分も「これで終わり」とまでは考えなくていいのかもしれない。

「三池君」

「本郷先生……」かかりつけの医者に声をかけられ、三池は仰天した。

「関係者の振りをして紛れこんだ」本郷が小声で言った。「本当はチーム関係者しか来ちゃいけないんだろうけど」

「そうですけど、どうしたんですか」

「こんなことになってるんじゃないかと思ってね。案の定だ。そこに横になって」

こうなったら言われるがままだ。バスタオルを広げて、うつ伏せになる。本郷がすぐに触診を始めた。背中の右側を触られると、電流が走ったようなショックが流れる。

「これは、今までの痛みと違うな？」

「場所も違います」この痛みがひど過ぎて、本来の場所――背中と腰の中間地点で背骨付近――の重苦しさなど、感じなくなってしまった。

「肉離れかもしれない。昔、ここよりもう少し上の肉離れを診察したことがある。ＭＲＩで調べないと、確定はできないけど」

「それは後でいいですか」三池は両手をついて、何とか体を起こした。「今日はどうしても……」

「今は、応急処置しかできないぞ。テーピングで固めて、あとは痛み止めだ。ドーピング検査に引っかからない痛み止めを用意してきたから、それを服《の》むといい。ただし、かなり強力だから、痛みが引く代わりに、筋肉の感覚が鈍くなる。自分の体を上手くコントロールできなくなるかもしれない」

「構いません」三池はその場であぐらをかいた。「痛みがなければ何とかなります。お願いします」

「だったら、今服んでおくか」本郷がバッグの中から小さなポーチを取り出した。薬を二錠取り出し、三池の掌に置く。「たっぷりの水で服んでくれ。三十分ぐらいすると、効いてくる」

「ありがとうございます……でも先生、何でこんなに用意がいいんですか」

「君の腰は回復していない。鍼で痛みがなくなるといっても、あくまで対症療法で、根本的な解決にはなってないんだ。でも君は、全国大会には絶対に出ると、呪文のように言っていた。となると、試合に出てパンクする――というのは簡単に予想できる。医者として、止められなければ、治療するしかないからな」

「何か……すみません」うなだれると、それだけで背中に痛みが走る。

「目の前に患者がいれば、何とかするのが医者だよ。それに私も……綱引きにちょっと興味が出てきたんだ」

「そうなんですか？」三池は顔を上げた。

「君の話を聞いて、どんなものかと思って動画共有サイトで観てみたよ。小学校の運動会しか知らなかったけど、とんでもない世界なんだね。今日、生で観て、さらにたまげたよ。こんな激烈なスポーツがあるとはねえ」

「腰も痛みます」

「だろうな」本郷がうなずく。「トレーニング方法も、いろいろ考えた方がいい。まあ、そういう話は後でいいけど……とにかく薬を服んで、少し休みなさい。まだ試合、出るつもりか？」

「出ます」出られるかどうか分からないが、三池は宣言した。「勝つために、ここに来たんです」

8

三池は本郷の手を借りて、スタンドに向かった。まだ薬が効いてこないから、ロビーの待機場所で大人しくしているべきなのだが、そこからでは試合が観えない。自分には、真島の試合を見届ける義務があると思った。

スタンドに行くと、下では分からなかった盛り上がりに巻きこまれた。気づかなかったが、一番いい席——下全体を見渡せるベンチに、長池の遺影が置いてある。葬儀の時に使った遺影とは別の、険しい表情。負け試合を見届けようとしているかのようだった。何もあんな写真じゃなくても、と思うが、下にいる選手からは見えないから、どうでもいいだろう。

三池の姿を認めると、商店会の人たちが一斉に寄って来て「大丈夫か？」「ここまでよくやった」と声をかけてきた。何だか……プルスターズは、三栄通り商店会の中で、微妙な存在と見られていると思っていた。全国大会で優勝できる保証はない——ＰＲになるかどうかも分からないのに、金食い虫で……しかし今、三池は熱気と励ましにはっきりと包みこまれていた。こういうのは、力士になった時以来だ。あの時は、商店会として壮行会を開いてくれた……部屋は錦糸町《きんしちょう》で、電車で数十分の距離なのだが、はるか遠い場所、外国へでも行くかのような悲壮感と熱狂が渦巻いていた。実際には、外国の方がよほど暮らしやすいような、厳しい環境に放りこまれたのだが。

その中に両親もいた。父が渋い表情を浮かべる。

「お前……」

「大丈夫だから。歩いてるし。明日は店に出るよ」

「そういうことを言ってるんじゃない」怒ったように父が言った。「今日はどうする？　やれるのか？」

「出る」

「——そうか。だったらいい」

何なんだ？　父も本当は自分を応援しているのか？　何が何だか分からなくなり、三池は首を横に振った。

「初めまして」ケリーに声をかけられた。差し出された手を握ると、その握力に驚かされる。毎日綱引きの練習をしている人に特有のタコはないが、この握力は、やはり経験者のそれだ。「ケリー・オキーフです。アイルランドから来ました」

「はい。三池康史です」

「あなたは素晴らしい」ケリーが大袈裟に腕を広げた。「アンカーとして理想だ。最高のパワー、落ち着き、あなたが後ろにいたら、皆が頑張れる」

「どうも」こういう大袈裟な褒め方は、海外の人特有だろうか。何だかくすぐったくなってきた。

「腰?」ケリーが自分の腰を指差した。

「大丈夫。今薬を服んだから。決勝には必ず出ます」

「OK。じゃあ、ちょっと休憩。一緒に観ましょう」

ケリーはスタンドの最前列へ向かった。ベンチが階段状に並んでおり、降りていくのに難儀している。松葉杖こそ使っていないものの、手すりをしっかり握り締め、ゆっくりと降りていくしかないようだ。手首の太さを見ると、元々アンカーをやりそうながっしりした体格だったと分かるが、今は下半身が危うい感じだ。

三池はケリーの横に腰を下ろした。痛み止めが効いてきたのか、座る時にもショックは少ない。ただし、何となく足が痺《しび》れているような感じもあった。

「プルスターズ、強くなりました。感動しました。優勝しますね」

「優勝したいです」

「きっと勝てます。あなたは素晴らしいアンカーだ」

「いえいえ……あの、日本語、上手いですね」

「ああ、留学してたから。日本語、必死に勉強しました。今も日本のアニメで勉強してます」

「ああ……」

「アニメ、偉大な日本文化です」

「そうですか」何となく落ち着かず、三池は背中を曲げ伸ばしした。「わざわざ日本へ来てくれて……ありがとうございます」

「プルスターズの試合は、ネットで観ていました。でもどうしても会場で、生で観たかった。僕たちは、このチームといつか戦う。だから、応援じゃなくて偵察ですよ」ケリーがニヤリと笑う。「敵は丸裸にしておかないと」

「そう簡単には……」言ってから、この後にどう言葉を続ければいいか、分からなくなってしまった。アイルランドのジョークかもしれないが、自分には反応できない。

「来ましたね」

ケリーに言われて、下を見下ろす。ちょうどプルスターズと、対戦相手の札幌ノースヒーローが入ってきたところだった。真島は緊張の面持ち……ユニフォーム姿が様になっているというか、体はまったく萎《しぼ》んでいない。引退したといっても、陰では現役選手並みのハードなトレーニングを積んでいたのだろう。問題は試合勘だ。これればかりは、いくら個人練習を重ねてもどうしようもない。完全なチームワークが求められる綱引きで、突然それまで一緒にやっていなかった人間が入ってきても、異分子になってしまう可能性が高い。何十年もこのチームでやってきて、数年前に引退したばかりの選手でも、だ。

「ゴー、プルスターズ！」立川が気合いの声をかける。

「ゴー！」

立川がキャプテンだと正式に決まったわけではないが、実質的に彼がチームを盛り上げ、一体感を生み出す源泉になっている。永村は、気合い十分に両手を叩き合わせ、腕の太さをアピールして、両腕を左右順番に胸に叩きつける。真島は、握力を確認するように、両手を握って開いてを繰り返していた。

両チームがロープの脇に整列する。ここまで何試合も重ねてきて、さすがに双方に疲れが見えた。しかし気合いは、明らかにプルスターズの方が上回っている。

一本目。「プル！」の合図と同時にプルスターズが引きこむ。一気に一メートル引いて、そこで動きが止まったが、それも一瞬だった。姿勢を立て直すための時間が必要だっただけで、朱音の「プル！」の指示でまた引き始める。一秒、二秒……最初は後ろ向きにすり足だったのだが、すぐに後ろ向きに歩くのと同じ足の運びになる。

「もう一歩！」朱音の指示は、もはや技術的な指示ではない。そんなものがなくても、プルスターズの面々は状況を読んで対応し、しっかり一枚岩になっている——指示なしでもまったく同じ動きができているようだ。自分はどうなのだろう、と三池は考える。アンカーとして、他の選手と考えを一つにして、動けていただろうか。

ホイッスル。二度目に引き始めた時に、プルスターズはムカデのようだったな、と三池はつい考えた。虫は嫌いなのだが……ロープに足がついて、綺麗に、同時に動いているようだった。

真島は肩で息をしている。短い勝負で、一気にパワーを使い果たしてしまったのかもしれない。永村は、天井を仰いで雄叫《おたけ》びを上げている。立川は、他の選手に盛んに声をかけていた。

あれが今のプルスターズの力だ。

「一気に決めるぞ！」今度は永村が気合いを入れる。おう、と声が揃い、二本目の勝負が始まった。

しかし今度は、一気に勝負に出られない。ノースヒーローも、プルスターズの速攻作戦に対応してきたのだ。粘るつもりなら粘れる――最初の強烈な引きさえ我慢できれば、あとは耐えて耐えて、相手のスタミナ切れを待つ。

実際、試合は動かなかった。三十秒が経過しても、両チームともまったく動かず、ノープルになってしまう。これはまずい……真島は肩で大きく息をしている。試合時間が長くなればなるほど、ノープルで試合を繰り返すほど、スタミナは奪われていく。

やり直しの二セット目。朱音が盛んに、選手たちに声をかけて回る。プル――一瞬だけ、プルスターズが引きこんだ。そこで、朱音が「ワン、ツー」と少しゆっくりしたリズムでカウントを取り始めた。いや、あれはカウントではない。二度目の「ワン、ツー」でプルスターズの面々は一気に姿勢を低くした。ロープも下がり、ぐっと体重がかかる。そして靴のサイズ分だけ後ろに下がる。これですぐに相手のバランスが崩れるわけではないが……いや、崩れた。プルスターズは、一度姿勢を高くし、さらに低く落としてロープを上下させ、体が落ちた瞬間に、しっかり体重をかけている。ノースヒーローからすれば、断続的に何度も重みがかかってくる感じだろう。硬直状態になったらこれ、というオプションとして事前に決めてあった。

じりじりとプルスターズが引き始める。途中、ノースヒーローが抵抗して動きが止まったが、そこで真島がフルパワーを発揮するのが分かった。顔が真っ赤になり、全身の筋肉が盛り上がり、ロープを軋ませる。さらに永村が呻くような声を上げて気合いを入れ、体をさらに低く沈ませた。セカンドの立川から後ろの選手も、一瞬でそれに合わせる。全員が体を反らせるほどの勢いで、最も力が入る四十一度に合わせ、ノースヒーローに圧力をかけた。じりじりと引く。ノースヒーローの選手が二人、尻餅をついた。何とか立ち上がって姿勢を立て直そうとしたが、一度バランスが崩れると、それは難しい。一方プルスターズは、一糸乱れぬ姿勢のまま、一気に引きこみ始めた——勝負あった。

「グレート！」ケリーが叫んで立ち上がり、右手を突き上げた。それでバランスを崩してしまい、倒れそうになる。三池は慌てて手を伸ばし、彼の体を支えた。

「ソーリー」謝ったケリーは、後ろを向いて、木村や近藤たち、それに商店会の面々とハイタッチを交わした。スタンドが異様に盛り上がり、揃ってはいないものの、怒鳴り声のような歓声が、三池の後ろから降ってくる。

この一体感……相撲では味わえなかったものだ。同時に三池は、少し寂しい気持ちを味わっていた。下では、選手たちが握手やハイタッチを交わし、準決勝進出を喜び合っている。朱音は、監督から急に娘に戻り、真島の腰に手を当てて気遣っていた。真島が真顔でうなずき、「大丈夫」と言っているのは口の動きで分かった。

本当に大丈夫だろうか。顔は真っ赤で表情は険しく、一試合終えただけとは思えないほど汗をかいている。それでも、朱音の言葉に何度もうなずき、自分に気合いを入れているようだった。

あと一試合で決勝。薬が効いてくれれば、決勝は自分の出番だ。真島におんぶに抱っこで決勝に進んだようなものだと考えると、情けない感じもしてくるが。

ファースト	：永村英人
セカンド	：立川幸樹
サード	：矢野道弘
フォース	：矢野隆弘
フィフス	：柿田幸太郎
シックス	：富田健
セブンス	：水木広大
アンカー	：三池康史

準決勝を二対一で勝ち、プルスターズは決勝に駒を進めた。反対の山では、順当に愛綱会が勝ち上がっている。

待機場所で合流すると、真島がユニフォームを脱ぎ、コルセットを外したところだった。上半身は汗で濡れ、体が震えている。コルセットがないと、試合に参加できなかった――真島も完全な状態ではなかったのだと、申し訳なくなる。

しかし真島は、三池を見つけると、大きな笑みを浮かべた。右手を差し出してきたので、思わずその手を握る。握手に力がない――激しい試合の後は、握力がなくなってしまうのだ。

「我が綱引き人生に悔いなし、だ。お前はどうだ？」

「痛み止めを服んだので、いけます。でも——」

「でも、なんだ？」

「真島さんがこのままいくべきじゃないですか？　決勝ですよ。真島さんが戦って、メダルを手に入れた方が——」

「忘れないで下さい」立川が割って入った。「プルスターズは一つのチームです。誰が出ていようが、関係ありません。メダルは全員のものです」

「さすが、キャプテン」真島が満足そうな表情を浮かべる。「綱引きの本質を分かっていらっしゃる」

「ボートと同じです」

「そうだな。どっちも究極のチームスポーツだ。だから勝ったら全員の手柄、負けたら全員の責任だ……俺は、後はゆっくり見物させてもらう。楽して金メダル、最高だな」

真島が、ユニフォームからジャージに着替えて、急に真顔になった。

「ところで、三池以外に体調不良の人間は？　怪我してないか？」ユニフォームを脱いだだけで、選手からトレーナーに変身していた。

「よし、叩き潰すぞ！　俺たちが勝つ」叫んだ永村の目に涙が浮かんでいたので、三池は仰天した。

「永村さん、落ち着いて」立川が宥めにかかる。

「ラグビーの試合前は、いつもこうなんだ。本当に死ぬかもしれないから、全員で覚悟を決める。

俺はそういうのを、何百回も繰り返してきた。でも今は――その時以上に勝ちたい！　勝つために、俺は死んでもいい！　この最高のチームで勝ちたい！」

言葉もない。試合を終えた他のチームの話し声が、ざわざわしたBGMとして耳に入ってきたが、気にもならなかった。気づくと三池も、涙が頬を流れているのに気づいた。水木もしゃくりあげている。永村も、たった今チームを一つにまとめ上げたのだ。

冷静なのは、立川と朱音だけ。立川が両手を叩き合わせ、「はい、皆さん、落ち着きましょう」と言った。続いて朱音が話し出す。

「決勝まで少し時間があります。怪我の手当てが必要ないなら、ミーティングしましょう。愛綱会の弱点は見極めました」

「それじゃ皆さん、ここで輪になって座って下さい。外に声が漏れないように気をつけて」立川が引き取った。

「あのさ……」永村が驚いたように立川に声をかけた。既に涙は乾いている。「お前、最高のキャプテンだな」

「そりゃどうも――ま、最後ですから。いい感じで気合いが入りました」

確かにその通りだ。今はただ、勝ちたいとしか思わない。純粋な欲望。自分のために、チームのために勝ちたい。

そして、自分の中に空いた大きな穴を埋めたい。

決勝は、静かな雰囲気で始まった。名物応援団がいるチームもあって、鳴り物も入った猛烈な応援で相手にプレッシャーをかけることもあるのだが、三栄通り商店会はバラバラに声を飛ばすだけだし、愛綱会の方は、そもそも応援の人が少ない。

会場には、びりびりした緊張感が満ちている。両チームとも、ここまではさほど危ない場面がなく勝ち抜いてきた。実力チーム同士の激突ということで、どんな試合が展開されるか、注目を集めているのだ。

結局、戦術は変えないことになった。速攻で勝負をかける。それで上手くいかなければ、キープに切り替えてスタミナ勝負。朱音は最後に「お大事に——は今は考えないで下さい」と物騒なことを言った。

三池は不安を抱えたままだった。背中の痛みは、今はほとんど感じられない。曲げ伸ばしもできて、普通に低い姿勢が取れそうだった。ただし、体から力が抜けている感じがある。麻酔が効いていると、こんな風になるのだろうか。

ロープを体に回して安定させる。握っている感覚が薄い。手に薄い手袋をはめているような感じがした。何度か力を入れては抜いてを繰り返しているうちに、ようやく感覚が戻ってきた。足はどうか……こちらは、手よりは感覚がしっかりしている。

とにかく一セット目をやってみて、それで駄目なら、何か手を考えよう。「手」といっても、すぐには思い浮かばないのだが。

「テイク・ザ・ストレイン」

ロープがピンと張る。これまで対戦してきたチームと、特に感覚が変わるわけではなかった。いけるのでは——三池は朱音と視線を交わした。かすかにうなずくと、緊張で蒼くなっていた朱音の顔に血の気が戻る。

「プル！」

引く――引け！　引けない。ロープはぴたりと安定したまま、まったく動かなくなった。しかし間髪入れず、朱音が右手を挙げて「プル！」と叫んだ。これは、「プル」と同時に引くサインで、三池はすぐに思い切りロープに体重をかけた。感覚は……ある。少し頼りないが、引けている。五ミリほど、腕が動いた。左足を、後ろへほんの少しずらす。すり足にもならず、本当に位置を整えるような感じ。もう一度引く。今度は一センチほど引けた感覚があった。足を動かす。シューズのソールがマットを擦って、甲高いきゅっという音が響いた。

朱音が、左手を床と平行に上げて見せた。今度は、「プル！」の後にワン、ツーと間を置いて引く。同じ引くにしても、やり方を変えて相手を困惑させるやり方だ。

「プル、ワン、ツー！」

呻き声が同時に上がる。猛烈な引き――愛綱会も読んでいたのか、合わせて引いてきた。しかしプルスターズのパワーが上回る。一気に五十センチほど引きこみ、有利になった。

「プル、プル！　引いて！」朱音が指示を飛ばす。もはや指示ではなく悲鳴だ。言われなくても……三池はひたすら引き続けた。頭に血が上り、視界が霞んでくる。それでも――引け！　愛綱会は、二セット目以降に備えて体力温存の策に出たようだ。もう無理に引かず、ただ体重をかけているだけ。プルスターズは一気に引き切って、一セット目を先取した。

二セット目を前に、愛綱会が小さな輪を作る。作戦会議は一瞬で済み、すぐに二セット目が始まった。

速攻だ——一セット目とは逆に、愛綱会が一気にしかける。三池は慌てて踏ん張ったが、耐えきれない。ソールが滑り、たたらを踏んでいるうちに、一気に一メートルほど引きこまれてしまった。
「キープ！　耐えて！」朱音が叫んだが、この動きが止められないのは、経験から分かっている。瞬殺だった。十秒も持たず、ホイッスルが鳴る。これで一対一。勝負は三セット目に持ちこまれた。腰は……何とか大丈夫。駄目でも何とかする。俺は、この瞬間に賭けてきたんだ。

「あんたら、やるな」愛綱会の野澤が、永村に握手を求めた。永村はしばらくその手を見つめていたが、やがて握手に応じ「強かったよ」と返した。

「来年は負けない」

「そう簡単には譲らない」

二人は結局、互いの肩を叩いて健闘を讃え合った。去年からの因縁——摑み合いになりそうだったのが嘘のようで、長年競い合って互いの力を認めているライバル同士のようだった。野澤はともかく、永村——ラグビー選手というのは単純な生き物なのか？

三セット目は死闘になった。三十秒以上ロープがまったく動かないノープルが二回続いて、やり直しに。三度目でようやくまともに引き合いが始まったものの、一進一退の攻防で試合は三分を超えた。しかし最後は、プルスターズが五センチずつじりじりと引いて愛綱会のスタミナを奪い、十四年ぶりに全国優勝——三池はへたりこんでしまった。朱音がやって来て手を差し出してくれたが、自分の体重をこの監督が支えられるとは思えない。一度座り直して正座し、それからゆっくりと立ち上がった。

「ありがとう」

朱音が頭を下げる。顔を上げると涙が——ない。感動していないのか？

「燃え尽きましたか？」

「全然」朱音が首を横に振る。「世界大会に出るのよ？　今度はその準備をしなくちゃいけないし、来年の全国大会のことも考えないと。今度はうちが追われる立場になるんだから」

「もうちょっと、感慨に浸ってもいいんじゃないですか」

「浸れないのが面白いわよね」朱音が笑った。「この二年間、突っ走ってきて、難しいこと、苦しいことの方が多かった。でも、こういう苦しいこと、面倒臭いことをこれからずっと続けていけると思うと、何だかワクワクする。もう一つ、新しい目標もできたし」

「何ですか？」

「プルスターズの女子チームを再結成するの。それで、男女アベック全国大会優勝」

「そんなすごいこと考えてたんですか？」三池は目を見開いた。

「そうよ——大きな目標を持ったらまずい？」

「いえ」

「じゃあ、あなたも大きな目標を持って。目標のない人生なんて、面白くないでしょう」

「——ですね」

「じゃあ、皆に挨拶に行こうか。挨拶、行きます！」

朱音のかけ声で、選手たちはスタンドの方へ歩き出した。真島はずっと嗚咽《おえつ》を漏らしている。

声をかけようかと思ったが、余計なことをすると、彼の気持ちを壊してしまいそうだった。

「整列！」

立川が号令をかけ、選手たちは一列に並んだ。横を見ると、皆結構ぼろぼろ……まだ肩で息をしている選手もいるし、全員が汗だくで、とにかく疲労の色が濃い。

「応援、ありがとうございました！」

「ありがとうございました！」

深々と一礼。そして拍手。予想していたよりも大きな拍手が、四方八方から降り注ぐ。顔を上げると、三栄通り商店会の人たちだけでなく、他のチームの応援団からも拍手が送られているのだった。

三池の目から涙が溢れた。中途半端な気持ちを埋めるためだけに始めた綱引き。相撲を中途で引退したことで生じた穴は埋まったかもしれない。しかし今度は、目の前に広く白い道が見えているのだった。どこまで続いているかは……まったく分からない。しかし、綱引きの深い沼に落ちた自分には、これからまだまだやることがある——その象徴が、この白い道だと思った。

ケリーが、手すりから身を乗り出すようにして拳を突き上げている。その顔は涙でくしゃくしゃになっていた。鼻を啜《すす》りながら、ケリーが急ににこやかな笑顔になる。両手でメガフォンを作り、叫んだ。

「お大事に！」

「お大事に！」

本作品は書き下ろしです。

執筆に際して、次の方々にお世話になりました。
公益社団法人日本綱引連盟　中山二三男専務理事
府中樹徳殿（東京都綱引連盟所属）メンバーの皆さん
この場を借りて御礼申し上げます。

著者

［著者略歴］
堂場瞬一（どうば・しゅんいち）
1963年生まれ。青山学院大学国際政治経済学部卒業。2000年『８年』で第13回小説すばる新人賞を受賞し、デビュー。警察小説とスポーツ小説の両ジャンルを軸に、意欲的に多数の作品を発表している。小社刊行のスポーツ小説に『チーム』『チームⅡ』『チームⅢ』『キング』『ヒート』『大延長』『ラストダンス』『20』『独走』『1934年の地図』『ザ・ウォール』『大連合』『ザ・ミッション』などがある。

綱《つな》を引《ひ》く

2024年11月25日　初版第１刷発行

著　者／堂場瞬一
発行者／岩野裕一
発行所／株式会社実業之日本社
〒107-0062
東京都港区南青山6-6-22 emergence 2
電話（編集）03-6809-0473　（販売）03-6809-0495
https://www.j-n.co.jp/
小社のプライバシー・ポリシーは上記ホームページをご覧ください。

ＤＴＰ／ラッシュ
印刷所／大日本印刷株式会社
製本所／大日本印刷株式会社

ISBN978-4-408-53870-9（第二文芸）